言葉の木蔭

詩から、詩へ

宇佐見英治 著

堀江敏幸 編

港の人

宇佐見英治 パリにて

1960年

言葉の木蔭

詩から、詩へ

目次

言葉の木蔭

詩から、詩へ

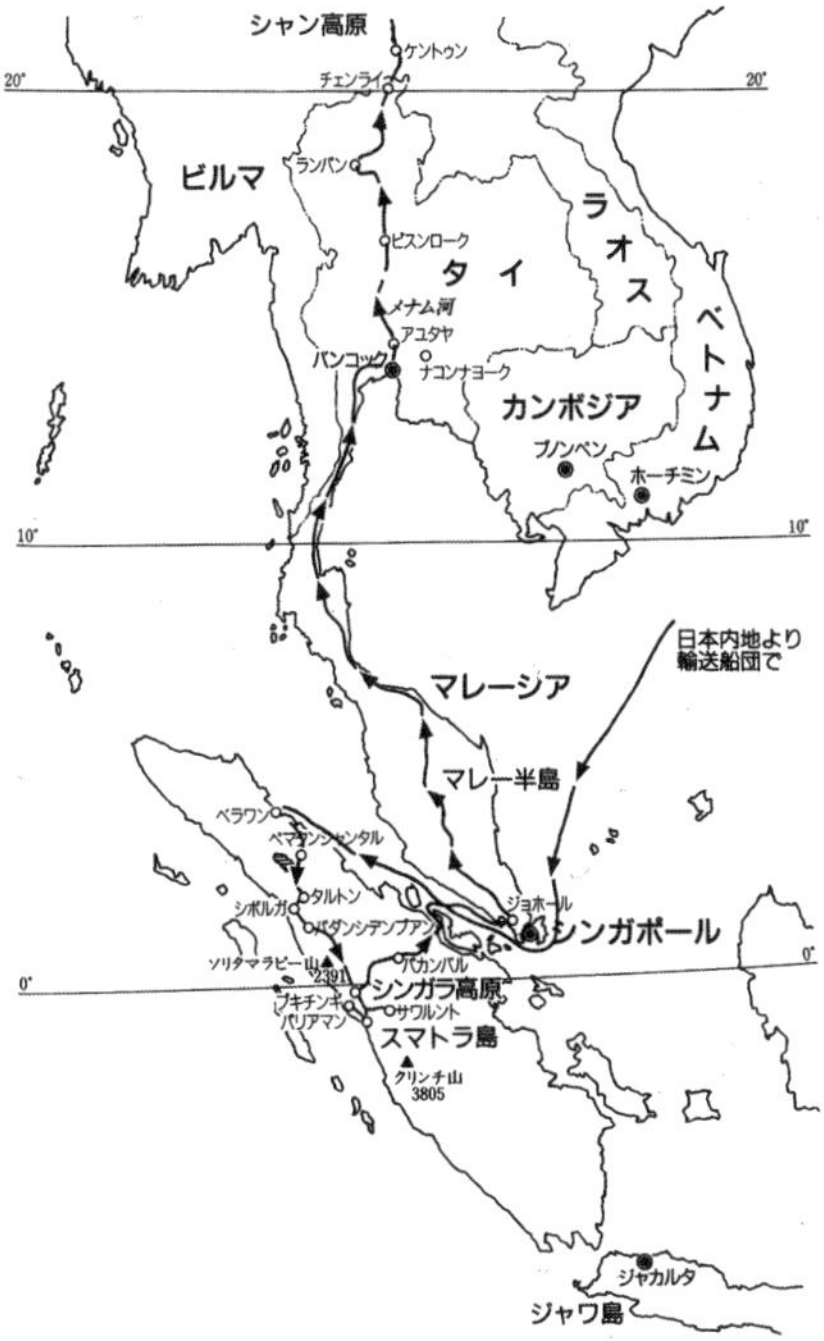
シャン高原
ケントゥン
チェンライ
20°
20°
ビルマ
ランパン
ピスンローク
タイ
ラオス
ベトナム
メナム河
アユタヤ
バンコック
ナコンナヨーク
カンボジア
プノンペン
ホーチミン
10°
10°
日本内地より
輸送船団で
マレーシア
マレー半島
ベラワン
タルトン
シボルガ
パダンシデンプアン
ジョホール
シンガポール
ソリタマラピー山
2391
パカンバル
0°
0°
シンガラ高原
ブキチンギ
パリアマン
サワルント
スマトラ島
クリンチ山
3805
ジャカルタ
ジャワ島

南方戦線転進中の部隊の行動経路を記した行軍地図。
『戰中歌集　海に叫ばむ』（砂子屋書房）所収。

戰中歌集　海に叫ばむ より

第二部

コレラの歌

一九四五年四月一九日僕はタイ國バンコックでコレラに罹《かか》つた。眞夜中の一時を過ぎてから兵站宿舍へ歸つて來た。それまでH中尉と一緒に街で遊んでゐたのだ。板敷のほそい毛布の寢床に身を入れて眠らうとしたが神經が異常に昂奮して眠れない。一時間たつても二時間たつても眠れなかつた。僕らの一隊は明後日泰緬《たいめん》國境に向かつて出發するのだ。そして六月には國境の山嶽地帶に着き、そこでなほ百十日の雨期の間に山峽の間道に對戰車砲陣地を構築することになつてゐた。十月雨期明けと共に、英軍の重戰車隊が南下する。それまでの生命《いのち》であつた。まるで屠殺場にひかれてゆく牛のやうに僕らはいきりたつてゐた。眠れない暁がよくあつたから僕はその夜を半ば諦めて焦燥を抑へ、今夜は自分の精神のために夜伽《よとぎ》をしてやらうと氣を落ちつかせた。しかし神經の昂奮は鎭まらなかつた。

厠に立つた。ぞつとした。恐ろしい勢で下痢をしたのだ。焦燥にかはり、戰慄と不安が體内を走つた。病氣かもしれない。それも生命の根源にかかはる重病かもしれない。思ふまもなくふたたび厠に立たねばならなかつた。厠の上で、腹の中がまるで荒海のように波立ち、マストの傾きが見ゐるやうに思はれる。地面に掘つた穴の上で僕は倒れさうになつた。水様便が肩のあたりから噴射するように音もなくどつと下つたのだ。起き上がれないほどだつた。ただ二度の下痢で筋骨が虚脱し、體中《からだじゆう》が蒼ざめた。コレラの下痢は水道の栓をどつと開いたやうに下る。色は米の磨《とぎ》汁やうをしてゐる。僕は徴候を教へられてゐた。胸が苦しくなつてきた。肩も腰も足も手の指にまで氣怠《けだる》さをおぼえ、穴の上でそのまま寝倒れたい思ひがした。コレラかも知れない。遠い宇宙から閃光のやうに瞬刻死の恐怖が走つた。死といふ聲が錐のやうに脳内を揉み走つた。

拳鬪で打ちのめされて倒れたやうに、よろよろ十メートルを歩くのがやつとであつた。つい先頃内地から來た若い見習士官の一隊が十數名バンコックの手前でコレラに罹り、全員が死亡した。死體はそのまま川に流された。……夜の白むのが待ちどほしかつた。六時僕は出發の打ち合はせのために市《まち》の公園に宿泊してゐる他の一隊のもとへ連絡に行かねばならなかつた。まだなま白い夜明けの息の残つてゐる曉方の町を僕は朦朧と身を押して出かけた。

歸つて來てから三度目匍ふやうにして厠へ身をはこんだ。一層劇烈な勢で瀉出した。今度こそもう起ち上れなかつた。それに何ということか。便は眞白な米の磨汁《とぎじる》そのものだ。もはやコレラにちがひない。體内の水分を失つて眼窩が落ち窪み、頬の肉が落ちたのが自身の體に感じられた。嘔吐が始まつた。言ひやうのない苦しさが全身にのしかかり、内からからだを驅けめぐつた。地獄の責苦も車裂きもこれに及ばないと思つた。僕は衞生兵を呼んで自分から、俺はコレラだ、コレラだと喚いた。しかし聲が擦《かす》れて、傳はらず、聲がきこえたときには、誰も信じてくれなかつた。自分の死が數時間後に迫つてきたのに、それを知つてゐるのは、天地の中で自分ひとりしかゐなかつた。神經ですよ、隊長殿、と衞生兵は笑ふのだ。僕は怒りに體が震へた。コレラは治療に寸秒を爭ふ。體内にコレラ菌が蠢《うごめ》き、刻々增殖するのが目に見えるやうに思へた。殺菌と水分の補給。僕は軍醫を呼んでくれ、軍醫を呼んでくれと怒號し、哀訴した。叫んでいるのに、それが聲となつて空氣のなかに傳はらないのだ。軍醫が自動車でやつと來た。僕の顔を見るなり、あ、コレラだと言つた。よかつた。助かるかもしれない。宣告は天啓のやうに思はれた。すぐ自動車で運べ、近寄るとあぶない、傳染《うつ》るぞ、と言つてゐる言葉が僕の脳に殘つた。

一

病み倒れ地に臥伏《こい》してうごめきぬ天飛《あめ》ぶ雲か
眼を横切りし

伸びさかる草の緑はいらだたしひた克《か》たんと
す迫り來る死に

面《おも》低く大地の上に躄《ゐざ》りつつ輾轉《こいまろ》びつつついのち
欲るかも

地の上に輾轉《こいまろ》びつつ五尺なるいのちを欲れり
人の子われは

せめてわれ曠野に彈丸《たま》浴び飛び散らむかくも
醜き死は耐へがたし

人の忌むコレラに死すと人聞かば蟲けらのごと捨てられ去《い》なむ

わが屍《かばね》を土に埋めつつ兵はみなわが愚かさを蔑《さげす》みゆかむ

刻々と死は迫りつつ眼は窪み汗たらたらと垂れ落ちやまず

立ち躄《ゐざ》り匍ひつ呪ひつ這ひころびあはれ苦し
さ極まりにけり

手にひたとしがみつきつつ我《あ》を生みし大地に
すがる堅き大地に

縋《すが》るものただにあらねばわがうちの己が意力
によるほかはなし

死神《しにがみ》が背後に立ちて見張りゐる幻覺か蒼ぐらき空を見つ

死神はうすら冷き掌《てのひら》もてわが細身に觸れなむとす

身をめぐる菌ことごとく殺さむと全精神《こころすべて》を張りつめ生きぬ

コレラ患者すべて死すとも生き死の境見たし
と氣を張りつめぬ

たまきはるいのち絶ゆともわが意識まざまざ
見据ゑ見究め死なむ

わなわなと組みしわが指皮膚たるみつひに離
れず屍體《かばね》のごとく

離さむと組みたる指を見つむなり死のいろ冷たし胸を慄はす

屍《かばね》色冷えまさりゆく指五本離れず動かず指ありわが手に

二

石灰を撒き散らしたるベッドの上死にゆくわれは异き下されぬ

コレラ菌わが吐瀉物に満てるゆゑあだし吐くなと看護婦がいふ

枕もとの汚物の壺に物吐けときびしく言ひて
看護婦去らず

汝《なれ》ひとり死にゆくならず菌吐けば看護婦も死
なむ吐くなゆめこの壺以外に

いき死の峠こよひと勵まする看護婦のこゑ耳
にきこゆる

いき死のきはみの脈はみだれつつ看護婦さん
と闇に叫びぬ

胸の門《と》はみだれうちつつ息荒し闇より闇に見
ゆるものなき

看護婦の持てるラムプが近づきぬあはれ待ち
戀ふ世の人のこゑ

看護婦さんと息のきはみに叫びたり何ぞやさしきわれの聲かも

三

しづかなる朝の來てゐる病室にコレラ患者われ眼をひらきたり

しづかなる今朝の目覺めよ窓ごしの青葉若葉に鳥の寄るこゑ

足の方の網窓《あみど》を漉してしのび入る朝の光に息を休めぬ

死にゆかむいのちを耐へてふたたびを光の朝に目覺めけるかも

看護婦にけさはすがしと言ひやりぬいのち耐
へこしわがことばかな

青葉若葉窓を漉《こ》しくる朝日光《ひかげ》掌《て》をさしのべて
ひとりうれしむ

生き耐へし今朝のすがしさ語るべき人もあら
なくにさびしと思はず

あたらしき涙たたへて仰向けるわれにやさしき看護婦のこゑ

いのちありて泣きゐるわれに何といふやさしきことを人はいふなる

看護婦の眼もとにむすぶ汗のたま私ならぬいのちたふとし

防毒衣は肌にあつからむ注射針さしこむ人の
額の汗はも

　　　四

身に潜む菌はことごと死にたらむけさすがし
くも飯待つわれは

匙をもて重湯を口にこの朝は果汁のみたしと
甘え言ひけり

パパイアの園吹く風の涼しさよ微熱ほのぼの
睡りをおぼゆ

病床に病む日かさねつ戦線をはなれし安けさ
身につきにけり

©ANZAÏ

書斎の机の上に、
ジャコメッティからもらった小さな人物像。
安齊重男・撮影。

法王の貨幣──ジャコメッティの思い出に

小さなマケット

砂漠は広くとも、もしそこに城砦が築かれていなければ、愛する人が遠くで待っていなければ、ただだらけ切った空があるばかりだ、サン・テグジュペリはそういった。

人は家を建てるとき、無から空間を築きあげる。自由は解放によって無に向い、拘束によって空間を築く。石ころや樹でない人間は、そういう空間のなかでのみ、真に人間のものである距離を見出す。そして距離とは、一口でいうならば、この空間が他者によって支えられていることの発見であり、証しなのである。

サルトルがジャコメッティの彫刻がもつ絶対の距離にふれてから、いや私が彼の彫像をじかに見だしてから、私は長い間、距離の観念にとりつかれた。たとえば私が講義に通っている大学の校庭で、植込みの傍らに立っている一人の学生を見ると、私はたちまち私と彼とを距てている具体的な地面の距離を眼に入れる。以前は私は彼を単に他人として、眼の前に現れた表徴として見ていた。彼と私の間には、学生と教授という乗りこえられない隔りがあり、私はそれを思って、通りすぎた。しかしいま真向いに立っている彼の姿とともに私が見出すこの距離は直証的に彼と私を結びつけ、足下の距離が彼の学生としての身分や若さを吸いとってしまう。同じように数メートルのその距離に彼が眼を下したなら、彼は私を一箇の名前をすり落した人間として見出すだろう。この距離の確認は、原理的にも、実際にも私と彼を堅く結合する。なぜなら彼の足もとから流れだす距離と視線によって、私は彼に関わり、彼が私に関わってくるのだから。人はこのようにものを距離をとって見ることによって、より深くものに参与する。そしてまたこのようにものを距離とともに対象化するとき、初めて空間が戦《そよ》ぎ出すのである。

ジャコメッティの彫刻が、ここ数百年来の肖像とちがうのは、何をおいてもこのような視線を含んでいるからである。彼はモデルの性格や特徴を描かない。それは確かにディエゴであり、アネットであり、矢内原伊作であるが、にもかかわらずそれは何よりも名前を奪われたもの、——学生がそこに立っているという同じ意味で——純粋な他者である。彼の群像、「広場」や「歩く三人」にみられる歩く人物は、いわゆる大衆でなく、疎外された個人でもない。それは単純に広場を横切る人間であり、歩く人間である。それは単に大衆社会を構成する粒子ではなく、おのおのが全体である一者《ワンネス》であり、みずからを他に由って証《あか》す具体的な人間である。

私はジャコメッティからもらった小さなマケットを持っている。少し力をこめて押せば崩れかねないこの石膏の人物像は、比較的大きな台座にのっているが、高さがやっと五センチを越すほどである。それは小さいが五体をそろえた立像で、表面には微かだが勢いの強い突兀《とっこつ》がある。脚は異様に長く伸びている。体躯は蕊になる一本の細い針金で支えられているが、堅固に築かれ、充分に肉づけされて、台座の上にそびえている。それは羽を立てた蝶のように空間を切る身体の刃だ。じじつ側面から見ると、この微小な像はまるで一枚の刃物のように薄い。

いまその小像を机の上の任意の箇所におくと、像はたちまち恐ろしい空間を孕む。遠くから見ると始めは地平線上に小さな棘のように見えてくるあのシャルトルの尖塔よりも遠く、像は机上に、しかも明らかに私の眼の前にある。この小像は私と像との間にそのような広大な距離を生むばかりか、背後に気の遠くなるようなひろがりを生む。それは遠い遠い砂漠につながり、彼方《かなた》の海をひきつれ、私の視線を幾千年の過去にさまよわせる。この人物はわれわれのあずかり知らぬ遥遠のなかから現れ、過去から未来に向って歩んでくるのか、逆に過去に向って返ってゆくのかわからない。時間は刃のように薄い像の肩にあたって廻折し、逆流し、ついには像に吸いこまれる。いや、時間が像の外側をめぐるのではなく、時間こそ像から生れ像からまよい出ることを、まもなく私は気づく。何をこの像の向うにおけばよいのだろうか。私の眼前、像の向うには明り障子があり、縁側があり、庭の光がある。私の右手には急須や消ゴムがある。しかしそういうものは私の死よりも不確実で、明日にでも壊れたり、棄てられたり、置きかえられたりするものだ。そういうものは一基の微小像が生み出すこの空間の強圧に耐えることができない。生きた心臓が眼前におかれたように、われわれが漠然と時空とよんでいるものの脾肉がいまや眼前に現れたので、まわりのものたちは、居ずまいがわるく、どこかへ動きたがっているようだ。像が生むこの強力な空間の威圧を何ものが支えうるだろうか。私はそのときふっとサッカーラのピラミッドを思い浮べる。ピラミッドを彼方に思い浮べるとき、私は彼の小像が辛うじて微笑むように思う。だが、ピラミッドは像に比べて何と小さいことだろうか。

初めて声をかけたとき

私がジャコメッティに最初に会ったのは、モンパルナスのバー・バスクであった。私はパリに着いてまだ二週間とたっていなかったが、或る晩、界隈に住む五、六人の日本人たちに誘われて、初めてそこへ行ったのだ。

私たちがテーブルを囲んで、赤葡萄酒を注《つ》ぎあっていたころ、私はふと左の視線の方向にあの写真で見馴れたジャコメッティが若い美しい女と一緒にいるのを見た。美しいと書いたが、まだパリに出てまもない私には、ひところ、街で出会う女が、しばしば小説の中から抜けでてきたように、幻めいて見えたものだ。いま、ジャコメッティの傍らにいたその女性がどんな服を着ていたか、どんな輝く眼をしていたか――笑うとき、首を後ろにのけぞらしていかにも愉しそうに笑ったが――その輪郭が思い出せない。ジャコメッティはその娘を抱きよせ、ソファから少し腰を浮かせながら、かがみこんでしきりににこにこと話していた。まだ正式に訪問もしないうちに思いがけぬそんな場面に出くわした私は、咄嗟にいまここで自分から名乗り出たものかどうか、躊躇した。というのも私が二月に到着することは、私の友人矢内原伊作を通じてかねて知らせてあったからである。しかし私はいま少しフランス語が自由に話せるようになってから、この巨匠を訪ねようと思っていた。気後れという言葉があるが、もともと臆病な私は、自分が傾倒する偉大な人物に初めて接するとき、しばしば緊張の余り平静さをなくしてしまう。そういう経験がこれまでにもあった。私はいつもそういうときには、マハトマ・ガンジーが怯懦な民衆を励ましていった言葉《人を怖れるな、神を怖れよ》という句を心の中で呟いてみるのだった。

それでも意を決して、頃合いを見計らい、つかつかとジャコメッティの前に行ったときには、私はもうかなり自然な気持に返っていた。私はまず自分の名を告げ、矢内原伊作が多分あなたに手紙で私のことを紹介したであろうこと、私自身は二週間前にこちらに着いたこと、ほんとうは手紙で連絡してアトリエを訪ねたかったが、このとおりフランス語がまずいので遠慮していたということ、また長年尊敬していたあなたに、思いがけずここで会えて非常にうれしいということ、そういうことを拙いフランス語で言った。ジャコメッティは最初びっくりしたようであったが、すぐに親しみのこもった眼差しになり、きみのことは度々矢内原が話していた、手紙でも連絡があった、ところで矢内原からの連絡できみに××フラン渡すことになっているが、きみはその金がいつごろ必要か、と訊いた。それからすぐつづけて、いまアトリエにはそれだけの現金がないので、画商から取りよせねばならないが、画商も銀行から下ろさねばなるまいから、多分その金をきみに渡すには一週間かかるだろう。彼はそれからきゅうに懐しさをこめて、矢内原は元気だろうか、まだプロフェサーの地位を追われないだろうか、今年の夏は来るだろうかと彼の動静を矢継早にきいた。そしていま私がどこに泊っているのか、きみが来たいと思うときには、いつでもアトリエに来なさい、といいそえた。

ジャコメッティと最初に交わしたこんな私的な会話を書いたのは、彼の友人——矢内原伊作——に対する、そしてまた彼のおかげで私に向けられた、殆んど絶対の友情と信頼の深さをまず書きとめたかったからである。

幾日後か、私はその金が必要になったので、彼の仕事の進み具合をたずねかたがたその旨を手紙に書いて投函した。或る日、ホテルに帰ってくると一通の書きつけが置かれていた。

《手紙をありがとう。木曜日か、金曜日の午後四時ごろ、よければおいでなさい。では。

アルベルト・ジャコメッティ》

私は彼の筆跡をみつめながら、安ホテルにわざわざ寄ってくれたジャコメッティに頭の下る思いがした。

浮浪と集中

手入れをしない縮れあがった灰色の頭髪、昔のローマ人のようにきわ立った目鼻、埃色の中から光り輝く大きなぎょろっとした眼、長い背丈、ごつい節くれだった指、その全身から発散する何か異様なもの。だれでも彼を見れば、彼が何か偉大なことに取り憑かれていて、人の知らない冒険に乗り出し、目に見えぬ巨大なものと日夜戦っていることが一目でわかる。彼の風貌はいわゆる写真家の絵になった。しかしじっさいさまざまな人種が集まっているあのパリの空の下で、彼だけがどれほど異様に見えたかは、写真ではわからない。彼は少しも気取ったり、てらったりしなかった。その挙措はいつも極めて自然であった。ただ彼が現れると埃をかぶったあのアトリエが、彼が生きている幾千年の時間が、彼とともに運ばれてくるのだった。

ジャコメッティ自身は、もしも自分を動物にたとえるなら、獅子ではなく鰐であるといったが、いずれにしても、彼がわれわれの街でオシリスに仕える聖獣であることは確かだった。

彼にはどこか浮浪人のおもかげがあった。彼は少し左足を引きずって歩いたが、これは青年時代交通事故にあって足を傷めたからである。或るときひどく歩きにくそうにしていたのでどうしたのですかと訊くと、ディエゴの靴を貰ったが、踵がまだ痛いということだった。彼にはおよそ買物をする趣味もゆとりもなかった。彼はパリの街中で、エクス・アン・プロヴァンスにこもったセザンヌのように、文字通り、寸刻を惜しんで、仕事に献身していたのだ。夜カフェに出てきても、テーブルにつくともう読み終えた新聞紙の上に、眼の前にいる夫人や友人をデッサンするのだった。

「若いときには」と或る夜更けジャコメッティはカフェの窓を見ながらいった。「アンドレ・ブルトンもマルローも夜おそくこのモンパルナスの街を、毎夜のようにぶらぶらしていたものだ。しかし今では彼らはめったにこの街に顔を出さない。あのころの連中はみんな高級住宅地や田舎に引込んでしまった。いまでも毎晩夜更けのこの町を浮浪人のようにぶらぶらしているのは、自分だけになってしまった。四十年間、戦争でパリを離れた数年を除いて、自分は同じことを毎晩くりかえしているわけだ」

私はこの話を聞いて、初めて漂泊と浮浪の違いが解るような気がした。詩人は漂泊者に生まれつき、彼の夢はあらぬ故郷を求めてさまよう。それというのも言葉は物を名ざすばかりで、物から旅立ってゆくからだ。言葉が秘める不思議の業《わざ》に惹かれて行動を起す詩人は物の呪縛《いましめ》をはなれて夢の野をさまよう。しかし物によって物を作り出す画家や彫刻家はちがう。彼らは同じモティーフをもとめて浮浪する。ゴヤやボッシュは国境を越えた浮浪人であり、近くはファン・ゴッホやユトリロ、その他世紀末の多くの画家たちは無頼の徒であった。しかしジャコメッティやこれらの偉大な芸術家が示しているように、流浪や漂泊は、もしそれが中心をめざさなければ、何ものにも達せず、何ものをも築かない。ただ中心へのたえざる集中と挫折を恐れぬ反復のみが、真の創造の淵に彼らをみちびく。大切なことは事実の周辺をへめぐることではない。つねに中心へとおのれを向けかえることだ。他のものにもまして芸術家や詩人にとって、知性とは目に見える世界の中心がどの方向にあるかを感知する能力である。

ジャコメッティの偉大さはかえって上の言葉とは裏腹のところにあった。ジャコメッティは決して、過度に酒を飲まなかったが、いわば梯子をしたし、午前二時ごろ友人たちと別れると、人気のない街を、浮浪者のようにいずこともなくさまよう習性があった。しかし習性だからといって、彼はそんな生活に甘えていたわけではない。ジャコメッティの考え方によれば、行動は、習性といえども論理的に正しくなければならなかった。「それは論理的ではない。」彼は会話のなかで異論をのべるとき、しばしばそういい、logique という言葉を愛した。アトリエにおけるモデルを前にしての制作への集中と夜の流浪は、彼にとっては恒星と恒星をめぐる惑星の運動のように確乎たる秩序をなしていた。それほどこの生活は彼の仕事と一体をなしていて、獲物をねらう鳥が悠容と空を旋回し翼を内に傾けて目標に飛びかかるように、夜の徘徊が終ると、血走った眼で再び仕事にかかるか、或いは仕事が始められる朝が早く来ることを願いながらやむなく眠りを貪るのだった。

八月の初め、矢内原伊作がジャコメッティに招かれて、彼のモデルを続けるために、パリにやってきた。アネット夫人とオルリーの飛行場へ出迎えにいったとき、私は彼女に夫妻の故郷であるスイスの静けさや清潔さ、民衆の豊かな生活や行き届いた政治制度をほめ讃えた。夫人はそのときいいかえした。「私はスイスが好きじゃない。アルベルトもスイスよりもフランスが好きなのです。スイスでは何もかもが閉されています。アルベルトはどんな場合でも開かれた生活が好きなのです」数ヵ月後、ジュネーヴで、彼女に会ったとき、彼女はこういった。「アルベルトがスイスを嫌うのは別に深い仔細があるわけではない。スイスの町はどこの町でも夜十二時になると、すべてのカフェやバーが閉まってしまう。彼にはそれが我慢ができないだけなの」彼女はそういって笑った。

モンパルナスのドームのバー

私の友人、矢内原伊作がモデルをしていたその夏、私たち――ジャコメッティ夫妻と彼と私――は、ほとんど毎晩、夜中《よなか》の、カフェ・ドームのバーで食事をしたものだ。もっとも私は何も彼のためにしていないのに、毎回御馳走になるわけにもゆかず、多くの場合はただ飲物をとって同席していた。（バーといっても一般にパリのバーは広く、明るく、閑散なものである。そしてどこでも夜どおしかなりうまい食事がとれる。）

深夜のそんな席にふらっとジャコメッティを訪ねてくるのは、前に書いた女たちのだれかか、独得の友人たちであった。医師のフランケル氏、麻薬中毒にかかった詩人のオリヴィエ・ラロンド、ラロンドの友人でラロンドを寄宿させている貿易商のジャン・ピエール、ニューヨークの画商で画家マティスの息子であるピエール・マティス、平素はジュラに住んでいた女流詩人のレーナ・ルクレール。私がときどき顔をあわせたのは、こういう人たちであった。

ジャコメッティは仕事着の背広のまま街に出て来たが、上衣の両ポケットやズボンのポケットには夕方買っておいた実に沢山の新聞が突っこまれていた。(ときには「現代《レ・タン・モデルン》」誌や「N・R・F」が、またその頃彼が愛読し始めた探偵小説が入っていることもあった。)「ドーム」か「クーポール」の食卓に坐ると、まず彼は新聞を広げる。スープのスプーンをおくと、次の皿が来るまで、彼はひとしきり読む。食後も読む。われわれはわれわれで勝手にその日の出来事を話す。「アルベルト、オリヴィエがあなたに、ジャンヌ・ダルクの瘢痕についてきいているわよ」、アネット夫人が新聞に読み耽っているジャコメッティにそういう。「何、オリヴィエが……ああ、きみはいつそこに来ていたのか。瘢痕を信じるかって?」ジャコメッティは肩をすくめる。十七歳のときにすでにジャン・コクトーを驚嘆させ、ジャコメッティ夫妻がその天稟を愛しているこのひょろ長い詩人は、食卓の傍らに立つと、まるで泳ぐように体を動かしながら、物凄い早口で、しゃべる。麻薬中毒にかかったこの年若い詩人(彼はそのころ二十二、三歳であった)は発作がやんだときだけ、カフェに出てくるのだが、彼はここ数年ジャコメッティとアネット夫人以外の人には会おうとしない。彼の舌はまだもつれている。彼の言葉はうわごとめき、幻覚と現実が入れまじって、往々意味をなさなかった。

もちろんジャコメッティもたのしく話に加わった。「そうか、きみは今日ルーヴルのプーサンを見に行ったのか。それはよかった……プーサンがそれほど好きじゃないという君の意見に私も同感だ。プーサンはキュビスム以来の最悪のもの、つまり視覚におけるメカニズムの元兇ともいうべきものだ。あそこにはすでにピカソがあり、現代絵画のすべてがある。しかし君もいうとおり彼の色彩はすばらしい。それにプーサンもまた人間はすべて小さく描いているではないか」彼はそういい、いつのまにかペンをもち、いま読んだ新聞紙の上に、眼の前にいるアネット夫人の顔を描き出す。眼から鼻へ、鼻から耳、耳から口へ、すべてが同じ曲線でつながったあの渦を、あのコイルのようなデッサンを。彼はときどき手をとめて呟く。「時間がない、ああ、時間がない」「早く仕事を始めなくっちゃ」

夜の親しい仲間とのこの団欒は、いわば一種の開かれた家庭であった。そこでは各人が自由であり、孤独であり、必要なときには他の者の話に耳を傾け、ときに心を確かめあい、またひとりびとりになって闇の中に消えてゆくのだった。アネット夫人さえ例外ではなかった。睡くなったから、といって立ち上り、明日があるからといって、誰かが別れの言葉をかけると、ジャコメッティは必ず、「どうぞ好きなように」というのだった。ときにはそんな団欒のなかから、ジャコメッティはふっと立ち上り、バーの窓ガラスを下に押して、その横木に腕をのせながら、午前二時の人通りの絶えた街を、一〇分も、二〇分も見ているのだ。「アルベルトはどうしたのかしら、また街を見ているわ。」アネット夫人が呟く。そして彼の背をめがけて叫ぶ。「アルベルト、どうしてそんなに街を見ているの、どうしたのよ。」ジャコメッティは振り向きもせず、ただ床の足を動かして、「実に美しい。何という美しさだろう」、そう呟きながら、なおも夜気に顔をつけているのだった。

或る晩のこと、例の通り、ジャコメッティが新聞を広げ読み耽っていたので、私も昼間街角で買ったジュネーヴの日刊紙「ラ・トリビューヌ」を広げてみた。パリに来る前、私はスイスに一と月いたので、ふとなつかしさから、パリでこの新聞を買ってみたのだ。私は傍らのジャコメッティにこういった。

「スイスの新聞には第一面にこのとおり写真つきで、或る考古学者が最近新石器時代の遺跡を発掘したという自筆の記事がでています。それから或る判事が書いた法律学の本の綿密な書評があとの半頁を埋めています。どの新聞にも学芸欄が第一頁にあって、政治欄や社会欄が四、五頁にあること、こういうことは日本では想像もつかないことです。文芸欄が最初の頁にあるということ、それこそ文明の発達の程度の高さを示すことではないでしょうか」

「私はそうは思わない」とジャコメッティは私の方をふりむいていった。「きみはいまの日本でも政治欄が真先にあるといったが、フランスもそうだ。スイス以上に高い文明を持っている国の、どこにおいてもそうだ。政治欄が真先にあることは、人間にとってもっとも当然《ノルマール》なことではなかろうか。なぜなら民衆にとって何より大切なのは政治であり、それに政治はもっとも現実的な闘争であるからだ。それを離れて現実はないからだ。私は新聞を開くとまず第一頁を読む。それは私の興味を一番引きつける欄だ。それから、それからどこを読むかって？……それからやはり私は文芸欄をのぞくだろう」

私は抗弁の余地なく、彼のいうことは正当であると思った。それは私の予期しない返答であったが、もっと予想外であったのは彫刻家がまさにこういうことを語ったことであった。後になって思ったことだが、もし政治以外には関心がない人間が同じことを言ったとしたら、私は苦笑して聞き流したかもしれぬ。言葉が真に正当であるためには、正当な響きが必要である。私の心を不意に衝き、私を反省させたのは、彼の言葉のもつ正直さ、彫刻家としての関心の正当さ、具体的な人間の全体であろうとする彼の態度の真剣さであった。

冬のスタンパ——法王の貨幣

日々は切れ目なくつながり、街にはマロニエの葉が舞い、やがて冬を告げる重い空がパリを冷たく蔽い始めた。私は残り少なくなった滞在の日を数えねばならなかった*1。そんな十一月も末の或る日、ジャコメッティ夫妻から、もしよければ彼のスイスの故郷スタンパに来ないかと誘われた。ジャコメッティはもう九十歳に近い独り暮しの老母を慰めるため、毎冬クリスマスの前後を故郷で送るのである。彼はそのころ、カロリーヌの肖像を描いていた。出発までにその肖像画を何とか仕上げようと夢中になっていたがカロリーヌが来ない日もあり、ジャコメッティはいらいらしながら、出立を一日一日とのばした。アネット夫人はその度に汽車の切符を買い換えに走った。

結局さまざまな都合から夫妻も私もそれぞれ違ったコースをとって、スタンパに向うことになった。ジャコメッティは数日遅れてパリを発ち、チューリッヒからサン・モーリッツを通ってゆく。アネット夫人はジュネーヴ近郊の実家に寄り、ミラノ経由で、谷間を上がる。私はグルノーブルで数日を過し、ジュネーヴでアネット夫人と落ち合い、そこでまた別れ、クールその他に寄って、やや遅れて彼の故郷に着くだろう。スタンパとはスイスの各州のなかでも人口の最も稀薄な山嶽地帯グリゾン州のイタリア寄りの谷間にある小さな村落である。是非来たまえ、とクーポールのカフェで誘ってくれたとき、ジャコメッティは紙に略図を書きながら説明したものだ。この村は二つの三千メートル級の山脈に囲まれた狭い谷間なので、陽射しが低くなる十二月初めから二月初めにかけては、空がどんなに晴れていても、二月《ふたつき》の間、太陽の姿が見られない。少しコモ湖の方に下ると太陽が見られるが……。私はその説明をききながら、どうしてかジャコメッティの細長い彫刻を思い浮べた。

グリゾンの首都クール（フランス語ではクワール*2）に到着したのは、十二月六日であった。首都といっても人口は一万九千人に過ぎない。私は町の中心にある白十字ホテルに泊った。正面

三、四階にバルコンをもった瀟洒なホテルだ。旅装を解くと、私はすぐ樹林に蔽われた裏山のカテドラルに上った。下方の旧い町の中には、もうクリスマスを告げる金の星や赤い玉が吊され、窓々にその耀きがうつっていた。翌朝、黝《くろず》んだ空から雪が降って来た。みるみるホテルの前庭が白くなっていった。

スタンパはここから、急げば半日の行程である。チューリッヒから来る鉄道は避暑地で知られたサン・モーリッツまでついていて、そこから郵便バスに乗り換え、マロヤの峠を越え、二月《ふたつき》は陽がささぬというその谷へ下りてゆくわけだ。私は、折角グリゾンに来たので、あと二日、山上のシルス・マリアで泊り、スタンパには予定より一日遅れて着きます、とジャコメッティに手紙を書いた。

雪のなかをクールの美術館にゆくとたまたまグリゾン州出身の現代画家展が開かれていた。ジャコメッティの石版画が十数点、土地の画家たちにまじって並んでいた。(どんな寒気のなかにあっても、こんな寂しいところでも、彼の絵は風土を超え磁針のようにレアリテの中心を感じさせる)、私はそんなことを思った。

美術館の別室にはジャコメッティの父、ジョヴァンニの作品と同姓の画家オーギュスト・ジャコメッティの多数の作品が展示されている。

父の方のジョヴァンニ・ジャコメッティは印象派の視覚にひたされた資質のゆたかな画家である。ジョヴァンニは生前スイスではもっとも高名な画家の一人であった。しかし今ではオーギュスト・ジャコメッティの絵の方がスイスの美術館に多く飾られている。数日後、スタンパでアネット夫人が説明してくれたことによると、二人は偶然、ほとんど時を同じくしてこの寒村に生れたが、何の親戚関係もない。オーギュストの方は途中から装飾主義に、ノン・フィギュラティーフに傾いていったので、いまではスイスにおけるアプストラクションの先駆者として、かえって有名になってしまったという。しかしクールの美術館にある作品から推して、私はオーギュストの仕事は、ノン・フィギュラティーフになる以前の作品までがよいと思った。後にそれをジャコメッティにいったが、彼も同意見であった。

シルス・バゼルギア、二千メートルの台上にある雪の小さな部落。スタンパまで後《あと》一息のところに来たが、今少し途上の光景を書きとめることを許してほしい。

鉄道の終点のサン・モーリッツには、大きなホテルが立ち並んでいるが、まだ冬のシーズンに早く、どのホテルも窓という窓を閉していた。その代りに氷河が削ったこの円谷《カール》には、小さな三つの湖水が瞼をあけている。湖は空よりも青く、だれかが雪の中に落していったエメラルドの頸飾りのようにまばゆく光っている。バスがシルス・マリアに止った。私は降りた。ここはニーチェがかつてツァラツストラの第二部を完成した村である。今は避暑地として有名になったこの聚落にも窓を閉した大ホテルが幾棟かあった。私はただ一軒玄関を開けているホテルに掛けあったが、ここもまだ準備中だという。後戻りをして、二〇分ばかし歩き、二つ目の湖と三つ目の湖の間の狭い帯状低地にある部落に入った。そこがシルス・バゼルギアである。ただ一軒開いていた古さびた宿をみつけた。その食堂の窓から、午後になってますます碧光を強めてきた小さな湖水が見えた。二階の部屋に鞄をおくと私は、すぐ雪原にとび出した。それほど雪と湖水が有頂天にさせたのだ。私は除雪車がかきわけた雪の道を湖畔に沿って歩き出した。三千メートルをこえるピッツ・ラグレヴ山がそのまま崖となって道に迫っている。この凛烈な寒気と鋭い光の中で、私は一年間のパリ生活が雪の下に消えてゆくのを感じた。明後日にはジャコメッティに会い、スタンパで四、五日を送るだろう。それは私のヨーロッパ生活の最後を飾る日々になるだろう。ジャコメッティ夫妻のいないパリに、私はもう何の未練もない。私は山の上から遠い日本を思い浮べた。パリからはいてきた靴と薄い靴下で二時間も雪中を歩いたおかげで、忽ち風邪をひきこんだ。宿には老年の学者らしい夫妻が投宿しているだけだった。

郵便バスがマロヤの峠を越える。雪に深々と沈んだ樅の林を左右に見ながら、いくつも急勾配を下ると、やがて谷間が開けてくる。バスは十三の羊腸の道を下り、三つ四つ部落を通り抜ける。いよいよスタンパだ。バスは道のかたえにある郵便局の前に着いた。私はボストン・バッグをもって雪の上に下り立った。ふと見ると道の向い側の切妻屋根の二階の窓が開き、首を出したジャコメッティの笑顔が見える。彼は足をひきひき降りてくる。彼は私の荷物を持ってくれ、きみの部屋は郵便局の階上に用意をした。そこは従妹のやっているペンションだが、わが家も同然だ。夜はそこで泊って食事は向いの私の家へとりに来るがよい、彼はそう言いながら、田舎風の暗い入口を入り、二階へのぼってゆく。

アネット夫人がにこにこして奥の間から出て来た。パリにいるときよりも、一月前ジュネーヴで再会したときよりも、彼女ははしゃいで、まるで新妻みたいに浮き浮きしている。二階の広間にはジョヴァンニ・ジャコメッティの絵が壁一杯にかかっていた。私はまず八十九歳になる彼の老母、ジョヴァンニ・ジャコメッティ夫人に紹介された。

ジャコメッティが描いた母親の肖像ですでに知っているこの小さな老夫人の物腰には、沈黙の深さといったものが感じられた。それが夫と息子に芸術家をもったこの老媼の特異な生涯から来るのか、谷間を埋めた冷たい明るい静けさからくるのか推し測りかねた。ジャコメッティの肖像にあるように、この母親には犯しがたい威厳があった。

「よくいらっしゃった。体が悪くて何も私は御接待ができない」、そういって彼女は初めて来たこの東洋人の顔を、奥まった眼で眺め、「どうぞ、ゆっくりなさって下さい」といい残して、広間のはずれの居間へ戻っていった。

老夫人は大概は居間のベッドに臥っていたが、元気のある日には、広間の隅におかれた書類机に坐って、いつも何かを書きつけているのだった。大抵は食事も自室に運ばせた。しかし調子のよいときには私たちと一緒に食堂に出て来て、言葉少なに会話に加わった。

「仕事は進みましたか」とジャコメッティにきくと、「ここへ来てからも毎日やっているが、眠りすぎていけない。毎日こんなに眠れるかと思うほどによく寝ている。きみもここではぐっすり眠れるだろう」という。さすがにジャコメッティもこの静かな故郷に落ちつくと、あのパリでの仕事の過労がどっと出て眠りにひきずりこまれるのであろう。人間の限界をこえた日夜をわかたぬ仕事ぶりを親しく見てきた私はここで彼がいくらかのびのびしているのを見て、こちらまで人心地がつく思いがする。それほどパリにおける彼の仕事ぶりは凄まじかった。

私は腰を落ちつけると、かねてとりかかっていた矢内原伊作の『ジャコメッティ』の或る章の仏訳を彼に見せた。私は矢内原伊作のように彼のモデルをつとめたわけでなく、何一つ彼のために尽したわけでない。それに矢内原伊作の友人であるというただそれだけの信頼から彼が私に示した絶対の友情にどう酬いればよいのか、私はわからなかった。サルトルはジャコメッティについて絶対の探求というエッセーを書いた。私が彼から受けた知遇は絶対の友情といってよいものだ。どうお礼をしてよいかわからない。或るときそういうと、そんなに気にするなら矢内原伊作が発表したというその日記の一部*3を仏訳して見せてもらえないかと乞われた。私は旅行の途次グルノーブルで仏訳をはじめ、ジュネーヴで滞在中、アネット夫人に手を入れて貰ったが、この仏訳はまだ充分とはいえなかった。しかしジャコメッティが出来上ったところまででよいから、是非読んでほしいといったので、私が仏訳した彼の日記の数頁をアネット夫人が朗読した。「うん、まったく、その通りだ、なかなか面白いではないか」とジャコメッティは満足そうに笑い、「確かにそんな話をした。ヤナイハラは正確に書いている」といって、私の労を謝した。いまそのときの夫妻の顔と広間の窓硝子が眼に浮ぶ。

故郷に帰ってもジャコメッティは仕事をやめなかった。夫妻の寝室の向うの元の書斎のテーブルの上で、彼は記憶によりディエゴの像を作っていた。彼が帰って来たことをきいて、昔の友人が、一人、二人とその書斎に訪ねて来るのだった。そのなかには医師のコルビエッタもいた。彼はイタリア語で話したり、グリゾンの国語であるロマンシェ語で話したりした。

私は朝だけは、向いの郵便局の上にあるペンションで食事をとった。この人口六〇〇人の村には、ジャコメッティの家と父の生家で今は従妹が住んでいるこの家屋の他には石造の家はほとんどなく、粗末な木づくりの農家が数屋あるだけであった。私が泊ったペンションの階下、街道から入る片方の口はカフェになり、郵便局のある方のもう一つの入口は雑貨屋になっていた。風邪を引いている私のためにアネットさんがその雑貨屋でヴィクスの薬を買ってくれたことを思い出す。私はディエゴのものだというゴム長を借りた。それでも道の凍雪が滑りやすく、二、三度転んだ。

ジャコメッティの家には母家に並んで、日本の校倉造りとよく似た丸太組みの四壁をもつ別棟があった。そこは父のアトリエであったが、冬の間は寒くて使うことが出来ないという。アトリエのなかに、後に「ドゥ」Du の特集号やその他の画集にその写真が紹介されたジャコメッティの青年期の彫刻や、また少年時代の絵があった。ディエゴが十六、七歳のときに描いたという、ソリオの近辺の風景画もあった。私がしきりにそのカンバスを褒めると、そうだ、ディエゴはわれわれ兄弟のうちではもっとも才能があった、彼はこれまでたった三点しか油を描かなかったが、いずれも自分のものよりもよい、と彼は自作と見比べながらそういった。

ジャコメッティ夫妻はこんなところにいても毎日カフェへ行かねばおさまらなかった。尤もそのビストロは、私が投宿しているこの家の階下にあり、そこにしかなかった。そこは宵の口に百姓たちが一杯やりに来る他はいつもがらんとしていた。夕方になると、アネット夫人がジャコメッティにこえをかけ、じゃ先きに行ってアペリティフを飲んで待っているからと彼をうながすのだった。或る晩ジャコメッティが穴倉のようなそのビストロで百姓たちに囲まれて、やんやとやりあっていたことがある。頭の禿げた見るから小憎らしそうな年老った百姓が、しきりに彼をからかった。何をいっているのかイタリア語がまったく解らないので、アネット夫人に訊くと、あれはこの郡の方言で、完全には私もわからない、でもさっきから皆が話していたのは、ドゴールのアルジェリア政策のことを議論していたんだという。立ち上って、笑いながら大声をあげていたジャコメッティが隣りの席に戻ってきたので、尋ねると「あれは小学校の同級生だ。あの禿げたのが。それからその隣りにいるのも同級生だ。自分はもちろんこの村の人間を全部知っている」といい、一息ついて、「セザンヌは見事な画家だった。百姓たちを見るとどうしてもセザンヌが眼に浮ぶ。きみも知っているだろう。カルタを取っている二人の百姓の絵を。何と似ていることだろう」といった。

ジャコメッティにつづいてカフェを出ようとすると、またひとしきり禿げ頭の百姓が騒ぎ立てた。ジャコメッティはふりむいて、三言、四言大声で応じたが、表へ出るなりいった。「奴はさっきからお前は馬鹿だ、お前に比べるとお前のお母さんの方が遥かに立派だ。一体パリに出てお前は何をしているのか。お前は頭が変ではないか、といった。じっさい、彼のいうとおりだ。私はどうかしている。頭が変かもしれない。」彼はそういい、肩をすくめ、両手でもじゃもじゃとした頭を抱えた。

次の日、夫妻が余り起き出すのが遅いので、寝室をノックすると、アネットさんが、どうぞお入りなさいといった。パジャマ姿のアネットさんはちょうどこれからコーヒーをジャコメッティの枕元へ運ぶところだった。ジャコメッティはベッドの上で眼を開いて、ゆうべは夜中から熱中しだして、とうとう午前四時まで仕事をしつづけた、昼を待たしてすまない、という。しかし着更えをすると、彼はすぐ仕事場の机の前に坐り、「まだ駄目だ。朝になるとよくなると思ったがやはり同じことだ」と溜息をつき、ともう太い指がディエゴの土の頭部を押しているのだった。

昼の食事は老夫人が顔を見せてにぎやかであった。女中が炉のそばに立って給仕をした。

「お義母《かあ》さんはね、これでも昔は芝居に出られたのですよ、十六、七のときに」

アネット夫人がそういうと、老夫人がつづけた。

「そうだった、あのころはプリマドンナだった。シラーの『群盗』を郡でやってね。ゲーテの作品もやった、あのころは……」

私が驚いた顔をすると、アネット夫人が、この谷間は随分昔からイタリアから北欧へ通じる要路で、往時はサン・ゴタルドの峠の他には、ここしか北欧と南欧とをつなぐ道がなかった。アルプをぬける通路は、ドイツ、オーストリアに寄っていて、それで昔からこのあたりではドイツの文学作品が読まれたのだという。シラーにせよ、ゲーテにせよ、すべてこの郡の方言に翻訳して、読まれもし、演じられたのだ、という。そんな四方山の話をしているとき、ふいにジャコメッティが立ち上がった。どうしたのかと思うまもなく彼は食堂の奥から、突然うおうおうおうと叫んで背を丸め熊の真似をしながら歩きだした。その恰好が余りにおかしいので、みんなはどっと笑った。

「自分も俳優になりたかった、なれなくて実に残念だ。」彼はそういって席に戻り、それから「みなさん、失礼」といった。

四日間が過ぎて行った。最後の日の午前、私はジャコメッティが仕事台に使っている机上の花瓶にさされた不思議な植物を記念に所望した。枯ればんだ枝に葉とも実ともつかない銅色の縁をもつ薄い白い板状の小円が賑やかについた小枝である。それは「法王の貨幣」とよばれるこの谷間にしかない花で、枯れているように見えるが、水を吸わなくとも一年は充分生きているという珍らしい花だった。

夕陽がオレンジ色に雲かげを染めたあの透きとおったコモの湖畔、コリコの寒駅のプラットフォームをどうして忘れることができるだろうか。彼は前日わざわざ、私のためにパリ行きの国際列車の個室の切符を予約し乗車券まで買ってくれた。そしてその日の午後は仕事を休み、ハイヤーで谷を下って湖畔におり、ミラノ行きの汽車が出るその駅まで私を見送ってくれた。まるで伯父か年長の兄であるかのように。列車が入る直前、私たちは別れの抱擁をかわした。

ミラノ行きの汽車に乗りこむと、私はこの汽車がミラノにもパリにも寄らず真すぐ日本へ走ってくれるなら、としきりに願った。そして急に一刻も早く、東京へ帰り、私も仕事をせねば、一日も早く仕事にかからねばと思った。大切なのは土地でもなく風景でもなく、文化や文明の質でもない。大切なのは、創造に仕えること、仕事をとおして生成の鼓動をききとり、世界と一体になることである。大切なのは人間であり、愛であり、中心を目指す方向、極限を生きつらぬくことである。胸にわきのぼるさまざまな思いを反芻しながら、私は涙に曇った眼で車窓が暮れてゆくのを見ていた。

＊1　一九六〇年。私はこの年十二月末、帰国した。なお本稿は旧稿「法王の貨幣」（『迷路の奥』所収、みすず書房、一九七五年刊）からの抜萃である。

＊2　アルベルト・ジャコメッティは六年後、一九六六年一月クールの病院で死んだ。

＊3　矢内原伊作『ジャコメッティ』（宇佐見英治・武田昭彦編、みすず書房、一九九六年刊）所収「ジャコメッティとともに」9（117－126頁）参照。この部分は一九六〇年雑誌「同時代」11号に発表された。なお私が仏訳した彼のこの日記は、後年、*Alberto Giacometti. Ecrits* (Hermann, 1990) pp. 253–261, Entretien avec Isaku Yanaihara に収載されている。『ジャコメッティ　エクリ』（みすず書房、一九九四年刊）380－391頁。

明るさの神秘——宮澤賢治とヘルマン・ヘッセ

一九六〇年五月の或る日、私はスイス、モンタニョーラの丘に当時八十二歳になるヘルマン・ヘッセを訪ねた。それは『クヌルプ』の詩人を訪問するにふさわしい晴れた日で、いまヘッセが背にしている石造りの高い窓から、南国の明るい空がふかぶかと眺められた。

談話が古代仏教のことからたまたま日本の現代詩の動静に及んだとき、私はまずまっさきに宮澤賢治のことを話した。むろんヘッセは賢治の名前さえ知らなかった。私はそれでも宮澤賢治がここ百年来、或いは数世紀来、日本の最高の詩人であると思われること、彼の詩が若年からの激しい大乗仏教への信仰によって養われ、農民のために実際活動にとびこんで夭折したこと、そのリズムといい、響きといい、感覚の純粋さといい、他に比類をみないこと、そういうことを控え目に、しかしこころをこめて話した。それから彼の詩がまだ全く西ヨーロッパに翻訳紹介されていないのは残念であるけれども、実はこの五月の明るい空を見ていると、そしてこんなにも静かだと、さっきからどうしてもこの詩人のことが思いだされてならないこと——あなたもまた『ペーター・カーメンチント』以来、雲をさまざまに描いておられるが、賢治も空の雲を百数十とおりにそれぞれ違ったふうに描きわけていることなどをヘッセに語った。ヘッセは、自分も数えあげればそのくらいに雲を描いたかもしれない、雲の多様性と動きはつねに自分の心をひきよせる、いまでも自分はぼんやりと雲を眺めているのが好きだ、そういいながら窓の方に首をめぐらせた。

話題が変り、賢治についての話はそれだけであった。しかし実をいうと、ルガーノ湖畔の丘の斜面にあるこの家に招かれ、静かな明るい光のただよう書斎でこの賢者と向いあっていると、さっきから私にはなぜとなく、ほんとうはいまここで私ではなく賢治こそヘッセと向きあって話すにふさわしいという思いが、しきりと頭をかすめるのだった。賢治の話をしたのはそれきりだ。しかし私がこの日本で他のいかなるたましいよりも敬仰した偉大な天才の名を、ほかならぬヘッセ、『シッダールタ』と『ガラス珠演戯』の詩人に、その名だけでも告げ知らせえたこと、私はただそのことだけでこころが満ちる思いがしたのである。二人は私にとってあまりにも遠い星辰であるけれども、ひときわ強い光芒で私の泥沼を、錯誤を照らしだす。私が人生や仕事の途上でしどろもどろに迷うとき、私は彼らの光によって咽喉をうるおし、私の磁極を、行くえを見改める。「警貢高心警散乱心」賢治が自戒のために手帳に書きつけた偈句や言葉は、彼の詩の波動や光暉とともに、二重、三重の力となって、ときに私をむちうつ。

もちろんヘルマン・ヘッセと宮澤賢治は精神の風土がちがうように、その資質もちがっている。賢治にはヘッセが苦しみ超克したあの病的な時代精神の澱《お》りものがない。そのかわりに賢治の詩には、どんな快活なものにも人の世の哀苦が印刻され、彼の明るいユーモアにはかならず星の瞬きがともなう。ヘッセもまた賢治と同じく幾篇かのメルヒェンを書いたが、彼の寓話には原初の悲願がつきまとい、人間の孤独と苦悩が白い魔法によって浄められる。賢治にはヘッセがもつあのダイナミックな情念の奔騰がなく、また歴史にたいする知性のきびしい審判と洞察がない。賢治の詩は外が寒冷で内側が暖かい炉を、ヘッセの詩は自由で、内側がきびしい意志を思わせる。ヘルマン・ヘッセはヨーロッパのどんな詩人よりも古代インドの哲学や神話や文学に親しんだ。しかし彼は法《ダールマ》を、正覚を、体系や自己の外部に求めず、真我《アートマン》に求めた。解脱は彼にとっては知慧のひとつではあるが真の法ではなかった。ふるさとは世界のどこかにではなく各人の内にある。《私はかつて樹木であったばかりではない。私はいますなわち樹木なのだ、だから私は樹になる必要はないわけだ》ヘッセはくりかえしそう説いた。

私はいま賢治とヘッセのエトスの差違をのべながら、ふとこの言葉を思い出し、この言葉に衝きあたる。というのも賢治自身も同じように感じていたではあろうが、縁起は現象相互の依存相対の関係をあらわす法であるばかりでなく、この「地涌の天子」にとっては万物の同時共在をもあらわすものではなかったろうか。でなければクッねずみが演説したり、夜鷹が改名披露をさせられたり、火山弾のベゴがしゃべったりするあの無類の自然さ、あのいささかの巧みもないユーモアが、どうして説明できるだろうか。（それはすべての天成の童話に通じるというならば、まさにそれはそのとおりに違いない。）

わたしたちは、氷砂糖をほしいくらゐもたないでも、きれいにすきとほつた風をたべ、桃いろのうつくしい朝の日光をのむことができます。

またわたくしは、はたけや森の中で、ひどいぼろぼろのきものが、いちばんすばらしいびらうどや羅紗や、宝石いりのきものに、かはつてゐるのをたびたび見ました。

わたくしは、さういふきれいなたべものやきものをすきです。

これらのわたくしのおはなしは、みんな林や野はらや鉄道線路やらで、虹や月あかりからもらつてきたのです。（以下略）

童話集『注文の多い料理店』に附されたこの序文は、彼の詩のなかのもっともすぐれた詩篇に劣らず美しい。この無比の透明さは話し言葉による詩の極致を示している。彼の童話によく似た童話を書きうる人があっても、この序文の数行は何人も書きえないであろう。古来、美しい人をさして花《ハ》解《ス》レ語《ヲ》という。しかし花が語りかけてくるためには、まずその人が美しい人であらねばならず、シグナルのささやきを聴きとるには優しいシグナレスにならねばならない。一切衆生がおのれの傍らに、ともとしてあるのではなく、おのれを滅却して万物に、もろともに輝やく宇宙の微塵に化さねばならない。

ヘッセのメルヒェン「イーリス」や『ヴァンデルング』のなかの「樹木」の章を読む人はヘッセもまた花の言葉を聴く人、すばらしい樹木の傾聴者であることを知るだろう。しかしヘッセはそこから一歩をすすめていう。《樹に傾聴することを学んだ者は、もう樹になりたいとは願わない。おのれ以外の者になりたいとは願わない。おのれ自身、それがふるさとなのだ。それが幸福なのだ》。大切なことは生死流転、輪廻を脱することではなく、第四次元の延長において多元の一如を、いまこのときにおいて万象の顕現を夢見、生きることである。賢治のヴィジョンは受動的であり、彼はイメージや観念を決して人に圧しつけようとしない。賢治は第四次元の延長において考えることの意味を知っている。すなわち彼が考えるのではなく、自分が何かおのれを越えたものによって《考えられている》ことの尊さを知っている。彼の思考は意識的に或いは放恣に分析し、推理し、秤量、判断するのではなく、《銀河を包む透明な意志》と《世界が一の意識になり生物となる方向》（農民芸術概論綱要）に、さながら磁極に引かれるように引かれてゆく。あの内なる外界、外なる内部との一歩一歩の対話、モデラートの、ときにはアレグレットやアダジオの、或いはまた回帰する歩度をもった心象スケッチ——たとえば「小岩井農場」の長詩——は風をとおし、内面をとおし、つねに賢治が空寂の世界と対話をしていることを思わせる。つねに異次元からの呼び掛けを記録したこれらの詩句は『銀河鉄道の夜』と同じ素地で書かれている。

賢治の詩が一見、構築性をもたないように、アイヒェンドルフの流れを汲むヘッセの詩も——

ドイツ語に疎い私が自信をもっていえることではないが――構成の枠組に執しない詩が多いと思われる。しかしそれは韻律から離れることとはちがう。《巨大に明るい時間の集積のなかで》《かげとひかりのひとくさりづつ》をうつしとるとき、賢治が恐れたのは、おそらくことばのメカニズムが生みだす方向の逸脱であり、ことばが宇宙の生成の全体ではなく、仮象の一部にかかずらう詩の病弊であったのではないかと思われる。

　まことのことばはうしなはれ
　雲はちぎれてそらをとぶ

　ふいに天上から詩のなかに降り立ったようなこの句は、賢治にとって、言葉がすでに光であり、光へのロゴスであり、光からのうながしであることを語っている。彼の詩が巨大な明るさをもち、その言葉が暗黒を浚渫《しゅんせつ》せぬため、騒乱にたいする病的な嗜好をもった人には、その健やかさがあきたりなく思われるかもしれぬ。そういう人々は次のヘルマン・ヘッセの言葉をいま一度心して思うべきであろう。
《世界とその神秘の深さは、雲の黒ずんでいるところにはない。深さは澄んだ明るさの中にあるのだ》

未知なる友

去年（一九八九年）の九月十一日、カザルス・ホールでハーピストの篠田淳さんの演奏会があった。曲目の第一部は、バッハのト短調のフルートソナタ、ついでピエルネの「綺想即興曲」、J・M・ダマーズの「フルートとハープの為のソナタ」、それから休憩となる。軽快で洒脱で、音色のゆたかな、ダマーズの終章が終ると、盛んな拍手が起った。篠田さんは舞台の袖に消えたが、鳴りやまぬ拍手にまた戻ってきた。

彼女は舞台のまんなかに立つと客席をみつめてこういった。

「私の敬愛する矢内原伊作先生が八月の半ばに亡くなりました。その追悼にヘンデルのラルゴを弾きます」

客席はふたたびしんとなった。

その夜の聴衆は篠田さんの演奏を格別愛する人たちや彼女の友人たち、或いは室内楽やハープの愛好者が主であるように思われた。休憩時間に私は矢内原か私を知っている人がひとりくらいはいそうだと思って探したが、ロビーの片すみにやっとM嬢の姿をみつけてほっとした。休憩も終りに近づき、私は二階に昇って元の席に腰を下ろした。それからいまは楽器しかおかれていない、がらんどうの舞台を上から見ながら、ついさっき篠田さんが美しい長身をあらわして伊作君哀悼のハープを奏でたことを思った。きらびやかな聴衆が階上にも階下にもみちているが、矢内原伊作の書物はおろか、その名さえ知っている者は、当の淳さんをのぞけばM嬢と私との二人だけかもしれない。いや彼は、も少し有名で、どこかの書店でその本に触れ、何かの雑誌でその名に眼をとめた人がここにも六、七人はいるかもしれない。……その矢内原伊作は八月十六日早暁断眠した。十七日鎌倉雪ノ下教会で前夜祭が営まれ、十九日告別式があった。享年七十一歳、いまはもうこの世にいない。私は瞬刻のうちに彼の生涯の重さと別離の迅さを感じ、またこの公演の最中に、彼女が思いがけず友人のために哀悼の曲を捧げたこと、彼女の万人を前にしての勇気と慕情の純真さにおのずと頭の下る思いがした。私はあらためて感動した。

ラルゴは彼が愛した山中湖上の雲となって消え、その微笑みが闇の空に残った。

どうして最後まで私は彼とあんなによく会いつづけたのだろうか。前にもあるところに書いたように*1私は十日も会わないと彼と会いたくなるのだった。二人は同年の生れで、五十年来の友人であったが、その交情は年々深まるばかりであった。もちろんそれぞれ自分の仕事をしていたが、大てい同じ目標をもつ共通の仕事――この「同時代」の編集や刊行もそうだが――に万難を排して協力しあっていた。黒の会のサロンや折々催した展覧会、昨年三月、入野義朗音楽研究所と共催で開いた現代音楽の夕べもその一つである。そんな用向きもあって週に二、三回は電話で連絡をしあい、その上、葉書や手紙、回状が来、少くとも月に三、四回は大概誰かをまじえて午食《ひる》か夕食をともにした。何十年来そうであったが、たがいに七十歳を越してもその習慣はかわらなかった。

友情がつづくためには何といっても共通の思想の分有、志向の一致が必要である。しかしさらに突きつめていうならば、それが持続するためにはまず心の方位――眼に見える或いは見えぬ世界にたいする精神の定位の仕方が根本条件となるのであろう。なぜなら友情といえどもそれぞれの努力の結実であり、たえざる方位（Points cardinaux）の検覈《けんかく》がなければ、たちまち持続が崩れ、感傷に、過去への郷愁に堕するであろうから。

私は矢内原伊作と長年つきあってきたが、巷間でいう「友情」をめったに意識したことはなかった。（ただ彼が京都にいたころ、もう三十年も前、何の理由もなく「金が余っているからきみいらないか」といって三万円くれたことがある。）

私が彼に対して持った感情は、羨望と憐憫、妬心と畏敬のまじった複雑な感情、しかし世間という名の因襲と惰性、また独善と狂気――あらゆる陋劣下賤――に対して断乎戦う暗黙の盟約、いやそんな理窟をこえた何か運命的な、心の深部における愛というべきものであった。私は彼が多少小狡《ずる》いことをしてもその行為のうちに、私と同一のものを見、他方彼の宏量と勇猛心にしばしば自分を励まされた。

何十年もつきあっておれば当人の手口や、対処のしかた、隠された動因までわかってくるものだ。しかし矢内原の場合はちがった。前にもいったが、私は彼に会うたびにつねに私の予期せぬもの、私にとっては未知の彼の一面を発見しておのが認識の粗雑さに気づかせられるのであった。一口にいって、彼の思想や信念は論理によって厳密に築かれていたが、彼の存在はとりとめがなく、とらえどころがなかった。彼は多分彼自身も困るほど彼からはみ出ていた。いま眼前にいる彼が私にはついぞ見知らぬ彼であり――、また彼を熟知していると思っていただけに――、その彼がはなはだ新鮮に感じられるのだった。数月来私は努力をかさね粒々辛苦して、つい先日まで蔽われていた視界が或る日、突如前に開けてきたとする。考えても考えても分らなかったことがふいに解けてきたのだ。そんなとき心中揚々として何かの用で彼に会うと、彼の方でもこの半月、私が思いもしなかった未知の鉱脈を探っていたことを言葉少なに呟く。私が前より一月分進歩したと思うと、彼の方は三月分進んでいる。私が七〇メートル岸壁を攀じ登って止まると、彼はまだ下方にいる。追いつ追われつ、しかし互いに相手を見失わなかった。会うたびにわれわれは二人の一致とずれを確かめ、またその後ではダンスをしたくなるようなたのしさをおぼえた。

或る時、彼は「色即是空というより空即是色という方が本当だね」といったことがある。「そうだ、君もそう思うかい」私はわが意を得たように答えた。「かねてぼくもそう思っていた」

彼に会うことは、つねに見知らぬ彼を発見する歓び、新鮮な経験をともにすることであった。ジャコメッティが彼をモデルに日々辛苦したように、彼の風貌は毅然としているかと思うと茫藐としており、捉えどころがなかった。実存のもつ曖昧さ、矢内原伊作という肉体に支えられた、或いは支えている精神の境界のないひろがり、その曖昧さを曖昧なままに正確にとらえようとする欲求、彼にはそういう願望を相手に喚起する不思議な魅力があった。

去年の三月二十五日、私たちは五、六人で湯河原温泉に一泊した。それから五ヵ月後、彼は帰らぬ人となった。その間に彼は薄い Campus のノートとさらに薄いもう一冊のノートをのこしたが、そこに病中日誌をまじえたメモふうの言葉を書きのこした。その一部が雑誌「同時代」（特集 矢内原伊作追悼*2）に「最後のノート」として掲げられている。

そのなかに翌三月二十六日、みんなで真鶴半島に遊んだときのことが書きとめられているが、その数行さきに

〈キミハ夢ヲ語ル

〈ワレハソレヲ実現セム

という二行がある。この言葉のうちキミというのは私のことで、ワレハというのは、彼、矢内原伊作のことである。これは岬のケープ・ハウスの室内で置酒款語、午餐のさい私がふといった言葉に彼が応じた語をそのまま抄したものだ。どういう気持で彼はこの二行を書きとめたのだろうか。私はそれを読み、その一行を語った人がいないことを思うと、腸《はらわた》を断ち切られた思いがする。

一昨年の初夏のことである。或るとき、ふとしたはずみに「黒の会で、展覧会をやるのもいいが、一度音楽会を、それも現代音楽の会をやったらどうだろう」と彼にいったことがある。彼はたちまち乗り気になり、その実現にとりかかった。われわれ文学者の仲間だけでは到底できないので、まず入野礼子さんに諮《はか》り、入野義朗音楽研究所と共催で、演奏会を企画、翌年開催することとなった。同年七月、その相談のため、入野夫人、矢内原伊作、私の三人は中村屋のレストランでよく集まり食事をともにした。「同じやるなら、第一級の作曲家の作品を、第一流のホール、第一流の演奏家でやろう。金？　赤字が五、六〇万出ようとしれている。黒字になるような会ならやらない方がよい」私たちはじっさい彼のこの言葉にどれだけ励まされたろう。

彼は気が早かった。直ちにその準備のための行動にとりかかった（いまから思うと死が彼を急がせていた思いがする）。彼は食事のテーブルから立ち上がり、その場でサントリー・ホールに電話を入れ、また数日後、自ら事務所に趨いて会場を予約した。

入野夫人と私とはプログラムの編成にとりかかった。私はプログラムの最後に、同年の六月、デンマークのレーシェンボルクの伯爵夫人の古城で演奏された松平頼則さんの曲「桂」(歌、フリュート、クラヴサン、ハープ、ギター、打楽器のための曲)の演奏を入れたかった。実をいうと「桂」は桂離宮にちなむ、八首の和歌から成っていて、私はその仏訳を試み、またデンマークから成功の報がとどいていたからである。それはともかく音楽会の次第については別のところに書いたのでこれ以上ふれまい。ただ作曲家や多くの演奏家との交渉、リハーサルの立ち会い、会場での準備、企画構成の万般にわたって尽力された高橋冽子さん(入野夫人)に――亡き矢内原伊作ともども――この機に謝辞をかさねて申しあげておきたいと思う。

翌年三月末の定年退職をひかえて、彼は学務や最終講義その他で忙しかったにちがいない。しかし彼はそのひまをぬって、チラシやプログラムの作成、切符の印刷とプレイガイドへの発送依頼、招待状の発送、当日のリハーサルとパーティ、あらゆる実務をほとんど一手に引きうけ、音楽会の成功に全力を傾けて奔走してくれた。記憶によると翌年一月十三日私の誕生祝をかねて、刷り上がったばかりの小野木学氏の「スコシダマッテイロ」という絵が入ったアート紙のチラシ数百枚をルックザックに入れて、わざわざ私の家の近くのうなぎ屋まで運んでくれたのを思いだす。そんな重いものを(!)運べぬほど、そのころはもう病気が進行していたはずである。しかし彼も、彼の家族も、私も、そのとき一緒に来た二、三の女友だちも、だれもそんなことは思わなかった。彼は煙草を喫い、いつものように冗談をいい、少量だがビールを飲んだ。〈キミハ夢ヲ語ル〉〈ワレハソレヲ実現セム〉だがいま私はだれにまた音楽会を開こうと語ればよいのか。だれに、とびきり美しいプログラムをつくろうと相談すればよいのか。

音楽会は昨春三月十八日の夜、成功裡に終った。二十五日、湯河原温泉にでかけたのは、彼と私にとってはまず自身を労《ねぎら》うための旅行であり、彼はまたこれが最後の旅になるかもしれぬことをひそかに予感していたにちがいない。彼はつとめて自分の体調の悪さや苦痛を友だちたちにみせぬように心をくだいていた。

四月、彼は虎の門病院に入院した。退院時、錫子夫人は医師からほんとうのことを知らされたようであったが、私は半ば疑い、半ば息災延命を念じていた。

七月十七日、同病院に再入院。その後のことは語るまい。ただ死後、錫子さんからいわれた彼の言葉が私の体内に棲みついて離れないので、そのことを書いておく。

すでに別のところで述べたが*[3]、七月鎌倉の病院から虎の門へ移って来ると、東京へ来たというので、親戚の人たち、知人、友人等が日ましに次々に詰めかけた。さすがの彼も音《ね》をあげてこう見舞客が来ては疲れるよと不快を訴えたので或る日奥さんから電話がかかって、親戚の方は錫子さんから声をかけるが、友人や雑誌社、出版社の方々には見舞をしばらく見合わせていただくよう、私から話してほしいということであった。私は早速、四、五人の友人に連絡をとって、それぞれ手分けして右の意向にそうよう伝達を依頼した。それでも私は用事にかこつけて時々見舞いにいったが、なお足りず、ときに会いたいと思う気持を抑えつけたりした。次の文は別のところ*4に書いたものである。

《その頃、彼の死期が近づいてきたことを思うと、私は毎日でも彼に会いたくなり、会う日を積み重ねたくなるのだった。家族なら、――仮りに私が女であったなら、そういう気持になるのは自然なことであろう。しかし男同士の間でもこんな衝動が起るのを初めて経験しながら、私はわが身を顧み、長く生きてきたのに、なお未到の感情があるのを初めて知った》

この文を書いた以前かあとか知らない。手紙で知らされたのか直接きいたのか、それも定かでない。ただいずれにせよ私は鋤子夫人からこんな話をきいた。

「例のお友だちや知人や見舞客を、それなら当分ことわりましょうということになって、それなら宇佐見さんはどうするのと伊作さんにきいたら《宇佐見君には毎日会いたい》というのです」

私は夫人から彼のその言葉をきいたときほど、悲しみが心に沁みとおったことはない。《宇佐見君には毎日会いたい》、だのに私は遠慮から、またたとえわが家にも病人があったにせよ、一時間でも多くこの世で会いたいという思いを、私は彼の平安のために強いて圧し戻した。明日の午後は何としても行ってみようと思いながら――。

去年の十月初旬、私たち、川崎浹さん、影山恒男君、画廊の村越夫人、文頭に書いたハーピストの篠田淳さん、ヴァイオリンの飯田芳江さん、それから私は、山中湖畔のペンション・モーツァルトを訪れた。

別に目的もなかったが、誰からとなく誘い合せて、ペンションで一泊、翌日は湖汀に出て矢内原伊作のいなくなった山中湖の秋にふれようというわけである。

その晩カセットで、篠田さんの伴奏による矢内原伊作の詩の朗読をきいた。私は――こんなところで私見をのべてもしかたがないが――詩の朗読が嫌いである。黙読ならば、私は詩句から受ける自分のイマージュをひろげたり、捨て去ったり勝手気儘にたのしみうる。朗読はたとえどんなに巧みなものであるにせよ、詩句が喚起するイマージュを読む人の肌色に染めかえてしまう。染衣《そめぎぬ》がもし美しければ、体臭がつかぬ方がよい。

しかし作者がすでにこの地上にいず、また篠田さんの伴奏であれば聴かぬわけにはいかない。カセットに入っている朗読の最初は、彼の詩の中でも比較的読まれている「かくれんぼ」であり、ついで「風と樹の詩」（Ⅰ風は歌った…　Ⅱ樹は歌った…　Ⅲ風は歌った…　Ⅳ樹は歌った…）がハープのすばらしい伴奏によって朗々と詠唱された。これらの詩は数年前に、このペンションで彼が主になって開いた詩の朗読会で朗唱され、ひきつづき、伴奏はちがうが、池崇一、加島祥造氏もそれぞれ自作の詩を朗読したのだという。

「その日は三時頃に矢内原先生が来られて一度だけ打合せというか練習をし、それからここでぶっつけ本番でやったのですが、意外にうまくいったと思います」篠田さんがそういった。聞きちがえでなければ、このハープの伴奏にはジョン・ケージの或る曲のモチーフを用いたのだそうだ。謡曲によって鍛えられた彼の声は振幅の大きな遠くまでひびく朗々たる声音で、他の楽器よりハープの音色とよく諧和すると思う。——悪くはない。これまで実際に或いはカセットで聴いた人が皆よい朗読だというのは本当だと思った。

翌日は周囲の低い山々は雲に閉され、湖水の表面は靄に蔽われてほとんど水面が見えなかった。私は長崎に帰る影山君と飯田さんともども川崎さんの車に乗せてもらい、十一時ごろ丘の林中にあるペンション・モーツァルトを発った。

湖面が見たくなって、車なら数分の汀にちかいカフェ・ミシェルにより、晴れた日なら湖水がきらきら見えるガラス窓のちかくの食卓でわれわれはコーヒーをのんだ。その日は水蒸気が立ち昇って風が強く、いまにも時化《しけ》そうな気配で何の情趣もなかった。ただ大きなガラス窓の外には渚まで平坦な緑の草地が見えていた。私はふいに矢内原がいない山中湖などは二度と来るものでないと思い、寂しさが眼の前の草地を歩いているかのように感じた。

雨が強く降ってきた。予想のとおり湖上は時化ていた。車は水飛沫をあげて湖畔の周遊路を疾走した。忍野の入口から富士吉田に直接向う新道に入ると、眼の前の前面ガラスに大きな雨粒がたえずかかってきた。

私はその雨の窓をみながらどうしたわけかジャコメッティが描いたヤナイハライサク像を思い出した。そして絵の中の彼はベッドの上の彼より自然にいまもなお呼吸しているかのように思い、また彼が死んでも世界の景観や情勢は何一つ変らず、こうして四人が車に乗って変らず前方をみつめていることが何か不審なことのように思えた。死によって彼が肉体のまわりに発散させていた茫藐たる曖昧さが消えたわけではない。ただ死は彼の存命中私がたえず彼のうちに見出した未知なるものを永劫に運び去ってしまった。死は未知を消す。かといって未知がなくなったわけではない。

車は山裾にむけて雨の中央高速道路を疾走していた。曜日のためか一台も前行車が見えなかった。

＊1　「時空の彼方で」『見る人』（みすず書房、一九九九年刊）183頁。
＊2　「同時代」55号（特集　矢内原伊作追悼）黒の会、一九九〇年七月刊。
＊3　「最後の日々」『矢内原伊作　誄辞と遺稿』（発行人矢内原鋤子、一九八九年刊）、のち「最後の日々——前夜祭での挨拶」『見る人』172頁。
＊4　「矢内原伊作の死とジャコメッティ」「みすず」一九八九年十・十一月合併号、のち『見る人』158頁。

多生の旅 より

闇の光

舞台が暗転するときには闇があらわれる。富士山麓にある富士美術館で広重の五拾三次展を見てから、私は富士駅から上り列車に乗った。熱海で小一時間待って、伊東に廻り、夜陰の山道をタクシーで上り、林中でただ一軒明りを洩らしている宿に着いた。暗転する舞台に残った役者のように道中の光景や出会った人々の顔を思い、ひとりになると奈落のような闇に裹《つつ》まれるのを感じた。

私が道中そんな暗さをたえず心に感じつづけていたのは、一つには昼間美術館で見た広重の錦絵のせいであったかもしれない。広重の絵にあってはどんな画家の絵よりも闇が、それも日本の闇が身近に感じられる。それは物ごころのついた幼な子の胸をふと騒がせる闇であり、われわれの曾祖母が身のまわりに漂わせていた闇である。その夜薄暗い燈火のもとで私は死んで行った人たちのことを茫茫と思った。
なかでも二人の故友、辻一と本郷隆は広重の版画に格別な愛着を感じていた。生前本郷隆から私が受取った或る長文の手紙の中には、辻まことの容態を気づかいながら書きつけられた次のような一節がある。

辻さんはどうしたでしょうか。いつも気にかかっています。カセットにシューベルト「アルペジョーネ・ソナタ」その他をとって、俳句の近作を送ったのですが。はやく回復してくれないと困ると、いらいらしています。俳句は、六、七句送りましたが、最後に「辻さんに」として

広重《ひろしげ》の雪の地平の墨の色

というのを作って付け加えました。辻さんの絵は自然から受ける印象に或る痛みを伴っているので、それを伝えたかったからです。「墨」はいわば「色」ではないのですね。前の

広重の梢を透けるうす明り

と対《つい》になるものです。（後の方は無季ですね。）勿論これらの句は、辻さんへの〝暗号的〟な俳句で、普遍性はないかもしれません。その後誰か見舞に行ったのでしょうか。固形物など食べられるようになったのでしょうか。

（昭和四七年六月一〇日付私宛書簡から）

この手紙を書いたころ、本郷隆は久々に退院し、彼自身病状は必ずしもよくはなかったが、自宅で療養中であった。他方辻まことは四月半ば武蔵野日赤病院で胃癌の切開手術を受け、この手紙の頃には予後が悪く一進一退の状態にあった。

文中にある「広重の雪の地平の墨の色」の句は多分広重の名作「蒲原・夜之雪」図から思いつかれたものであろう。この「夜之雪」図には二手あって天一文字に濃墨のぼかしを入れたのが初版、降りつもる雪の家や山の背後に墨のぼかしを入れ、上空を雪と同じ空にしたのが後刷であろうといわれている。富士美術館で私が見たのは後者の版であった。

図では雪が音もなく降りつもっている。近景の坂道らしい斜面にもその向うの家々にも、谷にも、山にも、山の向うにも雪が切れめなく降りしきっている。家々は戸を閉して、夜であるのか、昼であるのか、夕暮であるのか、わからない。降りしきる雪は時間を消してしまう。降りつむ雪は死者の咽喉をうるおし、藁屋根をそっと抱く。広重はもっぱら墨の濃淡でこの絵を描き、傘をつぼめて行きちがう人の綿衣の黒、編笠や蓑におかれた淡い渋茶のほかには色彩はない。

いつの頃であったか虎の門病院に本郷隆を見舞に行ったとき、宮沢賢治の話をしあったことがあった。そのとき彼は、自分は秋田の生れのせいか賢治の詩を読むと、東北に特有のあの陰気な、しめった昏い大気が感じられてやりきれぬ思いがするといって、「たとえば――」と

たよりになるのは
くらかけつづきの雪ばかり
野はらもはやしも
ぽしやぽしやしたり黝《くす》んだりして

と「くらかけ山の雪」の起行を口ずさんだ。賢治の詩に感性の純潔さと感覚の明澄をもっぱら感じていた私には、彼の言葉が意外であったが、でもあの詩は私が一番好きな詩だというと、彼は「最高ですね」と言葉少なに頷いた。

いまそんなことを思い出しながら広重の「夜之雪」の図版を見ていると、足の底まで冷たさが伝ってくるようである。と同時に雪を見るときにはよくあることだが、眼の前が真暗《まっくら》になり一面が闇になってくる。

光は影と色をつくる。そして「わけのわからぬ悩ましいなつかしさ」が影や色のなかにやどる。それに反して、闇は影をつくらない。均質である。なつかしさもない。だから、光と闇は逆の関係にあるのではない。闇と真の逆の関係にあるものを想像すれば、影も色も光源も、時間さえないだろう明るい世界があらわれる。天国があるとすればそういうものだろう。

本郷隆は「石果集㈡」の冒頭にそう書いた。この闇に対する常住透徹の凝視は彼の唯一の書『石果集*1』の基調をなすもので、いま一つのモチーフ、《自然から受ける印象の痛み》(前掲「手紙」の中にある句)とともにさまざまなヴァリアントを作っている。すでに「石果集㈠」には次のような断章が見られる。

闇は光を知らざりき。しかし光は闇をもっと知らない。
闇はすくなくとも利己的ではない。

「地獄篇」を書いたダンテも、メフィストの台詞を書いたゲーテも、明らかにこの点については公平であろうとした。光よりも闇の方が利己的なものから解放されているだけ造型的であることを知っていた。

次の句は恐るべき真実を蔵している。

闇は光のネガではない。闇は解放されたもう一つの光である。

しかしまた彼は次のような痛切な句をも書きとめた。

人生において最も実在感のあるものは苦痛である。

明瞭に認識すれば生と死、光と闇のダイアローグなどはない、光のなかに生と死があるだけだということがわかる。それももっと明るいであろう光のなかに。

いま『石果集』のなかから闇に関したこうした断章をひき抄《うつ》していると、神が創造の第一日において原初の混沌の暗黒《やみ》の中から光を生み出されたという創世記の神話が思い出されてくる。パスカルもまたたえずぐらつく足下を意識し、片ときも深淵から眼を放さず、そこから閃出する神の光によって世界を照射した。さきにも触れたが、本郷隆は戦後の半生の大半を病院や自宅の病床で暮した。これらの章句がたえず死に直面し、闇の中から聴きとられ書きとられたものであることは推測できる。「石果集㈠」の「あとがき」で彼はそのことを語っている。《闇の黒板に書きつけた見えない言語の量は厖大なものであったが、それを紙に写しとる間に多くのものが失われてゆくのをどうすることもできなかった。病いが回復するにつれて私はうまく書くことばかりつとめるようになり、反対に、もう物をよく見つめることができなくなってゆくのを感じた。》彼はパスカルや他の聖者や宗教家のように信仰によって深淵に揺ぎない楼塔を築き、また理性や理知や感情によって闇の地《じ》から生命の自同性に好都合な図《ず》模様を作り出すことを肯《うべ》なわなかった。

理性というものを、脱出してゆくもの、空虚を満たしてゆくもの、結晶の法則にしたがって凝固し防塞やあるいは障害物になるものとして、つまり流動的なものとしてばかりではなく「残余」として見るようにしなければならない。谷間が山岳の欠如であるように。

この人生が何物かであることに同意できなかったとしても、いくつかの短い旋律は、人生よりも、天空よりも、山岳よりも確実に実在するように私には思われた。

J. S. Bach : Concerto for Violin, Strings and Continuo No. 2 in E Major, BWV 1042 の第二楽章の Adagio の冒頭。

J. S. Bach : Magnificat, in D Major, BWV 243 の第六曲 "Et misericordia a progenie in progenies timentibus eum"

W. A. Mozart : Requiem in D Minor, K. 606 の第三部「怒りの日」の第六章 "Lacrymosa dies illa, . . ." の冒頭。

人生という柩を送る子守唄。つまらなそうに地球の轆轤を回す神様のひとりごと、轆轤の軋み。偉大で無邪気な旋律。世界の裂け目から落ちてきた旋律。なにより、その単調なのどかさ。

ほかにも私の生きるのに力をかしてくれた音楽はあった。けれどもそれらは、私の傍らにあって共に死を哀しむ歌であった。

本郷隆の最も深い理解者であった辻まことは次のような『石果集』中の言葉を引き、この書の出現に最高の讃辞を書き残している*2。《『時間というものはないものかもしれない。すくなくとも、あるということのできないもの——こういう感じが時として訪れる。「ありつづける」というときの「つづける」は第二次的な感覚だ。草花はそこに突っ立ち、そこでくずおれる。それは時間につれてそうなるのではない。「衰滅」は動詞的でなくそこにある。それは一挙にある全体だ。その全体から時間も変化も無理に引き出されたものだ。存在という言葉さえ、すべてを動詞的に感覚したがるもののうい習性から作られた。』『動詞的なものをすべて取り去った世界を見ること。「世界」すら「世界する」として感覚する人間を裁くこと。』（以上、本郷隆の言葉）この実感は怖ろしい。……なぜなら、この実感はおそろしく徹底的な認識論に通じ、その哲学は寒夜の星空のように私を慄えあがらせる力があるからだ。……石果集は厳密な意味で「言葉」であり、美事な張弦を生きている思索だ。この本がこのような時代に出現し得たことを奇跡のようにおもうのは私だけではないだろう。》

数年前から私はふだん仕事机の傍らの小卓に梔子《くちなし》色の麻布を敷き、その上に黄銅鉱や石英斑岩やラピス・ラズリ（群青石）の原石、ガーネットや薔薇輝石の石塊や石屑を置いている。そんなことをしているのは石好きの目すさびにすぎないが、またそれぞれの石のもつ不変の色光が――やや大げさにいえば――世界の神秘を私に語りかけてくるからである。前にも別の書に書いたが、ラピスや鉱石のもつ色は色彩そのものであって、それに比べると花の色などは地中から吸いあげられたもの、ひどく水っぽく感じられる。第一、花の色は朝夕、雲や日射しにつれて刻々変幻するが、石には夜と朝とがあるだけで、陽の位置につれて石の色が変るということはまずない。しかし卓上にある石塊の色に眼をやりながらつい思うのは、これらの石塊が地中にあったときのことで、色とは光源である太陽光線が物の表面を照らすとき視覚に感じられる現象であるといっても、どうもそれが腑に落ちない。卓上にあって茶褐色の堅い色光を放っている石塊は地下の大岩脈の中にあるときにも同じ茶褐色の色をもっていたはずである。それは夜の闇につつまれた紅薔薇が昼の紅薔薇と同じものだというのと同然である。闇は暗中に色を裹《つつ》むので、闇の内に色がないわけではない。むしろ光は暗中に秘められている色を誘いだし、色によって光自身がおのれを充たすというべきであろう。

広重の風景画に感じられるのは、そのような物たちに対する光の虔ましさ、遣瀬《やるせ》なさ、切なさである。広重は闇が色の故郷であるが、闇が色でないことを知っている。しかし彼の画中にあっては光に誘われて時に闇が色とともに流れだす。この闇の流出はちょうど夢の地《じ》である闇が夢の場面や出来事とともに白昼に流れ出たような幻覚性を与える。それがこの世の光景でありながら、不可視の世界の別な光線で描き出されているような冷やかな寂寥がどの絵にもある。

はるさめけふ幾日、しづかにておもしろ。れいの筆研《ふですずり》とう出《で》たれど、思ひめぐらすに、いふべき事もなし。

上田秋成は春雨物語の序にこう書いた。これは私の愛誦してやまぬ句であるが、この句を読むごとに私はわれわれの伝統文学に流れている「生のなつかしさ」とでもいうべき感情を思い出す。この感情は、つまり何百年も全く別な天体か、冥界に棲みついて、ふとこの遊星のこの国に帰ってきたならば誰もがまず感じるであろう「なつかしさ」である。私は広重の東海道五拾三次図を見るたびに、いつも異邦から戻ってきた人のようにこうしたなつかしさの感情をおぼえる。もっともそれが画面に流れ出ている闇のせいか、色のせいか、描かれている生業《なりわい》の場景のせいか、確かな機因はわからない。

前掲引用の文中で本郷隆は、光が影と色をつくり、《「わけのわからぬ悩ましいなつかしさ」が影や色のなかにやどる》ことを指摘した。しかし死の視線と苦痛に耐えながらもあくまでも深く目覚めつづけようとした彼はこの「わけのわからぬなやましいなつかしさ」の中に逃げこむことを肯《がえ》んじなかった。彼が広重の中に見出したのは私などが感じたようななつかしさではなく、前掲、辻まことの絵に関して述べられた言葉、《自然から受ける印象の或る痛み》のためであった。

しかも、恐るべき意識家であった彼自身はこの印象の痛みに身をまかせ、変幻する束《つか》の間の美の表出に惑溺することを回避した。たとえば次の美しい表白には、忽ちそれを告発する今一つの眼が巻蔓のように絡みついている。

日の翳りが不意に心を悲しませる、そういう人でなければモーツァルトの音楽はわからないだろう。しかしこれは子供じみた恥かしいことだ。わけもなく変りゆくもの。

広重に関して書かれた次の数行にはさらに率直にそのことが開陳されている。

ほとんどあらゆるものから、とくに自然の印象からくる「痛み」を私は恥じた。私が生きることの意味の大部分を占めるらしく思われるこの「印象の痛み」を、正面から見つめることを私は回避した。それは病患とも弱点とも思われた。芸術を罪の所業とみなす宗教上の観点から見たとき、意外にも、この「痛み」はその意味と構造を明瞭にあらわしてくるように感じられた。

一部は前稿で掲げたが、これにつづく次の文を読むと、彼は広重の日暮れの山に罪の投影を見、いかにその闇を深く感じとっていたかがわかる。

広重《ひろしげ》の梢を透けるうすあかり。――広重の自然は人間の方を向いてはいない。横顔を見せたまま暮れてゆく。人間や社会は自己自身に向かい合い、そのことを悔いている。広重の日暮れの山は罪の投影である。コローの自然はキリスト教の重たい暗緑色。(後略)

仏教の罪悪感は、俳諧や浮世絵の「自然」のなかに深くまぎれこんでゆく天才達の魂をどの地点まで追いかけることができただろうか。

美は存在の裂傷である。本郷隆ほどその痛みを肌身に感じていた人はない。私はいまこれらの言葉を書き抄《うつ》しながら「光は悲劇的だ」といったルオーの言葉を思い出す。

本郷隆は昭和四十八年病状が亢進し、再び虎の門病院結核病棟に入院した。彼はそれから六年余り酸素吸入を続けながら死と闘いつづけた。恐るべき精神力で耐えながら、一層強く目覚め、私が訪ねて行って折々交す会話には一層の洞察と透徹とが感じられた。一九七五年十二月十九日辻一が断眠した。その四年前にスペインの古典ギターの作曲家フェルヂナンド・ソルの曲を聴きながら《辻さんと二重奏をしたいなと考えました》と書き送って来た彼は、辻一の死を知って病院から次のような書信を私に寄せた。《辻さんの訃報は悲しいことでした。慟哭のような感情がまだ胸中でつづいています。「すぎゆくアダモ」は明らかに死を予期して書いています。たまらないことです。「同時代」も読みました。（「アダモ」は単行本でも買って、できるかぎりの人に宣伝し、もう、五、六冊買ってもらいました）》五一年彼は次のように書いて来た。《体調はこの頃良好です。無事に正月を越せそうです。ただ六人部屋ですので周囲に気をつかわねばならず、気疲れのために思索に専念できないのが無念です。……死を前にして以前とはくらべものにならないほど考えが深まったのに、それを書けないのが残念です。》私が最後に受け取った手紙は五三年十一月十四日付、封筒は妹さんの代筆になるもので、十一月八日彼は意識溷濁となり、気管切開手術によって咽喉に穴をあけ、もはや声が出なくなり、漸く破れた紙に鉛筆で病床で走り書きしたものである。実はこの手紙を私は伊豆のこの宿に携えてきたのだが、悲惨でここに写すに忍びない。本郷隆はその一月後、五三年十二月十九日絶息した。

私は大室山の真下にあるこの宿に二晩いた。あたりは天城山や側火山の噴火によって相模灘まで雪崩れ落ちた熔岩台地で余り高くはない原生樹林に蔽われていた。晴れ上った日には大島が昔私が戦時中に東支那海で脅やかされた敵の航空母艦のように霞んで見えたが、私がこの宿に来るときには大てい海から蒸気が立ちのぼって、どこが海でどこからが空なのか水平線が見えたことは滅多にない。雲と日当りの加減で、八幡野の港のある海まで、六、七キロあるように思えることもあれば、ほんの二、三キロに感じられることもあった。

私は午前、携えてきた文庫本で「般若心経」を読んだ。色不レ異レ空、空不レ異レ色という語はもう何十年か私のうちに住みついた観念である。私は色を文字どおりにいろ、色合と感じる。色はまた色情、色欲、色里のあの色である。しかしこれまでに読んだ解義によっても、中村元氏と紀野一義氏によるこの本の注によっても、色は原語ルーパ（rupa）、「形のあるもの」を意味するとあって、なぜ三蔵法師がそれを色と漢訳したのか、その理由がわからない。私は色は生の痛みであって形よりも一層根源的なものだと感じる。朝眼をさますごとに、この世の一切のものが色づいていることに畏怖にちかい魅惑を感じるからだ。経典や釈義、法語はすべて人間に理解しうるように書かれているが、理解しうるものはすべて真実でないと思われる。

《私の考えによれば、地上の出来事は不可見の世界の出来事と結びついていた》ジェラール・ネルヴァールのこの語は思義を絶する。しかし私には般若心経の釈義以上にこの語に惹かれる。私は文庫本の「般若心経」を閉じ、『石果集』をまた開いた。『オーレリア』が理解しがたいように、『石果集』には理解を絶する句がいくつかあった。

午後私は下田に行き、港のはずれの巨木に蔽われた山中を歩いた。帰途、北川《ほっかわ》の海岸に下り、一枚のスケッチを描いた。暗くなってから宿に戻った。夕食の膳を下げに来た宿の女主人が何か記念に一こと書いて下さいといってサイン・ブックを置いていった。私はそれを机のはじにおき暗い灯火の下で、堅く閉った雨戸の桟を茫然と眺めた。宿といってもこの宿は知合いだけを泊める山荘で夜になると闇がすぐ戸のところまで来ている感じがするのだった。私は海と台上をつつんでいる深い夜を感じたが、するとふいにこんなところに好んで独り坐っている自分が何か奇異なことのように、ありうべからざることのように思われてくるのであった。私は夜の台上を親しい死者たちが風に乗って吹いて来るように思い、私をめがけて、しかし思いやりから近づいたり遠のいたりしながら、空に舞い上ったり、海に帰って行ったりするように思われた。人間は生きつづけるにつれて次第に、生者たちよりは死者たちのなかに心を通わす友や知人が多くなるものである。私は生きている誰彼よりはゲーテやアンデルセンの方をよく知っている。戦争中兵舎にいるとき内務班の廊下を通ってゲーテとアンデルセンが寝ている私のベッドの傍へ訪ねて来てくれたことがあった。ゲーテは黒いガウンを着、アンデルセンはグリーンのけばが光るベレー帽をやや斜めにかぶって、私を励ましてくれた。(私は二人に対する感謝の気持をいまもって忘れえない。しかしどうして二人がそろって来てくれたのか問い合せようがなかった。)私はまたもう何十年も前ストラスブールの赤い煉瓦の建物が見える街角でアンドレ・ジッドに会った。十年前には野戦病院の営庭で私と同様白衣を着て傷病兵になっているジャコメッティを見つけた。どれほど彼が再会を喜んでくれたか、いまでもあの厚い皮膚のたるみをもった彼の顔が見えるようである。ゲーテはずっと早く死に、私が会ったヘルマン・ヘッセは死に、ジャコメッティは死んでしまった。辻まことは死に、土方久功は死に、私が心から尊敬していた本郷隆は死んだ。

八年前、私はこの宿のこの同じ部屋に三日居つづけ、片山敏彦先生の遺稿詩集を編集した。一昨年の暮冬にはこの部屋で『辻まことの思い出』を書きつづけた。一昨日は富士山麓の町でA嬢やK青年や老画家に会い、四人で広重展を見に行った。昨夜は宿の娘と珈琲を飲み、宿の女主人から去年の地震のさい棚から落ちた食器や皿のことを聞いた。かつては私は、同じように、モンパルナスのドームで深夜ジャコメッティと食事をともにし、新宿の街角で辻まことと別れた。死者が夢の中にあらわれたり、生きている者の中に面影を宿したりすることはありうることである。また死者が作品をとおして、追憶をとおして蘇り、この世にありつづけるということは確かである。しかし死者はいま私が老いつつあるように、どうしてそれ以上に老いないのであろうか。なぜあらゆる死者は生者以上に若々しいのであろうか。

私は夜の燈火の下でそんな思ってても仕方のないことを思いつづけるうちに精神がいちじるしく溷濁し、疲労に体が萎えてくるのを感じた。

宿の女主人がおいていったサイン帖を私はさっきから疎ましく眺めていたが、ふとそれを開いて、しばらくためらったのちに、だれにともない憤りをこめたような思いで、こんな言葉を書きつけた。

はじめから居残っているように
一人来て
二夜過しぬ
鶯の宿

暁方、前の日と同様、閉め切った雨戸の外で数羽の鶯が光のような声で囀りつづけた。私はそれを聞いてからまたしばらくうとうとと眠った。

十時すぎ帰り仕度をととのえて、玄関に立つと、傍らの飾り台に鶯の巣が二つおかれてあった。「あまりかわいいものでしばらくここにおいてみました」と宿の女主人がいった。一つは宿の飼犬の脱け毛を集めて作った巣で、他の一つは草の葉と縄をほぐして輪形に作られた巣であった。柔らかで軽そうな黎明《しののめ》の雲のような色合をもった巣はそのまま空の鶯の声を思わせた。巣の中には二つずつ、光のような小さな楕円の卵があった。

＊1　本郷隆の生前刊行された唯一の書。一九七〇年歴程社刊。この世に知られること少き至純の詩人は一九二二年に生れ一九七八年に歿した。一九八〇年、「石果集」をふくむ遺著『本郷隆の世界』（草野心平・岡本喬編）が湯川書房から刊行された。

＊2　『辻まこと全集』2（みすず書房、二〇〇〇年刊）、235頁「本郷隆『石果集』について」

闇・灰・金——谷崎潤一郎の色調

『蘆刈』を読むたびに、私はこの小説の音楽的展開の見事さに驚く。この話は何げない随筆風の筆致ではじまるが、やがて次第に道行ふうとなり、月がのぼった洲のなかで《葦の葉がざわ〳〵とゆれるけはひ》がして、幻めいた男が話者の前にあらわれる。と思うまもなくその男の口をとおして、お遊さんとお遊さんを恋いしたう妹、その妹を代りに妻にしながらお遊さんを恋い焦がれる（男の）父、その妖しい三つ巴の物語が息もつがせず展開される。そしてめいめいの思いはそれぞれ音色のちがう三つの声部となってもつれながら急拍子で進んでゆく。声の曲調によって閃めくイメージが闇を深め、月のかげが冴えわたる。そして終結部は男の纏綿《てんめん》たる述懐につづき、ふいに次の句で終る。

たゞそよ〳〵と風が草の葉をわたるばかりで汀にいちめんに生えてゐたあしも見えずそのを

とこの影もいつのまにか月のひかりに溶け入るやうにきえてしまつた。

谷崎潤一郎は或る時期、自分で三味線をもち地唄を習った。彼はまた早くから歌舞伎や音曲に親しみ、京都に移り住んでからは上方の舞や能、狂言を愛した。そういう素養の影響もあろうが、謡曲の「蘆刈」にモチーフをとったこの物語には（ここでは詳しく述べるいとまがないが）、能楽のもつ音楽様式が小説の構成や措辞の上でじつにあざやかに活かされている。

またこの物語に限らず、いわゆる彼の中期の作品、前後して書かれた『吉野葛』や『盲目物語』や『春琴抄』、『聞書抄』のような作品では、日本の音曲や音曲への傾倒がモチーフまたは主題になっているものが多い。それればかりか小説の文章自体を邦楽のカタリやウタにならって調え、地歌の名人がきわめる幽婉の声の境域をもっぱら文章によって実現しようとする独得の苦心がみられる。つまりこの期の彼には、言葉は叙べられるまえに、まず聴かれるべきだという理念が存在するのだ。じっさい『蘆刈』のような小説の妙味は、ただ筋や措辞のおもしろさというより、黙読しながら、さまざまな声や曲調を聴きわける愉しさにある。

他方、『盲目物語』以来、彼は漢字や平仮名、片仮名の使いわけや表記法に入念な工夫をこらした。これはもちろん古文の仮名がきにならったものであるが、仮名を多くし句読点をできるだけ省いたこうした表記法の採用は、視覚上の効果もさることながら、ひとつには音楽的な調子や拍子の要請がそういう表記法をしぜん促したのだと思われる。われわれが文章を書くとき経験することだが、いまでは漢字をやや多くした方が意味の伝達が加速され、またより一方向的に伝達が行われる。それに対して文の大部分或いは全文を平仮名に改めると漢語の音と漢字の表形性による伝達の速度が減殺される。また仮名に改めた漢語ともともと仮名でしか表記しえない部分とのつながり具合によっては、思いがけない移調や文意の逆流、振幅を生じたりする。それは文を読み解く速度を変化させることによって言葉を意味の伝達という効用性から解き放ち、言葉を声のもつ不安定さ、曖昧さに送りかえす。じつをいうとこういうことは詩人ならだれもが一応試みることであろうが、これほど仮名と漢字の混交の妙を精密に量り、それによるイマージュの加速と減速、そのダイナミズムをこんなに正確に表現しえた作家は他にはない。

そういう眼でみると、『蘆刈』の表記法も巧緻をきわめたものであるが、いまその最初の試みであった『盲目物語』から、目につくままに一節を抜き書してみよう。

しかし、ひでよし公はさうとしましても、武強いつぺんのおかたとばかりみえましたかつい へ公までがやさしい恋をむねにひめていらつしやいましたとは、ついわたくしも存じ寄らなんだことでござります。ひよつとしましたら、これはいろこひばかりではなく、三七どののとしばたどののとがしめし合はされ、……。

ところで、いうまでもないことだが、この物語の他のところでは柴田勝家や秀吉は一度は漢字で書かれている（『蘆刈』の中でも、谷崎潤一郎は大山崎と書いた次の行ではもうわざわざ山ざきと書いている）。この物語をよめば誰もが感じることであろうが、作者は話者である盲目の按摩弥市の語り口にあわせ、あたかも読者の瞼を閉じさせて、盲人が一語一語触読するように、眼のなかの指でひとつひとつの言葉を拾わせる。イマージュはこのとき加速性と外面性を失い、われわれが色や形と思っているものがあらぬものの流れのなかに消えてゆく。イマージュは浮いては消え、消えては現われる泡となる。ただ形や色をもたないが、あらゆる形や色がさまよい出るあらぬものの気配だけが燻ったり、そよいだりする。あらぬものがあり、あるものがあらぬところのとき感じるのは、眼ではなく手であり肌である。

谷崎潤一郎の文学がもつ色調について語ろうとしながら、まず『蘆刈』の音楽性や表記法に見られる触覚の干渉について触れたのはほかでもない。

一体それぞれの作家のもつ色調はそもそもヴィジョンの色合であって、外光による物理的な色彩ではない。一方、イマージュはつねに動き、崩れたり、身を現わしたり、消えたりするものであるから、一般に色合というものは色の移りかわり、動きにほかならない。またそういう色合は、文筆家の場合（画家の場合も同様であろうが）、いわば音楽的といえるヴィジョンによってあらわれてくる。これを逆にいうと、絵看板や天然色写真のような静止した、純粋に視覚的な色彩には色合がないといいうる。同様に、文章の上に視覚的にはっきり感じられる色調はつねに外面的、装飾的なものであって、そういう文章は一見いかに華麗に感じられても結局うつろな美文か喧しい悪文になってしまう。

同じ谷崎潤一郎の作品であっても、最初期の『刺青』から『痴人の愛』、『卍』、『吉野葛』と見てくると、その間には色調のちがいが感じられる。『刺青』には江戸末期の浮世絵にあるような強い色彩の対比が感じられ、ときにそれが幻像のように燃えあがる。それに対して私は『痴人の愛』には天鵞絨赤《びろうどあか》の、『卍』には紅赤《もみあか》の色調を感じるが、それというのもこれらの作品においても幻覚めいた異様に鮮明な心像が色のゆらめきをともなって、感じられてくるからである。しかしいっときあまりにも視覚に焼きつき消えてゆく心像は逆に他の部分の観念の展開や推論のメカニズムをきわだたせ、ほんとうの色合がもつあの想像的なものの動性から遠ざかってゆく。『卍』の文体はなお硬い。その描写的な形像力には、ほんとうの想像的なものがもつあの柔らかさ、或いは軽さと深さの感じが欠けている。しかし『吉野葛』はちがう。『吉野葛』ではじめて色の気配が文の地《じ》からもやいだす。あのういういしい若草色と朽葉色の気配が二管の音色《ねいろ》のちがった笛のように或る部分を青ばませたり翳らせたりする。しかし『吉野葛』ではまだ作者は半ば再現的な心像によりかかっており、現実と非現実とが鬼ごっこでもするように首を出したり消えたりしあう。いわば、ここでは色合やかたちが生れる想像的な世界が見え隠れするというわけだ。『吉野葛』の色合はまだ完全に死者たちの住む闇のときめきを帯びず、なおいくぶんか外光の残映をとどめている。しかし『盲目物語』や『蘆刈』やその後の一連の作品はどうだろうか。また音曲をモチーフとしたこうした諸作の後に書かれた名作『猫と庄造と二人のおんな』はどうだろうか。以前の作に比べこれらの作品のなかには確かに色合と呼びたくなるものが一層よく感じられる。しかしそれはどんなプリズムの色をも思わせず、色のない色合としかいいようのない色調なのである。

この時期に書かれた『陰翳禮讃』（昭和八年）は谷崎潤一郎が目にふれるものの色調をどう感じていたかをくわしく伝えてくれる。いったい、『陰翳禮讃』はうっかり読むと、日本的生活様式や日本趣味の礼讃の書だと思われかねない。事実確かに或る程度そのとおりであるのだが、ただこの随筆のすばらしさは、大方の身勝手な礼讃とちがって、表題が示すとおり、日本の旧来の生活にみられる陰翳の尊重を普遍的な見地から讃えていることにある。そういう観点からいえば、これは随筆というよりは芸術論であり、またその洞察の深さ、正当さからいって、私は明治以後わが文人の書きえた最高の美術評論ではあるまいかと思う。それにこれは若い読者のために記しておくが、陰翳の翳はカゲではなくカゲリであり、これはもともと蔽《おお》うという意味である。光に対する影ではない。話は先きまわりするが、ハイデッガーは「存在の明るみはただ蔽うことによって表われる」といった。谷崎潤一郎がこの随筆で終始語っていることも畢竟そのことにほかならない。彼は具体的にこのことを次のように語っている。

われ〳〵の国の伽藍では建物の上に先づ大きな甍を伏せて、その庇《ひさし》が作り出す深い広い蔭の中へ全体の構造を取り込んでしまふ。寺院のみならず、宮殿でも、庶民の住宅でも、外から見て最も眼立つものは、或る場合には瓦葺き、或る場合には茅葺きの大きな屋根と、その庇の下にたゞよふ濃い闇である。（中略）左様にわれ〳〵が住居を営むには、何よりも屋根と云ふ傘を拡げて大地に一廓の日かげを落し、その薄暗い陰翳の中に家造りをする。

ついで西洋の家屋と日本の家屋の外観が比較される。パリやその他のヨーロッパの町を歩いたことのある人は次の比喩がいかに的確であるかを思い出されるにちがいない。

日本の屋根を傘とすれば、西洋のそれは帽子でしかない。而も鳥打帽子のやうに出来るだけ鍔を小さくし、日光の直射を近々と軒端に受ける。

そしてやがて美と陰翳の意味が語り出される。

日本人とて暗い部屋よりは明るい部屋を便利としたに違ひないが、是非なくあゝなつたのでもあらう。が、美と云ふものは常に生活の実際から発達するもので、暗い部屋に住むことを余儀なくされたわれ〳〵の先祖は、いつしか陰翳のうちに美を発見し、やがては美の目的に添ふやうに陰翳を利用するに至つた。事実、日本座敷の美は全く陰翳の濃淡に依つて生れてゐるので、それ以外に何もない。

彼はそういい、われわれの座敷の無装飾のほの明るさを次のように讃える。

われ等は何処までも、見るからにおぼつかなげな外光が、黄昏色の壁の面に取り着いて辛くも余命を保つてゐる、あの繊細な明るさを楽しむ。我等に取つては此の壁の上の明るさ或はほのぐらさが何物の装飾にも優るのであり、しみ〴〵と見飽きがしないのである。

さて色調という問題を主に『陰翳禮讃』を読みはじめると、実はいま掲げた屋根と庇、日本の座敷の陰翳について書かれたくだりよりも早く、漆器の色調の深さを述べた、篇中でも最も美しい文章に出あう。彼は京都の古い料亭「わらんじや」の暗さについて次のように述べる。

「わらんじや」の座敷と云ふのは四畳半ぐらゐの小ぢんまりとした茶席であつて、床柱や天井なども黒光りに光つてゐるから、行燈式の電燈でも勿論暗い感じがする。が、それを一層暗い燭台に改めて、その穂のゆら〳〵とまたゝく蔭にある膳や椀を視詰めてゐると、それらの塗り物の沼のやうな深さと厚みとを持つたつやが、全く今迄とは違つた魅力を帯び出して来るのを発見する。そしてわれ〳〵の祖先がうるしと云ふ塗料を見出し、それを塗つた器物の色沢に愛着を覚えたことの偶然でないのを知るのである。

彼は漆器の真の美しさは「闇」を条件に入れねば考えられず、その肌は《幾重もの「闇」が堆積した色》であるという。そして派手な蒔絵を施した蠟塗りの手箱や文台は明るい光のもとではいかにもケバケバしく俗悪に見えることがあるが、一点の燈明か蠟燭のあかりのもとにおくとき、《忽ちそのケバケバしいものが底深く沈んで、渋い、重々しいものになる》ことを注意する。そのつやは《ともし火の穂のゆらめきを映し》、《そゞろに人を瞑想に誘ひ込む》。彼は書く。

もしあの陰鬱な室内に漆器と云ふものがなかつたなら、蠟燭や燈明の醸し出す怪しい光りの夢の世界が、その灯のはためきが打つてゐる夜の脈搏が、どんなに魅力を減殺されることであらう。まことにそれは、畳の上に幾すぢもの小川が流れ、池水が湛へられてゐる如く、一つの灯影を此処彼処に捉へて、細く、かそけく、ちら〳〵伝へながら、夜そのものに蒔絵をしたやうな綾を織り出す。

かねてから、私はなぜ人間が他の金属よりは黄金を尊び、それを跪拝さえするのか、不思議に思ってきた。恐らくそれは人間が闇の中で——涯しれぬ心の闇の中で、真如の光を求めんとする根源的な欲求に発しているのであろう。黄金は暗夜にレフレクターの役目をするのみならず、地中の光——太陽をおいてただひとつ自ら光る物質——として古来尊ばれて来た。光の中の光である黄金は他の色彩と融けあわず、果して色彩であるかどうかもわからない。黄金が真に映りあうのは闇の色である黒と灰の仄暗さである。黄金を他の色彩、緑や緋色と併置するためにはさらに高度の技術を要するが、それを黒や灰色とともに使うためには非凡な力倆が必要だ。というのもあらゆる色価をさしおき黄金はあまりにも現実的な重さをもち、片方の皿に黄金をおくと他の方の色の衡りが傾いてしまうからだ。『陰翳禮讃』の主題のひとつは、闇のときめきである黄金の美的な力を見定めることにある。彼はいう。《諸君は又さう云ふ大きな建物の、奥の奥の部屋へ行くと、もう全く外の光りが届かなくなつた暗がりの中にある金襖や金屛風が、幾間を隔てた遠い〳〵庭の明りの穂先を捉へて、ぽうつと夢のやうに照り返してゐるのを見たことはないか。その照り返しは、夕暮れの地平線のやうに、あたりの闇へ実に弱々しい金色の明りを投げてゐるのであるが、私は黄金と云ふものがあれほど沈痛な美しさを見せる時はないと思ふ》。

さきに私は『蘆刈』や『盲目物語』にふれて、音楽的なヴィジョンによってみちびかれる色合や、触覚の干渉によって起る想像的なもののもやいを語った。『陰翳禮讃』にはそれを示すくだりが随処にみられるが闇に映る黄金のときめきを描いた右の文章はその絶頂を示すものであろう。

ここでは最後に次の二節をかかげ、ひとまず本稿を終えることとしよう。

私は、吸ひ物椀を手に持つた時の、掌が受ける汁の重みの感覚と、生あたゝかい温味《ぬくみ》とを何よりも好む。それは生れたての赤ん坊のぷよ〳〵した肉体を支へたやうな感じでもある。（中略）漆器の椀のいゝことは、先づその蓋を取つて、口に持つて行く迄の間、暗い奥深い底の方に、容器の色と殆ど違はない液体が音もなく澱んでゐるのを眺めた瞬間の気持である。人は、その椀の中の闇に何があるかを見分けることは出来ないが、汁がゆるやかに動揺するのを手の上に感じ、椀の縁がほんのり汗を掻いてゐるので、そこから湯気が立ち昇りつゝあることを知り、その湯気が運ぶ匂に依つて口に啣む前にぼんやり味はひを予覚する。……

私は、吸ひ物椀を前にして、椀が微かに耳の奥へ沁むやうにジィと鳴つてゐる、あの遠い虫の音のやうなおとを聴きつゝ此れから食べる物の味はひに思ひをひそめる時、いつも自分が三昧境に惹き入れられるのを覚える。茶人が湯のたぎるおとに尾上の松風を連想しながら無我の境に入ると云ふのも、恐らくそれに似た心持なのであらう。日本の料理は食ふものでなくて見るものだと云はれるが、かう云ふ場合、私は見るものである以上に瞑想するものであると云はう。さうしてそれは、闇にまたゝく蠟燭の灯と漆の器とが合奏する無言の音楽の作用なのである。

恐らく一椀の吸ひ物の味と色合について誰も潤一郎のこの文章以上に書くことはできまい。

Stampa

LUFTPOST
PAR AVION VIA AEREA
80
HELVETIA
Mme Eiko Usami
843 Higashiizumi-chō
Nerimaku, TOKIO
JAPON

スタンパから家族宛てに送られた
絵葉書（一九六〇年十二月十三日付）。
文面は本書三〇七頁参照。

一茎有情　春の章 より

先日はあまり遅くなってはと思い、とりあえず葉書で御礼を申しのべました。

実は兄の昇天一年にあたるので五月八日早朝発ち、大阪北教会の日曜礼拝に参列して帰京、九日には志村さんがこちらに来ておられることをお手紙で知っていましたが、行きちがいになりました。

玉簡にあった子猷尋戴の話は面白く、想像の中で新幹線は月夜小舟になり、私は隠逸の高士になったようで、ちょっと北叟笑《ほくそえ》みました。ところがこちらは高士ならぬ益荒男派出婦、毎晩妻の食餌をつくり就寝まで介護に明け暮れているやさしき籠の鳥といったところです。尤も日によっては息子に頼むこともできますから、次回滞京中には尋戴の電話をいただければと思います。夕食でも一緒にできたら、と後で残念に思いました。

奈良国立博物館「浄土曼荼羅」展の重いカタログをわざわざ私のためにお持ちいただき、ありがとうございます。お泊りになったホテルのフロントで過日受けとりました。「当麻曼荼羅図」は後世の紙本、絹本によるものを、先年東京国立博物館で開かれた「日本仏教美術の流れ」展や他の仏教美術展で見たことがありますが、もちろん綴織の原物は見たことがありません。

同図録の解説によると方四メートルにもおよぶとありますから、随分大きなものなのでしょうね。わずか一週間の開陳であったとか。染織家の志村さんが、上京の日、早朝からわざわざ奈良まで見に行かれた気持がよくわかります。実は私は大和奈良の古寺名刹はかなりよく歩き廻っているのに、どういうわけか当麻寺だけは未だ訪れたことがありません。それであの有名な練供養の行列も牡丹も見たことがありません。「これは片手落、片手落が自分の特徴、運命かもしれない」当麻寺のことを思い浮べて、今朝ふっとそんなことを思いました。

あの縮小された図版を拡大鏡で見、また手もとにある少し大きな原色刷を見直しましたが、原物を見ないと綴織の破損の部分や剝落の調子、古色はわからず、殊に織成のものは、感動の深さ、マチエールの奥から伝わってくる音声《おんじょう》が心に聞こえてきませんね。先日も或る友人と話しましたが、写真では——テレビの画像をふくめ——大気が直接感じられず、私たちが眼にしているのは擬自然、視覚化された概念で、こうした現象は、機械による視覚と触覚の遮断に要因があるのだと思われます。触れるということ——、たとえものに直接触れないでも、——自分とものとが同じ大気に触れられているということ、それはものを本当に感じとるためには、不可欠なことだと思います。実際写真をよく活用するためには、よほどの想像力と追憶の喚起力が必要なのでしょうね。

手紙の五頁目にふれられていた法華寺の「阿弥陀三尊・童子像」は、写真を見ても（上にいったことと矛盾するようですが）何ともうつくしいものですね。勢至、観音、童子のまわりに舞い落ちる花びらに眼をとめられたのは、いかにも志村さんらしく、手紙の中でそれに触れた箇所は、急に文章の調子が高揚して、それこそ志村さん自身が香水海に舞い上り、舞い落ちる花びらになって、まるで天来の声が聞こえてくるような感動をおぼえました。それは次のような箇所です。

「カタログ中の、一二九頁奈良法華寺の阿弥陀三尊・童子像の観音、勢至、童子の図をごらん下さい。蓮の花びらが散っておりますでしょう。勢至のささげる天蓋のようなかさがその微風と薫香の中で揺れておりますでしょう。童子もふり仰いで幡の小さな風鐸が鳴っているのが聞こえますでしょう。当麻曼荼羅（六五頁）の厨子扉の蓮池にも花びらがさかんに舞い下りておりました。天上からふってくる花びらといま咲きこぼれようとしている地上の花びらが池の水面に、金の漣の上に浮いているのが感じられました。人の姿ではありませんか。生きているものも逝ってしまうものも一瞬の姿ではないでしょうか。」

私はこの数行を詩のように読みました。私がもし作曲家ならこのお手紙をモチーフに作曲したい気持に駆られたかもしれません。それほどこのお手紙は率直で、欲界のきびしい現実を生きながら、ときに無色界の光を映し出す芸術の美しさを感じさせます。

お手紙の終わりのほうに書かれている早川幾忠さんのことにも心を打たれました。わずか短い期間に三度ほどの出会いであったとか。一期一会といいますが、その数度が三、四十年にも相応することがあるものですね。互いに知るよしもない長い歳月を内に蔵し、窺うことも伝えることも出来ない半生を別々に生きながら、何かのはずみでふっと相識り、それも情念の迷いによってでなく、醒めた状態で、瞬刻、話が通じて、その人が年来の知己のように思われる、そういうことがこの人生にはあるものですね。

私にもそうしたことがありました。いくらか年をとったせいかもしれませんが、私は若いときの友だちづき合いと違った晩年の友情について、ときどき思いをめぐらすことがあります。

何かしらこの世界には不思議な力が働いていて、それは光でも力でもある、――何かしら心して生きることとの尊さにつながっている、どうしてもそうとしか思えないことがあります。

今度の華箋を反読して思ったことですが、本当の芸術は理に則していて、つねに理を超えている、そんな生の真諦と何らかかかわりがあるのでしょうね。数日前私は来日中のフランスの彫刻家、オランダ人のシトロエン氏と食事をともにしました。私はその日、或る画家をシトロエンさんに引き合わせたのですが、シトロエン氏はその人を「あの人はsimpleだから、きっと本当の芸術家だと思います」といいました。御存知のようにフランス語のsimpleには素朴だとか、馬鹿正直だとか、単純だとか、謙虚だとか、様々な語義のニュアンスがあります。日本なら正直の頭《こうべ》に神宿るといったところかもしれません。

私は知的な芸術家が好きです。しかし苦しむことを知っている本当に知的な芸術家は、常にsimpleであると信じています。辛抱強く、simpleで、敬虔であること。それはすぐれた猟師、よい百姓、とりわけ職人の持っている美徳です。芸術は人びとに語りかけるとともに、一本の草、一つの小石、空に浮ぶ雲にも語りかける仕事です。simpleでなければ、どうして草木に語りかけうるでしょう。

今日この手紙を書きかけたら、児島画廊で開かれているあなたの「小裂展」の案内がとどきました。多分二、三日後拝見にあがります。六月二十六日は母の法要で大阪に一泊します。しかしそのときは何かと忙しいかもしれませんので、その前に五月、月末一度日帰りでお宅にうかがえればと願っています。実はお仕事をなさっているところを、染めと甕を、また機織を見せていただきたいと思うのです。もし家内の病状に大きな変化がなければ一時半か二時頃うかがって、七時頃の汽車で帰ろうと思っています。二十九、三十、三十一日、いずれかの日の午後を私のために、三、四時間おさきいただけませんか。

お手数ですが、来週初めくらいまでに御返事下さるか、二十五日に東京に来られたとき、拙宅に電話していただけませんか。

例年の幾分の一しか執筆できませんが、それでも先週はじめ筑摩書房に秋に刊行する小著の草稿をわたしました。それでいまいくらかほっとしています。

どうぞよいお仕事を祈ります。

一九八三年五月十七日夜半

宇佐見英治

志村ふくみ様

老去悲秋

私は齋藤磯雄さんからいただいた手紙を大切に保存している。そのうち絵葉書の表に万年筆で書かれたものが三、四あるが、他はいずれも墨書されたもので、その筆勢は細勁温藉、幾度読んでも見倦きない。書体は楷行を主に、興にしたがいくずし字をまじえ、その気象は瀲瀲《れんえん》清暉《せいき》まことに芬《かぐ》わしい。しかも文旨は暢達、一字の粗漏もない。

どの手紙にも真情があふれている。

私はいただいたそれらの尺牘《せきとく》をとおして、或る種の漢語の床しさ、奥深さを学び、ときには辞書を披《ひら》いて、語の来歴を知った。日ごろ款語の間にも、齋藤さんから多くのことを教わったが、私はとりわけ書翰をとおして、文雅を学んだ。

そうした書状のなかで、私にとってわけても忘れられない一通の短箇がある。それは文中に引かれた杜甫の語が当時もその後もしばしば胸中に去来して、またその句を思うごとに齋藤さんのことを憶うからである。

拜復　千憂萬慮のさなか長文の書をお寄せ下さり御厚情感銘の至りニ存じます。令正様近く御歸館の由、何のお役にも立たず胸が痛みます。今は賢契御自身の健康維持が何より肝要。原稿、教授會等、一切の世事を拋擲せられむことを。

老杜に「强《し》ひて自《みずか》ら寛《ゆる》うす」の語あり。御自寛御自愛これ偏ニ御祈り申上ます。

不一

この葉書は齋藤さんの病歿の前年、十一月十八日発信のものである。当時齋藤さんの奥さんは退院後すでに一年以上たっておられたが、なお予後の静養につとめておられた。病院で意識不明が三ヶ月もつづいた大病であったので、その頃もまだ杖にすがり独歩するのがやっとという状態だったと思う。齋藤さんは夫人が帰宅されてから日課を変え、朝は早朝に起き、奥さんのリハビリを助けるために、腕をとって近くの林間を散歩、しばらく二人で森林浴をして、自宅に戻り、それから軽いパン食をとって、再び就床微睡をする。そんな暮しがつづいた。「述《ベテ》而不レ作《ラ》、信《ジテ》而好《ム》レ古《ヲ》」（「論語」）そういう齋藤さんの口から、その頃森林浴という言葉がよく出てくるのを私は耳にとめた。おそらく自身の健康維持のためにも森林浴の効験を信じておられたのであろう。

帰館後、奥さんの容体が徐々に快方に向うにつれ、夫人の入院中——それは七五〇数日つづいた——看護と憂慮、独窮落莫の累日にあれほど憔悴しておられた齋藤さんの顔貌にもようやく喜色が蘇ってきた。長身の体軀にも活力がもどってくるのが傍目《はため》にも感じられた。

葉書の日付の前年（一九八三年）、杪秋には、「黒の会」で、多分生涯ただ一度、「リラダン作曲・ボオドレエルの詩について」という講演をされた。また同年歳晩近く久々に随筆「薄暮の旅人——随想・日夏耿之介——」が書き上げられた。同稿は翌年三月刊行の『同時代』誌の巻頭を飾った。遺稿の日乗に、送られてきた雑誌を読みかえし、「わが頭脳の未だ衰へざるを喜ぶ」とある。

前掲の葉書が私の手許にとどく前後まで——今から思えば、——その一年は終生不覊卓犖、高挙孤峭の志節を全うされた齋藤さんの身辺に落暉のような光が感じられたように思う。

一方、私事にわたるが、私は多難であった。三年前から難病を患っていた妻がその年一月入院した。五月に一たん退院したが十日とたたず、高熱を発して再入院、同月末には肺炎を併発して危篤に陥入り、数日生死の境をさまよった。咳がつまり、一時絶息したのである。医師陣の機敏な措置で歯を割って咳をとり、ようやく一命をとりとめた。以来気管切開をしたまま、胃チューブで栄養食を注入し、今に及んでいる。夏の初め、私は病院長と医長からひそかに今年一ぱいはもたないかもしれませんと告げられた。しかし重篤を脱した妻は秋になると熱も去り小康状態がつづいた。尤も病人は身じろぎができず、声が出ず、水液のようなものすらほとんど飲みこめない。昼間は起きてはいるが、ただ眼をあけて光を見ているという感じである。幸い苦痛はなかった。ただ気管がつまると、即刻電動吸引器で啖を吸引しなければならない。

病状がともかく安定したので、病院側から十二月初旬一たん退院を迫られ、また私はこれが彼女にとって最後の正月になるかもしれないという思いから退院を承諾した。

しかし家の中を病院同様常温に保ち、息子と私と男二人で昼夜看護に当ることは容易でない。私は目前の不安と煩務にほとんど打ちのめされそうになっていた。

上掲齋藤さんからの返書のはじめに「千憂万慮のさなか、長文の書をお寄せ下さり」とあるのは、多分何かの謝辞と令室安否の見舞をかねて、そんな自身の窮状を打ち明けたのであるまいかと思う。

私は葉書をいただいて衷心感謝をおぼえたが、先に述べたように、とりわけ杜甫の詩句を引かれた一行に痛切な感銘をおぼえた。

《老杜に「強《し》ひて自《みずか》ら寛《ゆる》うす」の語あり。》

「強ひて自ら寛うす」とは何という見事な句だろう。後日齋藤さんにあったとき御礼とそのことを話すと、齋藤さんは「そうですよ、強ひてというところがね、強ひて、ですよ、宇佐見さん、強ひて自ら寛うす」と最後の句を誦せられたのを憶い出す。じっさいその後私はこの語にどれほど助けられ、励まされたか、測りしれない。

実はこの号*の特集は、私が編集の主になってすすめてきた。夏以来私は齋藤家を訪ね、また諸家に寄稿や遺稿の撰録、書誌の作成を依頼してきた。かたわらこの稿を書こうとしてきたが、この数月の間にも、始終胸中に、自覚を、自覚を、という声がきこえてくるのだった。家事に倦《う》み看護のさなかその語を思うたびに、私は千二百年の時をこえて杜子美を偲び、またそれが泉下の齋藤さんからの声のようにもきこえてくる。雑誌はすでに初校が出かかり、私の原稿だけが遅れている。私は発刊が遅れることを気にしながら、それこそ強いて仕事を遅らせてきた。

しかし現状は齋藤さんからあんなに励ましをいただいた頃と些かも変っていない。もっと逼迫しているといったら、塋中の詩伯は何と嘆かれるであろう。妻はあれ以来再々入退院をくりかえし、今は隣室で病臥をつづけている。あんなに私を慰め、見舞っていただいた齋藤さんはいまは亡く、妻はときどき発熱しながらも無言で生きている。生死非思量、とはいえこの現実をどううけとめればよいのか。私は半ば齋藤さんに打明けるような思いでこんなことを書いているのだ。

葉書をいただくと、私は早速手もとの『杜詩』をとり出し、仄かな記憶をたよりに原詩にあたってみた。詩は「九日藍田崔氏荘《きゅうじつらんでんさいしがしょう》」と題する有名な律詩で、唐詩選にも採択されているものだ。

左に首聯と尾聯のみを掲げよう。（なお括孤内起行のみ我流に訓みかえたが、他は鈴木虎雄氏による訓み下し文である）

老去悲秋强自寛
興來今日盡君歡
…………
（四行略）
明年此會知誰健
醉把茱萸仔細看

（老《お》い去《さ》って悲秋《ひしゅう》強《し》いて自《みずか》ら寛《ゆる》うす）
（興来《きょうきた》って今日《こんにち》君《きみ》が歓《かん》を尽《つ》くす）
（明年此《みょうねんこ》の会《かい》知《し》ら（ず）誰《たれ》か健《けん》なる）
（酔《よ》うて茱萸《しゅゆ》を把《と》りて仔細《しさい》に看《み》る）

『杜詩』（第二冊）によると、この詩は乾元元年（七六一年）陰暦九月九日重陽の菊の節句の日に杜甫が藍田県の崔氏の別荘に招かれ、そこで作った作である。さきほど仄かな記憶にといったのは、漢詩に疎い私でも弘く膾炙された「明年此會知誰健」の句はおぼえていたからである。この詩、いま改めて誦するに超聯と尾聯が寂々《せきせき》と響きあい、その清韻が一瞬のうちに私を杜少陵招宴の座に運び去る。

しかしこの詩の眼目は何といっても起聯の二行にある。起句を承けた第二句、

（興来って今日君が歓を尽くす）

の強さにいたっては唯々三嘆の他はない。

この句、先学の補注によれば、「礼記」に「君子は人の歓びを尽さずして、以て交わりを全うするなり」とあり、他人の招宴にさいしても八分は受けて二分をのこすのが君子の礼であった。齋藤さんはそんな含意は重々承知であったろうから、さればこそ「強ひて自ら寛うす」の語に心を潜め、その句を私に贈って下さったのであろう。

いまそんなことを思いながら改めて起聯二句を黙誦していると、在りし日の齋藤さんの俤が彷彿として眼に浮ぶ。讌飲歓晤のさいの哄笑爆発、一刀両断切捨御免、遁語、揉み手、頓智縦横、けらけらげらげら、綺語痛罵、「蒸発なんていうものじゃない、奴のは脱獄だ」というさいの Dá-tsu-go-ku-dá の dá を魔霊の力をこめて発語し、その愉しさに一瞬眼が回転したかと思う迅さの間をおき再演、Da-tsu-go-ku-dáh と呵々し終ったときの唇の顫え。爽やかな笑い。羽目をはずした飲みっぷり、笑いっぷり。――齋藤さんの田無西原町の幽居は、氏の先師大簡伯海先生から贈られた紫竹、大明竹、四方竹、蓬萊竹の竹林に囲まれていた。或るとき酔余蹌踉の齋藤さん

を送りとどけたことがある。暗夜街灯の路次でその竹庭が近づくにつれ、一瞬齋藤さんは息をとめ、「雨過ぎる時、風騒ぐ時、月灑《そよ》ぐの時」と静かに口ずさまれた。深更、その夜気が忘れられない。

齋藤さんは別のときにもしばしばその語を吟じられたが、この句は『ピモダン館』の最後の頁に記されている。いまその結語、「独りこの竹に對して今は亡き人を――とこしへに再び見出し得ぬ人を――泯《ほろ》び去つた知的一王朝の最後の苗裔を想ふ」という行文を読むとき、苗裔の二字にまた氏の俤がかさなって感じられる。

高古超絶の人であった。騒壇虚名、流俗に背を向け、不撓の意志によって完遂されたその詞藻は時空を超えて屹立している。氏は自己を律するに竣厳熾烈、同時に謙恭礼譲の人であった。一方その言動には憂国慨世の素志があり、そういう風気に接するときには、相貌も肖《に》ていたが大祖父清河八郎の気脈を思わせた。

他方齋藤さんは稀にみるほど心のやさしい人であった。入院中の令室に対する言語を絶する献身万慮、家族への深い思いやり、友人や親族への感謝、少数の後進に対する情愛。――老去悲秋、落魄の晩年折ふし相添って街路を歩んでいるとき、その深情が切々と私の心に伝ってきた。それは纖雅であるがゆえに至純な、今の世に稀な優しさであった。

実はこの稿を書きはじめたとき、そうした齋藤さんの一面にふれ、爽やかにその真情があふれたやや長文の翰墨をさらに数通、筆写するつもりでいた。

しかし隣室には病人がいる。いまは思い半ば、強いて筆を擱かねばならない。

偶詠一首

雲迅し、すでに黄昏《くわうこん》
この道たれか行く人あらむ
何《な》がゆえの笞刑《ちけい》ぞ
見棄てられし二人、影を歩む
佛國詩宗はいへり
「衿恃は非人之賓也」と
梅散り桃開く池のほとり
尻輕鷄《ココツト》の呼ぶ聲絶えず

追記。歿後遺されていたノートに齋藤さんは阿藤伯海の次の句「受《ケテ》而不レ伝《ヘ》(是)受《クル》之至《レル》也」という句を二度書き抄しておられる。本稿を書きながら私はなぜか度々その語を思った。

「受而不レ伝（是）受之至也」これは大簡伯海先生が夢中得られた語であるという。

＊

〔編集註〕「同時代」48号（特集　齋藤磯雄追懐）黒の会、一九八七年二月刊。

手紙の話 より

この岸べで

三月の初め、友人のK君から大きな紙袋の郵便物を受けとった。かさばった不恰好なものだったので、怪訝に思い、封を切った。するとK君自筆の紙箋が出てきて、それにはこんなことが書かれてあった。《亡くなられた赤堀先生の長男嶺男氏が、貴兄とYさん、私が生前先生に出した手紙をそれぞれの方にお返ししたいといって一括送ってこられました。それで貴兄の分を同封します》

言葉どおり包みの中にはもう一つ紙袋が入っていた。袋の裏には嶺男氏のゴム印が捺してあり、表には私の名が記してある。開封すると中から封筒や葉書の束《たば》がどっと出て来た。それはまぎれもなく私が赤堀先生に送った書状で、見おぼえのある封筒、頼りなげに救いを求めているような私の字が見える。私は眼前に返送されてきた自身の手紙の束を見て、うろたえた。

　赤堀英三先生のことは前にもふれたが＊、一九八六年四月二日、永眠された。享年八十二歳である。博士は中国の地質・人類学（先史学）の大家で、一九三四年、北京に留学、ワイデンライヒ教授の研究室にあって周口店猿人洞の発掘に参加、後にも先にも北京原人《シナントロプス・ペキネンシス》化石人骨の現物を手に、研究された唯一の日本人である。主著は『中国原人雑考』（一九八一年、六興出版刊）、ほか数冊の著訳書がある。前記主著には全く畑ちがいの私の著書からの引用が数行あり、巻末の人名索引にも中日欧米の専門学者にまじり、私の名が掲《あが》っている。それを見たときにも私はあわてたが、同時に正直いってうれしく、こんな門外漢の詩行を援引される先生の姿勢をゆかしく思ったものだ。

　いま私の脇机の上にはポリエステルの小さな円筒に入ったアラシャン砂漠の砂がおかれている。それには先生の字で横書に「内蒙古アラシャンの砂、一九三五・九・一九採取」と書かれた札が貼られている。委細は省《はぶ》くが、これは先生がアラシャン砂漠踏破に失敗したさいの記念物だ。他にも先生は石好きの私にいろいろなものを下さった。結晶の見事な朝鮮金剛山の正長石、雲南石林の石灰岩、南米コロンビアの白亜紀アンモナイトの雌雄の化石、大正五年刊の稀書『寳石誌』（鈴木敏博士著）、その他もろもろ。或るとき「こんなに次々いただくと」と恐縮して御礼をのべると、先生はこともなげに「形見分けですよ」といわれ、さらにこういわれた。「人間無闇と物を集めたくなるときもあるが、今度は捨てたくなるときが来るものですよ」

さて、話を最初に戻そう……

手紙は物品ではなく、風や雲の便り、この地上で星の瞬きのように心のうちに呼びかけてくる光の合図なので、さすが先生も晩年、後学の書信を捨てるに忍びず、いつしかその束を身辺にとり遺されたのであろう。

誰しもそうかと思うが、特定の人のよい手紙、思いの通った私信は捨て難くなるものだ。他の人には単なる反故であっても、それは当人にはかけ替えのないものだ。人はそれをパンドラの匣《はこ》にしまう。私も時折古い来翰を取り出して読み、鬱情を晴らすことがある。

しかし今度のように自分の手紙が、それも不帰の人から、束になって送り返されてみると、どうしてよいかわからない。読み返す気にもなれない。机上にとり出された手紙の山、それは行場を失った手紙、死の扉の前で突き戻され、拒絶された生者の声である。私はこれらの手紙がこの十数年自分が折々書き送ったものであることを知っている。それを思うと死の方から時が逆流してきて、逆巻く波濤に押され、私には波の向うが見えない。先生は逝かれたが、取り残されたのは私で、私はなおしばらくこの岸辺にとどまるほかはない。この岸べにいる間、私は今後も同じ岸にいる誰彼に手紙を書きつづけるであろう。

私は骨壺に納めるように、自分の手紙の束を袋ごと匣にしまった。これこそ先生の最後の形見分けだと思いながら。

恋文

恋文のことをまた艶書ともいう。

まだフランス語を学びはじめた頃、仏和辞典で billet という語を引いたことがある。そのとき同語の多数の語義にまじって〈billet doux 恋文〉とあるのが眼にとまった。billet《ビエ》は普通一〇フラン札《さつ》の札、また入場券や切符をさす語であるが、短い書信の意にも使う。それはとかく billet《ビエ・》 doux《ドゥ》という語だけが藪の中の星のように煌《きら》めき、一瞥たちまち憶えてしまった。しかしいま思うのに billet doux は恋文にはちがいないが、艶書、結び文《ぶみ》、或いは付け文《ぶみ》とする方が、訳語として一層いいかもしれない。というのはフランス語には英語の love letter に当たる lettre d'amour《レットル・ダムール》 という語があるからである。いつの頃からかラブ・レターは半ば日本語のように使われだして、次第に外来語に特有の安っぽさ、軽薄さを帯びるにいたった。ラブ・レターなどとしゃあしゃあといわれると私はぞっとする。そこへゆくと恋文という生粋の語には不思議に手垢に穢《よご》れぬ優しさ、なまめきが今なお感じられる。

中学の一年生のときであった。私はS村から神戸の中学へ汽車で通学していたが、或る時一人の少女を見初《みそ》めた。当時は女学生は必ず制服を着ていたから、同じ駅から汽車で通う彼女が神戸の某女学校の生徒であることがすぐにわかった。私は同じ汽車に乗れるように毎朝気を張りつめ、いそいそと家を出たが、帰りは滅多に一緒になることがなかった。それでもときにはそんな日があり、やがて私は彼女の家をつきとめた。私はその家の前を幾度か徘徊し、生垣ごしに二階家を仰ぎ、表札と門の傍の郵便受けに目を注いだ。彼女に声をかけるにはどうすればよいのか、わからなかった。せめて胸の思いを紙に書いて届けようかと朝晩頭を悩ませたが、いざ郵便受を見ると勇気が挫けてしまうのだった。一言でいいから僕と話して下さい、一緒に肩を並べて帰りたい、ただそれだけの思慕であるのに、書こうとすると頭がこんがらかってしまう。私はまだ恋文とか艶書とかそんな言葉を知らなかった。そのくせ付け文《ぶみ》という語が折々胸を掠めたが、その語から想像される行為が何か卑劣で下賤なことのように思われた。自尊心が許さないというよりは、そんなことをして万一蔑《さげす》まれてはという不安が私を竦《すく》ませたのである。二年後彼女の家は引越した。今では彼女の姓は覚えているが、白い聡明そうな顔は消え、夢の中で行き昏《く》れて道に迷ったような感じだけが残っている。

しかし恋文について書こうとすると、悶々としてついに書きえなかったあの少年の日の悲しみが真先に思い浮んでくる。

もし私が王朝の昔に生れ、恋の作法に通じていたら何とか懸《け》想文《そうぶみ》を届けえたであろうか。いや、十三歳の私には、やはりどうしようもなかったであろう。

ほんとうの恋文は人が現身《うつしみ》の悲しみを知り、愛の歓喜と苦しみを知ったとき、深夜孤独のなかで、氷のような焔によって書かれるものだ。

恋文を書く人は妬情であれ、孤愁であれ、言葉というものがほんとうは無力であることを知っている。スタンダールやルソー、リルケが称揚した『ポルトガル尼僧の手紙』は、或る伯爵の戯作であることが昨今確められているが、この恋文が長年読者に読みつがれてきたのは、情熱の奔騰によって言葉が空しさをつげ、一種錯乱の美がその手紙にみなぎっているからである。

愛するとは言葉のない世界への脱出である。どんな言葉も愛の神秘と繊細さには及ばない。なぜなら愛とは言葉ではなく、まず行ないであり、共に創造の神に向って仕えながら戯れることなのだから。

鳥のように求愛は自然歌となる。

しかし人は恋の闇路に迷う。そのときおぼつかない言葉が道標《みちしるべ》となり、人は言葉にすがって、半ば自身のために文《ふみ》を書きつづる。

十人十筆

或る日、病室につづく洋間に入ってゆくと、付添婦のMさんがテーブルから立ち上って、「先生これを」といい、便箋を三、四枚折りたたんだものを差しだした。「何ですか、これは」ときくと、Mさんはよく光る眼を伏せて「ちょっとお読みいただきたいんですが」という。「わかりました。あちらで拝見します」私は受取って自室に戻った。

書斎で披《ひら》くとコクヨの便箋に筆ぺんで墨痕も荒々しく《口では申しあげにくいので手紙でお願い申しあげます》とまず書かれている。手紙の要旨は、主人が退院してから会社をやめさせられ、自宅で独立して仕事をすることになったが、当座どうしても三万円が必要なので《十五日には必ず返済しますから拝借できないでしょうか》ということである。末尾には《今月も給料前渡ししていただいている上に勝手なことを申しあげますが、お願いいたします。先生様。M》とあった。（いまどき僅か三万円の金にも困っている人があるのだ）私は咄嗟《とっさ》にそう思うとともに、初めて見る彼女の筆蹟の気勢に圧倒されるようなたじろぎをおぼえた。彼女は四十七歳、女子商業を出ている。その字は上手といえないが、悪筆ではない。油性の筆ぺんのために脂《あぶら》ぎって見えるせいもあるが、筆力が逞しく、或るところは筆の腸《はらわた》がはみ出たように見える。大ぶりのその字は彼女が渡世のために喪《うしな》ったものの遐《はる》けさを示すと同時に、逆境を生き耐えている人の気魄がこもっている。その字は奮闘している字だ。

Mさんは働き者で、数年来、難病で身じろぎができず、声の出ない病妻の面倒を何くれとなくよく見てくれる。付添婦が専業だが、掃除、洗濯、皿洗い、玄関の水打ち、靴磨、実によく働く。時たま疲れて洋間のテーブルに両肘をつき、うとうとしていることもある。無理もない。家に帰れば病身の夫の世話をしなければならないのだから。

妻が無言で病臥している室の柱には年来、与謝野晶子の短冊が掛けてある。

紫の藤の花をばさと分くるかぜ心地よき朝ぼらけかな　　晶子

芥子《けし》地に銀箔を播《ま》いた短冊に変体仮名をまじえ、鼬毛の細筆で右の歌を書いたその筆跡はいわゆる遊糸連綿体でなく一字一字間《ま》をおき、散る花のように書かれているので、見れば見るほど繊雅清婉、まことに爽やかだ。

これは消息文の字ではないが、Mさんの手紙の字と何という境域の違いであろう。Mさんは日に幾度となく病室を出入りしているが、多分一度も短冊の字に眼をとめたことがないであろう。しかし誰が借財を申しこむMさんの気迫に満ちた粗率の字と歌人染筆の優劣を専断できるであろうか。

一方は愁情を散じてくれるが、一方は生きることが熾烈《しれつ》な戦であり、しかも人は助けあわねば互に生きえず、文字はそのための烽火、人の世を越えた何ものかへの愁訴であることを告げ知らせる。

活字は記号、意思の伝達にとって不可欠な徴表、媒体の一つである。しかし書字は単なる記号ではない。字を書くものは、おのずと心の内に向う。手紙を書いているとき人は一字一字ひとりで霧中を歩いているような感じが伴う。千人千様、それぞれの筆跡は唯一の自性《アイデンティティ》を示すものであっても、筆跡は鳥の足跡のようにそこにあるものよりはないものを、現前よりは不在を、諸縁生滅を思わせる。問候、相聞、依頼、慶弔、どんな手紙を書く人も自分で字を綴ることによって、何ものかあらぬものに呼びかけているのだ。

　他方、手紙を受けとって書字に眼をとめ読む人は、眼に見えぬ相手の心の気配、言葉の彼方にある願いを読みとろうとする。文は綾、書字は形を整えても心を粧うことはできない。十人十筆、どんな手紙、どんな手蹟の奥にも裸の心が震えている。

不一

　毎月手紙の話を書き出してからやがて一年になる。いまその最終回の稿を書きかけているが、いつものように本文千六百字という字数制限がまず頭に浮ぶ。

　最初編集者のAさんから月々四百字詰原稿紙四枚でお願いします、といわれた。売文を業としているから何枚くらいという注文はよくあること、軽い気持で引受けた。ところが回を累《かさ》ねるにつれ、この連載は四枚というより、二十字詰八十行きっかりであることがわかってきた。一字超過してもいけない。不足は句読点を含み十九字までは許されるが、それを越えると空白ができてしまう。

　これは瀟洒な紙面のレイアウトの上からくることで、書いた当人も最後がぴしっと納まっている方が快い。しかし書簡について書いてきたので、こんな問が胸をかすめる。もし私が誰かに手紙を千六百字分書けといわれたら、当惑する以上に書く意欲を失ってしまうだろう。有名な王羲之の多数の尺牘《せきとく》の中には「謝俟」（俟に謝す）のようにただ二字で終っているものがある。「卿大小佳帖」は「卿大小佳」（お宅の皆様は元気ですかの意）、ただ四字の寸簡である。もし二字ないし四字で意中を相手に伝えうるなら、あとの千五百九十何字はどんな剰語をつらねればよいのか。思うだに暗然とする。

尤《もっと》もこれらは異例中の異例で行草の神品とされる「喪亂帖」は百三十字、「孔侍中帖」は六十二字である。尺牘ではないが、行書の冠倫「蘭亭序」は三百二十四字を数える。

古来中国では文字を尚《とうと》んだ。紙が発明される以前、文字は木簡竹簡に書かれたが、その末尾には総字数を記すのが例であった。敦煌出土の初期の古写本にも末尾に「総計何千何百何十何字」と総字数を記したものがある。これは聖賢の言葉を記録するには一字の脱落もあってはならぬという遺風に由来するが、他方漢字が表意、表音を兼ねた表語文字であるという特性にもよっている。

漢字は一形一音一義の文字である。しかし日本語は表意文字である漢字と表音文字である仮名を交えて書かれる。日本語で千六百字といっても、実は一字一価ではない。質も形も違う文字が自在に混融しているのだ。そのうえ正記法がない。同じ語を仮名でも漢字でも書ける。仮名で書けば当然長くなるし、漢字を多用すると簡潔整厳になる。現に私は千六百字をたえず心にとめながら書いているが、それは一字千金の彫鏤《ちょうる》とはちがう。いわば目盛を見るように配分を考えながら行をすすめているのである。

或るとき友人の画家野見山暁治君からこんな話をきいた。さる高名な画家が初めて原稿を頼まれたとき、画家の習性から、書いたものが一目で眼に入らなければ不安でならず、そのために長い机に原稿紙を右から左に一列に並べ、書いて行ったということである。私はその話を聞いたとき、それは自然なことだと思った。画家が気にしたのは枚数の制約ではなく、意趣の展開と気勢、デッサンに通じるような行文による形の把握、緩急婉転、その素懐の持続にあったのであろう。

私はいまも葉書を前にするとき、丁度画家が原稿紙を前にしたような戸惑をおぼえる。仮名か漢字か、どのような大きさ、風体で最初の字を書けばよいのか。葉書は白いカンバスを前にしたように私をおののかせる。葉書の場合、制約は字数からではなく、方寸の面によって顕《あら》われる虚無から来る。どのように簡明に用向きを述べればよいのか。行間、不揃いな字に眼をやり、余白の広狭に脅え、早く結語に達したいと願う。何十年、数知れず葉書を書いてきたが、ついぞ満足をおぼえたためしがない。私はよく結尾に、草草不一、不尽、不具などと書くが真実、不備なのである。義之の尺牘にもしばしば「力不一一」（力《つと》むれど一一《いちいち》ならず）という書翰用語がみられる。しかし何というその語の気魄の違い、蕭散、宙宇の違いであろう。

＊〔編集註〕「手紙の話」一「雲箋玉文」（『死人の書』所収、東京創元社、一九九八年刊）。

A minuit, elle
se change en une pomme
sur la table.

宇佐見英治「女の顔」（エッチング）。
『雲と天人』（岩波書店）所収。

樹木

一

《私はこれからウィリアム・フォークナーの文学について、「拡充による平衡」という観点から述べてみようと思います。》

加島祥造はフォークナー論をこう書きはじめ、次いで二、三行おいてこういっている。《実際、彼の文学全体は一つの大きな森に譬えられるでしょう。そしてひとたびこの森に入りこんだ人は、誰でも迷うにちがいありません。まず方角が分らなくなり、下草をかき分けて進むうちに、時おりは森の中の空地《あきち》に出て、思わず天をふり仰ぎ、よくまあこんなに繁茂したものだ、と嘆声を発するはずです。》

実はこの年頭、加島さんから右の小論、「拡充による平衡――フォークナーの創作の姿勢について」（『アメリカと文学』Ⅲ所収）をいただいたのであるが、私はフォークナーについては全く無知で、――というより、『響きと怒り』も『八月の光』も『サンクチュアリ』もその他もろもろ一冊も読んでいない。しかしフォークナーの想像力の発展の特質を説いた加島さんの論旨は大変明快で、何か自分もフォークナーを数冊読んだような気になり、その重要な勘所をとらえたような気がするのが妙であった。私はそのうち是非いつか読まねば、と思った。

しかし、それはそれとして、さらに心を惹かれたのは、氏がフォークナーの想像力を生成繁茂する森に譬え、それならば、その芸術創作上の秩序がどこに働いているかを論じた次のくだりである。少し長くなるが、以下引用させてもらう。

ただし、伸び広がる想像力と芸術的な平衡性《バランス》とは矛盾しあいます。どのような芸術家も、大なり小なりこの両者の間の矛盾をかかえて出発し、その相克をへて自己の創作を完成させるのだと言えます。ただ私の強調したいのは、フォークナーが、その相克を常に積極的に越えようとした点です。想像力が左の枝をのばしてゆくとすれば、彼は右へも別の枝をのばしてゆき、それによって平衡をとろうとする。右に出た枝が伸びすぎた時にもそれを切りちぢめるのではなく、それに見合う枝を再び左のほうに出そうとする――それが自然の植物の繁茂の実態であり、フォークナーは自分の想像力にもそういう生成の力があると信じた作家に思えるのです。それゆえに彼はそういう自然の力のなかからなんとか平衡をつくりあげようとした芸術家なのであり、その姿勢は、ヘミングウェイと比べると、とくに明瞭になるだろうと思います。

加島さんはつづいて《ヘミングウェイは刈り込むことでその芸術を完成させた作家》であり、ヘミングウェイの《刈り込み方の見事さは文体に最もよく現われていますが、……》と述べたあとで、《その結果、彼〔ヘミングウェイ〕の文学全体は、樹々の刈り込みや芝の手入れのゆき届いた庭園を思わせます》と言っている。

上記の引用文のなかで傍点を付したのは筆者、私である。私は傍点を付したこの部分を読みながら、自分の体の内部から腕が右へ、左へ、と伸びてゆく、——単に想像的といえない——現実的、肉体的な共感をこのメタフォールに感じた。そんなふうに感動するのは、この短い数行によって植物の中にある原型的な成長の動きが見事にとらえられているせいか、或いは自分の中にもそのような原型的なものがあるためなのか、どうも不思議でならない。私はひょっとすると加島さん自身がこれを書きながら、自分の肩から枝が右へ左へと伸びてゆく成長の動きを実際に感じたのではあるまいかと思う。

二月ほど前、私は横浜の打越にある加島さんの仕事場を訪ねた。打越は外人墓地のある山手の丘の、海とは反対方向につらなった地つづきで、観光客は大抵元町の方に降りてしまうので、今でも、うち忘れられたような、ひっそりとした急坂道が散見される。一体、「港の見える丘公園」と名づけられたあたりにも欅その他の高木、大木がかなり多くあって、それが外人墓地や異国風の白い家々を護っている。打越のあたりの坂道にも町の古老のような大木が幾本かあって、加島さんは往き来のつど、立ちどまったり、仰いだりしながら、樹幹の暗い声に耳を傾けているのであろう。D・H・ローレンスは南ドイツの黒森《シュヴァルツ・ヴァルト》にいたころ、樹の根元に腰を下し、胴《み》体《き》に身を寄せて書くのを好んだ。リルケは「体験」という文章のなかで、木に凭りかかっているうち、自分が木の意識と一体となり、ついには《自然の向う側に出てしまった》という神秘的体験を記している。フォークナーについての加島さんの樹のイメージにはそんな神秘性はないけれども、かえって直截に、樹木が己れを実現し、存在しつづけようとするその根源的な意志のありようがよく表われている。

　残念なことに今の東京には人間が心を通わしうるようなそういう自然の大木は殆んど見かけられなくなってしまった。東京や新興の都会にあるのは街路樹ばかりである。どこの国の都市でもそうだが、街路樹は捕虜として連れて来られた奴隷のようで、それが整然と列をなして並んでいるさまは、何か葬いの列か、軍国主義の臭いがするものだ。自然の木は密生したり散らばったり、また古木と若木が混淆して林を作っているものだ。また野に立つ孤木ははるかな地平をのぞみ、孤独な王のように星々と交信しているものだ。どうしてあんなに等間隔に同高同種の木を整列させるのか。私は東京の街路樹の傍を歩いているとき、並木のめいめいがラジオ体操でもするように一斉に号令をかけあって、一、二、三、と腕を出したり縮めたりしているような、その成育の不粋にやりきれぬ思いがすることがある。

話はちがうが、ジョルジュ・ブラックが生前愛用していた画帳を精巧に複製した画集がある。この画帳は方眼罫の、かなり大きなもので、それには彼が下描きした女の顔や姿態、ケンタウロスや、牡牛、アマゾンその他の神話の形象、鳥やアトリエ等のクロッキーやデッサン、水彩、リトもまじっていて、いかにも巨匠にふさわしい雄渾闊達の筆勢が生き生きと感じられる。それらの画像にはデフォルメされたり、文様化されたりしているものが多いが、その終りの方に、一輪の百合とアイリスの花を、それぞれ日本の花鳥画家が描くように、丹念精確に写生したデッサンがある。それは一見素人が描きそうな写生だが、線描にすばらしい精気と力感があって、何か襟を正させるような端厳さを感じさせる。ブラックは一茎の花に敬虔に向い、喇叭状に開いた百合の花萼のしなやかな傾きを、若い勁さを、花蕊の深淵から噴き出る細い白い指のような雄しべを、花粉のついたその嚢を、見事な筆勢で狂いなく描いている。

私はこのデッサンを見ていると、花のかたちを写しとってゆく線から花の精気が彼の指に流れ入り、花の匂い、色、かたち、香魂が画家の血管に溶けこんでゆくような感銘をおぼえる。そんな感銘を受けるのは勿論この巨匠の線描の力によることはいうまでもない。しかし罌粟であれアイリスであれ、花を見えるとおりに、感じられるとおりに絵に描くということは――たとえ素人の写生であっても――花の生命を指をとおし腕をとおし、己が血に注ぎ入れるということではなかろうか。フランス・ドルドーニュ地方やスペイン東部にある幾十もの洞窟の岩壁には遠古のクロマニヨン人が描いた野牛や馬や馴鹿、鹿、マンモースの写実的な像が幾百となく遺されている。

しかしそれらの像を描いた画人たちは何も巨獣を写実的に描こうとしたのではなく、眼に見えてくる動物の精気が描くに従っていよいよ彼の身体に乗り憑り、それであのように迫真的な動物の画像が岩壁に表われたのではなかろうか。画家や詩人は、樹を見つめ、樹の声を書きとることによって、その生命を、不死と復活を、無意識に己が身に注ぎ入れようとするのではあるまいか。

私は或る瀕死の状態から奇蹟的に蘇った病人の話を聞いたことがある。その病人はまさに自分が死んでゆくと思った瞬間、気が狂うほどに生に嫉妬をおぼえたが、それは、彼のまわりに立っている看護婦や医師にではなく、一瞬眼を掠めた棚の上の鉢植の草に対してであったという。その鉢植は友人が二週間ほど前、病室において行った風知草で、どうしてか地から生えた草の葉がありありと見え、草に対する猛烈な嫉妬が起るとともに底のない闇に落ちていったという。

草は生えかわり、樹木は発芽と落葉によって復活をくりかえすが、不死ではない。しかし他の動物はわれわれと同じように地上から早晩立ち去るべき運命をもっているのに、どうしてただ天をめざして垂直に伸びる木や草がわれわれよりも永遠に生きつづけると感じるのであろうか。神社や寺の境内にはよく樹齢数百年の楠や杉があったりする。また記録的にはアメリカ西部の高地に生えるトゲカザマツは四千六百年の寿命をもつといわれる。尤も寿命の長さの点からいうと樹木はバクテリアにかなわない。しかしシュメールの昔以来人々が探しもとめ、崇めたのは、聖なる生命の木であった。

二

独歩は明治二十九年いまの渋谷（上渋谷村百五十四番地）に移り、同年秋から翌春までを茅屋で過した。『武蔵野』に記された日誌の中から少し抽記してみよう。

九月七日――「昨日も今日も南風強く吹き雲を送りつ雲を払いつ、雨降り雨降らずみ、日光雲間をもるるとき林影一時に煌めく――」

九月九日の日記には「風強く秋声野《や》にみつ、浮雲変幻たり」とある。

同二十一日――「秋天拭《ぬぐ》うがごとし、木葉火のごとくかがやく」

同二十五日――「朝は霧深く、午後は晴る、夜に入りて雲の絶え間の月さゆ。朝まだき霧の晴れぬ間に家を出で野を歩み林を訪う」

十一月十八日――「月を踏んで散歩す、青煙地を這い月光林に砕く」

同十九日――「天晴れ、風清く、露冷ややかなり。満目黄葉の中緑樹を雑《ま》じゆ。小鳥梢《こずえ》に囀《てん》ず。一路人影なし。独り歩み黙思口吟し、足にまかせて近郊をめぐる」

同二十二日――「夜更けぬ、戸外は林をわたる風声ものすごし」

抄《うつ》し出すと、――これでも日数はとばしたが、――私はどうしてももう少し引き抄したい誘惑に駆られる。十一月二十六日には「夜十時記す」として次の数行が読まれる。「屋外は風雨の音ものすごし。滴声相応ず。今日は終日霧たちこめて野や林や永久《とこしえ》の夢に入りたらんごとく。午後犬を伴うて散歩す。犬眠る。……おりおり時雨しめやかに林を過ぎて落葉の上をわたりゆく音静かなり」さらに翌年一月十三日には「夜更けぬ。風死し林黙す。雪しきりに降る。……」とある。

独歩は「武蔵野の俤《おもかげ》は今わずかに入間《いるま》郡《ぐん》に残れり」という文政年間にできた古地図に見られる句で、『武蔵野』の最初の行を書き出している。ついで太平記に出ている同郡小手指原久米川の古戦場に触れて、自分はいつかそこまで行ってみたいと思っているが、まだ行っていないと述べている。その小手指原は今私の住んでいるあたりから電車で二十分とかからぬところにあって、これまで二、三度散歩がてらに行ったことがある。しかしこの数年来小手指駅の両側は電鉄会社が買い占めた広大な造成地となり、つい先ごろまで野武士のように生い茂っていた小松の林や茫々たる草叢、雑木の林は跡かたもなく姿を消して、一基の史蹟を示す標柱と地平にひろがる渺々たる層雲のほかには昔をしのぶよすがはない。

この線を走る電車は今は西武線と名を変えたが、戦争直後までは武蔵野電車と呼ばれていた。私が学生時代を送った昭和十年代の初めには、この電車の沿線にはまだその名にふさわしい武蔵野の俤が残っていた。さすがに折々の散策では、明治二十九年に独歩が記したような風情はさまで深く感じられなかったが、それでも農家に住む人たちは、朝の霧や風声の衰え、木の葉が火のごとくにかがやく秋をなお幾分か感じえたであろう。

渋谷や世田ヶ谷、中央線の沿線は早くから東京の郊外として開発されて行ったが、こちらは近年まで手つかずのまま発展が遅れていた。戦後も、武蔵野電軌鉄道が西武電鉄に名を変えたあと、なお数年、電車は練馬の聚落を過ぎると、本来の性能を思い出したように速度を早め、それとともに窓外の風景が一変したものだ。人家が疎らに、ついで全く見えなくなり、春は草色、夏は麦の畑が波のようにひろがって、その金色の海にいくつもの黒い樹叢の島が廻り舞台のように見えてくるのだった。丘があらわれ、電車が林の中に入ると、野放図な枝が声をかけるかのように車窓に近づく。かと思うと、野末の空に枝を張る欅の木立が雲の下をゆく隊商のように見え、それがあっというまに遠のいて行ったりした。

そんな沿線の某駅から遠からぬところに、戦後私は或る偶然から住みついた。家を出れば、大木と空、泥と霜、春一番の黄塵、黒土の起伏の畝に白い肌を見せた大根畑があった。いまはそんな曾ての野趣、土の臭を愛惜するいとまもなくなった。昔は数軒の藁葺の万屋《よろずや》と米屋、酒屋と床屋と三等郵便局、それらが欅の木かげに並んでいた街道は寂れ、そのかわりに駅前の通りには醜いビルディングがやたらと建ちならび、銀行が数店、スーパー、呑屋、その他小店は数知れず、何町銀座とやらにはくたびれたビニール製の万国旗が空に吊り下げられているという始末である。すべてが便利になった。生活がし易くなった。喫茶店が好きな私は毎日駅前の町中に珈琲を飲みにゆくことができるようになった。ただ櫟《くぬぎ》の雑木林がなくなり欅が姿を消してしまった。武蔵野に独得の葉の耀き、林の朽葉を踏むためには、電車に乗って出かけねばならなくなった。

欅の大木が本当の形姿を表わすのは杪秋最後の一葉を掃い落し、木が裸身になる冬である。冬の早朝まだ白葡萄酒色を帯びた灰色の空に、ひときわ高い欅の裸木が枝と小枝を扇形にひろげて、やがて昇る陽に焚木《たきぎ》となって、おのが身をさし出している姿は何というやさしさであろう。その天頂の若い細い枝々には天に捧げられた燭台のようにかすかな火がゆらめいている。

人間は冬になると衣服を着かさね、オーバーの襟を立て、白い息を吐きながらその木の下をゆく。しかし多くの木は冬になると諸肌を脱ぎ、裸身になって寒風に身をさらす。まるでそれはおのが身に焼きを入れようとするかのようだ。すべて自由を愛する者がそうであるように樹は厳しさを求め、厳しさによっていよいよおのれを鍛えようとする。

冬、樹は一切の虚飾を棄て、ひたすらおのが核心によって闇と寒さに耐えとおす。樹が、わけても欅がもっとも壮麗になるときは、鳥や虫や人を惹きつける一切の虚飾を棄て、おのが本然の姿にかえって、空に立つときである。生きるとは、木の本然がそうであるように、何ものかに促されて未知の空間を割りすすむことだ。空に亀裂を与え、生命の不正義を歌ごえに変えることだ。夏の樹はしゃべる。しかし己れにかえった冬の樹は己が身を牲として捧げ、金色の歌をしずかに歌う。

しかし樹には別の面がある。春、風が序奏をはじめると、樹は一斉に芽を出し、やがて、右に左に、小枝と葉をのばしはじめる。風に戯れ、雲を追い、恋をする。樹は暑気とともに淫らになり、ふたたび帰らぬ鳥を待ちつづけながら、葉かげの暗闇で思い悩む。樹は饒舌になり、隣りの木々を押しのけ、根は地中の岩屑を割り砕いて、一層深い暗黒に触れようとする。どの木も枝振りが必ずちがい、人間のようには、決して他の木に似ようとしない。鶏や豚は他の鶏や豚に似ているが、本来空の自由を愛する本は、どの木も気ままで、決して他の木に似ようとしない。しかし樹はどんなに過ちを犯しても、——先に加島さんが述べたように——自由とはおのが本然の法則を生き、その潜在する形姿を存分に実現することであることを知っている。樹は少しでも未知の空間を突き進み、初めて触れること、また触れられる歓びにうちふるえる。それはエロスの快楽を越える戦《おのの》き、己れを常に無限に越えてゆくものの歓びである。

欅がこの界隈から姿を消してから、私には勤めや散歩の道すがら心をときめかせて見仰ぐものがなくなってしまった。近隣の家々の庭に植込みや花卉がないわけではない。しかし手入れをされた庭木と武蔵野の自然木は公園に飼い放された鹿と野生の鹿以上にちがったものである。

もう少し身辺のことを語らせてもらおう。

実をいうと、今私が住んでいる界隈は比較的区劃整理のゆき届いた住宅地である。それというのは戦時中、この奥の方に陸軍予科士官学校が設けられて、その将校住宅として駅から近い畑か雑木林が早くから切り拓かれたからである。それでここに住みだしたころには、佐官は百坪、尉官は七十坪、準尉以下下士官はその半分というように、外から見ても敷地の広さ、建坪のちがいが何となくわかった。敗戦直後、米軍の進駐に脅えて武官はあらかた逃げ出したが、当時の文官はそのまま残り、空家には学校の小使をしていた人たちや私のようにわけもわからずもぐり込んだものが住みついた。

今では居住者が変り、代も替った。それとともに近年高度成長の波に乗って、大半新たに住み替った人たちが競って家を立てかえた。以前は一様に平家《ひらや》建であった家々がたいてい瀟洒な二階建になり、空地には所狭くアパートが建ち、昔は家ごとにつづいていた椹《さわら》の生垣に替ってコンクリートの塀や自家用車の車庫が目立つようになった。碁盤の目に仕切られた昔の泥濘の道は完全に舗装され、どこを歩いても遠近法の眼路が楽しめるようになった。

しかしどうしても無念に思うことは、先にも述べたが、大木が全くなくなったことである。尤もそのおかげで春にはこの住宅地は花卉園のような繚乱を呈する。まずあちこちの垣根や庭から椿が生娘のような赤い顔をさし出すと、梅が唐宋文人の書楼を思わすように青空に馥郁と開く。沈丁花が薫り、連翹が黄色い長い首をふり出すと、八重、山桜、染井吉野がここも日本といわぬばかりに咲き誇り、別の庭では木蓮が白い礼盤を空高くささげる。すると桃が別の庭から一せいに紅い火矢をうちあげ、しばらく春昼の艶情はここにきわまると咲きつづける。イギリスの小説の中からぬけ出てきたエニシダが微風に小さな黄色い翼を光らせ、やがて色づいた紫陽花が異邦の貴婦人の下着のように雨に濡れる。私は毎日住宅街の道を歩きながら花の応接にいとまがなく、よくもここに住む人たちがこんなに花を愛するものだと思って感心してしまう。そしてふと皮肉に、どうしてこの一廓の庭々にはこんなにも同じ花があるのか、同じ紅梅白梅が、エニシダ、紫陽花、連翹、木蓮、躑躅があるのか、と考えこむ。それは駅前やこの先に花卉の苗を売る農園があって、つまりどの家の主人も奥さんもそこから、苗や蕾のついた細い挿木を買って来てそれぞれ庭に植えるせいなのだ。以前は少し歩けば蓮華畑があった。道ばたには無数のお日さまの子のようにあちこちにタンポポが咲いていた。暗い藪かげから野生の藤が垂れ、花畑の向うの小さな木立のかげには、木瓜《ぼけ》の花が嫁入り近い野の娘のようにそっと咲いていた。

人間は牛馬を飼い、犬や猫を愛玩する。そのように花卉を育て、樹木を奴隷のように買い入れて、わずかな地積におのが庭をつくる。意にそわぬといっては樹木の右腕を切り、手前勝手に葉をととのえ、首を刎ねたりする。いかなる京・近江の名園にせよ、鏡池曲水をうがち、その周囲に山野に自生した樹木をおのが好みに従って植栽する者は樹木に対する真の畏敬を失っている。西芳寺の林池から金閣、鹿苑寺、桂離宮から孤篷庵、金地院、貴紳大名、数奇者の築いたすべての庭苑にあっては、樹木は悲風をそよがせ、その囚われの呪詛の影を池面に映している。木を育て、手入れを怠らず、木と黙語するなど、木にとっては大きなお世話だ。

樹霊を感じる者は樹を囚えて、家畜のようにおのが庭に植えたりはしない。

この冬は太平洋岸の東京は晴天がつづき、雲ひとつない日が多かった。私は毎日、日課のように歩いて駅前の町に珈琲を飲みに出かけた。しかし何度か書いたようにあの欅の裸木がどの空にも見られないのが悲しかった。それを思うと家々の庭の前を通りながら、なぜどの家の庭も同じような木を植え、同じように小ぢんまりと刈りこんでいるのか、それが腹立たしくなってくるのであった。どこのうちにも同じ木があり、大刈込と小刈込、まるで判をついたように同じたたずまいを整えている。それは秋から正月にかけてどの庭にも植木屋が入ったからである。まさか——決してそんなはずはあるまいが、まるで同じ植木屋が刈り整えたというふうである。

たまたまその前後、私は或る素人画家の展覧会に出品することになっていて、友人の野見山暁治が書いた二冊の入門書を読みなおした。一冊は『野見山暁治の風景デッサン』他の一つは『さあ絵を描こう』という本である。そのなかで野見山暁治はまず「だれでも絵は描ける」といって、あなたには「下手だからという気遅れがあるからいけない」、「第一、あなたは絵がうまいわけはない」と最初に述べている。(私はわが身をふりかえってまことに至言だと思った。)しかしそれ以上に眼をひらいてくれたのは、この二つの本の中で彼がとりわけ、絵は絵らしく辻褄を合すことではない、ということを力説しているくだりである。

私は同じ植木屋が正月を前に刈り整えたようなこれらの庭々の前を歩きながら、「絵は辻褄を合すことではない」という言葉をしきりに思い浮べた。するとこの住宅街の庭々が東京の街の画廊にかかっている月並な絵のように思えてくるのが妙であった。

樹を見るために、私はこれまで随分近傍を歩きまわった。ここからバスに乗って行ける範囲は殆んど知っているし、物好きにも電車に乗って、この駅から終点の飯能までどの駅でも降り、歩きまわった時期がある。しかし昔はあれほどあった林もたいてい半ば以上が整地され、折角木洩れ陽の林に入ったと思うともう小学校の校庭のアナウンスが聞えてくる。五分も若葉のかげを歩くと工場の裏に出たりする。欅の木々はそれでもあちこちに残っているが、大概周囲には眼から消したいようなペンキ塗りの新築家屋がかたまっていたりする。畑にはビニール蔬菜栽培の破れたビニールのはじがひるがえって、もはや武蔵野の縹渺とした、あのしっとりとした俤はない。一日足を棒にして歩いても、あの野末の空を掃くように裸木の列が遠望できるところは殆んどない。独歩は「天晴れ、風清く、露冷ややかなり。満目黄葉の中緑樹を雑《ま》じゆ。……一路人影なし」といった。実は私はこの沿線に今もただ一箇所、そういう地帯があることを知っている。しかしそれは誰にも教えられない。

今日も私は思い切ってそこへ行ってみようかと思いだしたが、もう時間が遅すぎた。冬でなければ今からでも行けるのに……。喫茶店で珈琲を前にして、私は夕日に光る梢の空を思い浮べた。

風の根

一

日本語ではかぜと風と二つの表記法がある。しかし仮名でかぜと書くときと風と書くときではどうも感じがちがう。書くときにちがうということは読みとりにおいてもちがうということである。たとえば、かぜがふく、と仮名で書かれた文を読むと、私の場合はまだ漢字を知らなかった幼い頃のかぜの追憶が目をさまして、ふだん見馴れている、風が吹く、という字句の風とは、どうかすると、ちがったかぜが吹いているような印象を受けることがある。

日本語は漢字仮名まじり文で表記されるが、また同一の語が時と場合によって表意形象文字で表わされたり、表音文字で書きとめられたりもする。ヨーロッパ人は、よほど日本語に習熟した人でも、右のように漢字で表わされた場合と仮名書きにした場合の微妙な言語表象のちがいを正しく読みとることは非常にむずかしいにちがいない。

もう一つ例をあげよう。木枯しの日、道を歩いているとき、アスファルトの道に吹き寄せられた落葉が突風にあおられて足もとから舞い走っていったとする。そんなとき舞い走ってゆく落葉を見て一層風を感じるときには、詩的にいえば、《かぜがふく》と仮名で表記する方が走ってゆく落葉の動きやその場の感じを伝えるのによいように思われる。しかしそんなときでも同じ光景を見ながら、天上大風を、風の勢や強さを、厳冬の接近を同時に感じるときには、普通われわれが風と漢字で書くように《風が吹く》と書く方が当を得ていると思われる。良寛は「天上大風」というすばらしい墨蹟をのこした。荘子はまたこの大風を壮大な神話的形象で語っている。逍遥遊篇の巻頭に曰く。「北冥に魚あり、其の名を鯤《こん》と為《な》す。鯤の大いさ其の幾千里なるかを知らず。化して鳥と為《な》るや、其の名を鵬と為す。……」さて鵬がひとたび南冥へと天翔ると水を浪立てること三千里、はげしい飃風に羽搏いて空高く舞い上ること九万里、鵬は六月の大風に乗って飛び去るという。もちろん大風だけが風ではない。しかし漢字の風には、おのずから風の勢や強さ、方向や風の息の観念がふくまれているばかりか、三千年来この語に人々が感じてきた表象や経験、まさしくその遺風が溶けこんでいるのである。

ちょっと見まわしただけでも、われわれがふだん使いなれている言葉には、漢字の風をふくむ熟語が驚くほどに多い。思いつくままにあげてみると、風俗、風習、風紀、風景、風物、風光、突風、熱風、颱風、暴風、風雪、風雲、風土、風化、風采、風貌、風鈴、威風堂々、風邪、校風、家風、気風、風味、風月、風交、風流、――いや、まだまだあるにちがいない。

風を冠した或いは他の語を伴ったこれら多数の熟語は風の概念の外延、というよりはこの語の表象領域のひろがりを示す一方、風ないしは風の字が中国人や日本人の表象生活においてどれほど重要な意味をもってきたかということを語っている。

右にあげた熟語のうち、突風や颱風、暴風のように、風を直接指し示す語は比較的定義が簡単である。しかし具体的な事象を示す語でも、他の語の場合には定義がそれほど簡単でない。これらの語には風という語にともなうイメージが幽《かす》かながらも付きまとうので、定義からはみ出す言いがたいものがいつも残ってしまう。他の漢字熟語の場合もそうだが、表意形象文字に特有な表象のハレーション作用が、読みとりのさいにどうしても感じられる。たとえば風習は一応土地のならいや作法といい換えられるが、manners や customs ではない。風貌はもちろん顔貌や外観とちがうし、顔付に表われる個性というものでもない。なんだかだといっても先にあげたような熟語の中には、眼に見える、または見えない風が吹きとおっているのだ。風雅や風流という語の場合には殊にそうである。

実をいうと、私は風流や風雅について書こうとしているのだが、年来思いをめぐらせているうちに、この観念を見究めるためには、まず風に対するわれわれの感じ方の特性に眼をとめねばならないと思うにいたった。それでこんなことから書き始めようとしたわけである。

英・仏語では、風を wind, vent という。これらの語もさまざまな慣用表現をとおして、直接の風以外に、形勢や気配、気息を意味することがある。しかし漢字の風がもつほどの意味の多層性と多岐、或いは表象の複合性はないように思われる。もちろん微風や旋風、暴風、颶風については、それぞれ相当する語がある。またときに例えば北風を Boreas, borée、西風を Zephyr, zéphyr とよぶことがあるが、これはいうまでもなくギリシア神話の風の神、ボレアス、ゼピュロスのことである。白川静氏の『漢字の世界』（東洋文庫）によると、風の字のもとは卜辞に見られる鳳で、古代中国においては風はまず鳥神、神の使いであった。先にあげた荘子の大鵬の形象もこうした神話の風神から発想を得ていると思われる。

wind, vent に比べると、英・仏語の air はさらに多義的で、或る面ではむしろ漢字の風に近いかもしれない。たとえば英語でもフランス語でも air（空気）には、旋律、ふし、うたの意があり、フランスでも国歌から民謡、デュパルクの「旅への誘い」のように精密に作曲された歌曲をもふくめて「フランスの歌」（Les airs français）とよんだりする。マラルメもまた「小曲」（petit air）をいくつか書いた。要するにそれはフランス独得のうた、いわゆる詩経の国風なのだ。

詩経は周知のように紀元前一一〇〇年から六〇〇年ごろにわたる各国のうたを集めたもので、風・雅・頌の三部から成る。そのうち国風或いは単に風とよばれるものは、国々の手ぶり、各国の民謡をいい、雅は周の王室の歌、正楽の歌をいう。いうまでもなく風雅の観念は詩経の風・雅に淵源する。ところで air にはまた日本語で学者風とか商人風とか、困った風をしている、というのに相当するような語法がある。(to have an air of, avoir l'air de . . .　……の風をしている、……みたいな）この意味の air は気風や、風采の風にほとんど近いかもしれない。air の語源はギリシア語の aēr に遡る。専門家の教示によると、ギリシア語の aēr は空の地に近い空気や大気、また地面から立ちのぼる霧や靄を意味した。一方、空の最も高い、最も純粋な、最も輝やかしい部分は aither（エーテル）とよばれた。英、仏語の air と漢語、日本語の風には上にのべたような或る一致が見られるが、他方 air には風のもつ気まぐれで動的な性質はない。荒れ狂う風の威嚇や叫び、飆飆と唸っているかと思えばあわれなほどおとなしくなってしまう勢、雲を駆り、地に霾《つちふ》らせ、怒濤に船を難破させ、ふたたび碧落の新しさを輝やかせるオデュッセイアの魔神、詩人の心に火を放つ魔霊的なものはない。

上に指摘してきたことはまた、人間と気象のかかわりあいにおいて、ギリシアや西欧では、空気を「もとのもの《アルケー》」、世界の根源的原理である（アナクシメネース）と考えたように、風よりは空気が主として感じられたのに対し、中国や日本にあっては、逆に空気を風をとおし、雲或いは風として感じてきたことを示している。

先にもふれたように、風が風神として感じられたことはインドやギリシア、また他の文化圏にもみられることである。しかしその風が人間の生活や習俗、詩歌の発生や伝統に結びつき、夥しい合成語や観念を生みだしたのは中国文明圏に特有のことであった。極東にあっては、風はいわばメタポエティク métapoétique のカテゴリーに属する観念であり、風にまつわる熟語を用いてものを感じたり表明したりすることは、すでに世界に対する或る態度の表明であった。

風流や風雅の語が、英、仏、独語、——おそらく印欧語に訳しえないのは右の事情に由来している。風流は強いて訳せば、英語の taste、フランス語の goût、ドイツ語の Geschmack になろうが、風流はその原義、流風餘韻（先王の遺風餘流）からいっても、単なる趣《おもむき》や嗜好とちがう。また風雅の雅は古く夏と相通じ、夏は中国、中原であり王都であった。夏はその音が最も正であるから雅が中・正の意味をもつにいたったのであろうと考えられている。従って雅は夏の仮借であったが、いつか本義となり、雅は鴉の意味を失った。そこから正しく中庸を得て浮華に流れず、質あり、文あり、俗に堕せざる、古人の風あることを称して雅といわれるに至った（目加田誠氏による）。風雅という語が直接には詩経の国風大小雅から由来することは先に述べた。そこから俗に堕せざる正しい文芸、詩歌の真精神であるという意味が生れた。そういう意味では風雅は élément poétique、génie poétique、ときに élégance と訳してもいいように思われる。しかしやはり風雅の表象はそうした概念とどこかちがう。風雅は単なる詩情や詩趣ではなく、文雅や典雅とも異なるからだ。同じように風味は単なる美味ではない。

要するに、風を冠した或いは風を従えるこれらの観念は、いずれも風の根をもち、その言葉には風の息がかよっているのだ。

二

私はときどきレコードでマラルメの詩「海の微風」（Brise marine）の朗読を聴く。レコードに吹きこまれたマリア・カラスの見事に抑制された朗誦を聴いていると、声に乗って、海の上と詩人の胸奥を吹く微風が渾然として感じられる。

この有名な詩は、次のような詩行ではじまる。

肉体は悲し、ああ　われは　全ての書を読みぬ。
遁《のが》れむ、彼処《かしこ》に遁れむ。未知の泡沫《みなわ》と天空の
央《さなか》に在りて群鳥《むらどり》の酔《え》ひ癡《し》れたるを、われは知る。
…………

（鈴木信太郎訳）

La chair est triste, hélas ! et j’ai lu tous les livres.
Fuir ! là-bas fuir ! Je sens que les oiseaux sont ivres
D’être parmi l’écume inconnue et les cieux !
…………

この詩は「海の微風」と題されているが、風にちなむ語が出てくるのは末尾四行目の「桅檣《ほばしら》は暴風雨《あらし》を招んで」と同三行目の「颶《はやて》は……桅檣《ほばしら》を難破《なんぱ》の人の上に傾け」の二語のみである。フランス語が充分に出来ない私は、マリア・カラスのような見事な朗読を通してでなければ、この詩のほんとうの美しさはわからない。しかし私がひそかにこの詩を朗読するとき、いつも前掲二行目の、Fuir《フユイール》 ! là《ラ》-bas《バ》 fuir《フユイール》 !「遁れむ、彼処に遁れむ」を発声するとともに、何もなかったところに風が吹き起り、詩行の上を微風が戦《そよ》ぎ出すような気配を感じる。フランス語を全く知らない人にこの感じを伝えることは難しいが、上歯を下唇に触れて出る無声摩擦音のｆと唇を外側から丸めて舌を前につけ口腔の奥から気息が出てくるュイの半母音とル、このfuir〔fɥi:r〕《フユイール》の不定詞のあとに一呼吸là-bas〔laba〕をおいて、かさねてfuir《フユイール》と発声するとき、——もう一度やってみよう、fuir ! là-bas fuir !——と発声するとき、私は吹きそよぐ風の勢とこの世界を逃れ出《い》でんとする決意の迅さ、そうしたものをどうしても感じてしまう。fuirという動詞は「逃げる、のがれる、去る」という意味のきわめてありふれた語である。しかしこの詩の中でFuir !を「遁れむ」「逃げん」と訳したのでは、——他に訳しようがないけれども——彼処《かしこ》、宙外に、風に乗り、雲を駆って脱出しようとする詩人の悲願が、どうしても聴覚的に伝わって来ない。日本語にはｆの音はない。そのせいか私は、ｆの音をふくむ或る種のフランス語、souffler《スーフレ》（風が吹く）、frais《フレー》, fraîch《フレーシュ》（涼しい、爽やかな）、froid《フロワ》（寒い）、foudre《フードル》（雷）、fougue《フーグ》（激昂）というような語を発音するとき、風の流れや勢を、大気的なものを感じてしまう。恐らくFuir！という語を上のように感じるのは、日本人である私の思い入れがすぎるためかもしれない。しかしFuir！là-bas fuir！の句が海と詩人の心奥に風を吹き起し、その微風が素白の懊悩の上に戦ぎ、それが暴風雨（les orages）と颶（un vent）と、帆桁もなく、桅檣《ほばしら》もなく、草繁れる小島もなく、すべてが藻屑と消え、ただ水夫の歌のみが幽《かす》かに聞えてくる、オデュッセイアのイマージュとかさなるのは、さして肯綮を外《はず》れぬ読み方であろうかと思う。

オルペウスの竪琴が風に誘われておのずと奏でだすように、詩神は風に誘われて歌い出す。詩人の傷心や憂悶が風によびかけられて、詩の中を吹きとおっている例は、洋の東西を問わず枚挙に遑がない。人口に膾炙されたボードレールの「旅への誘い」のような詩にあっても、異邦に対する無為のあこがれや、音と光と馨が、船の揺蕩《たゆた》うような律動となって詩篇の上にそこはかとない風を戦がせている。シェリーの「西風に捧げるオード」のように風の狂暴と優しさ、錯乱と清らかさを歌った詩もある。或いはまたリルケの「海の歌」のように、大海原の太古から岩石に吹きつける風を歌った詩もある。しかしヨーロッパのこれらの詩にあっては、風は詩の中で言葉によって吹き起り、言葉によって戦ぎ、吹き荒ぶ。いわば本来気まぐれな風が言葉によって捉えられ、爆発する火山の熔岩流や火山灰が空中や地上で固体化されるように、詩のなかに凝結される。マラルメの詩の中を風が吹きとおっているように、リルケの全詩篇、ボードレールの諸詩篇にも、太古から吹く風、異邦の風、魔神の風が吹きとおっている。しかしその風は創造の根源にある高天の酒庫に貯えられて、永遠の中で醸されている。

それに比べると、日本の詩歌に詠まれた夥しい風のイメージは、言葉によって風が吹き起されるというよりは、風の中で句が詠まれ、草の穂が戦ぐように、句が風の中で首をふり出すというようなおもしろさ、文字どおりの風情を感じさすものが多い。ときにはつむじかぜに短冊がひるがえってふととまるように、句がとまり、またときにはイメージが枝をちぎれて舞い立ち、遠い時間の彼方に唱和を求めて舞い落ちてゆくような思いを抱かせるものがある。

いま古今集、新古今集その他から、そうした風の歌を思いつくまま数首あげてみよう。

吹くからに秋の草木のしをるればむべ山かぜをあらしといふらむ　文屋康秀

風ふけばおつるもみぢば水きよみちらぬかげさへそこに見えつつ　凡河内躬恒

秋来ぬと目にはさやかに見えねども風のおとにぞおどろかれぬる　藤原敏行

川風のすずしくもあるかうちよする波とともにや秋は立つらむ　紀貫之

みやこをば霞とともにたちしかど秋風ぞ吹く白河の関　能因法師

野分せし小野の草ぶし荒れはててみ山に深きさをしかの声　寂蓮法師

横雲の風にわかるるしののめの山飛びこゆるさをしかのこゑ　西行法師

松にはふ正木のかづら散りにけり外山の秋は風すさぶらむ　西行法師

日本の詩歌、芸術の特色が草花に対する特殊な好尚にあることは、すでに源豊宗氏が指摘されていることである。さまざまな王朝・中世の歌集の歌をよむと、はぎ、おみなえし、すすき、かるかや、秋草の風情に寄せられた歌が驚くべきほどに多い。じっさい右に掲げた数首の歌をよんでも、それぞれが独立完結した言語の構築物であるというよりは——先にもふれたが、野にそよぐ言葉、風に消えてゆく歌のきれはしという思いがする。もちろんそれぞれの歌人の識閾下には風雅の伝統や美的感性、想像力の起動性が働いているが、あたかもそれぞれの歌が数顆の種子を地にこぼしてゆくように、その根が地中に錯綜してはびこり、やがて唱和応答の連歌とその論理的発展であり、帰結である俳諧という世界に類のない詩の形式を生みだした。

風流と風雅の観念は万葉以前に六朝・唐の文学をとおしてこの国に到来し、今日に至るまで生活の百般、慣習、詩文に深い影響を与えている。一方、風が身に沁むとか、風に悲愁を感じるという古来の感じ方も漢詩の影響によるところが多いと思われる。
風を歌った詩で、詩経をのぞいてまず思いつくのは、漢の高祖の、

大風起って雲《くも》飛揚す
威海内《かいだい》に加わり故郷に還る

という句であるが、さすがこの句は高祖の作らしく、同じ風といっても雄大茫藐、放曠の気を感じさせる。しかし小川環樹氏によると、漢以後の詩には悲風とつらねた語が頻りに出て来て、やがて唐代にはそれが詩語として固定したらしいという。一例として魏の曹植の起句二行をあげると、

高台悲風多し　朝日北林《ちょうじつほくりん》を照らす
之《こ》の子《こ》万里《ばんり》に在り　江湖迥《はる》かにして且つ深し

という句がある。この詩は政の急なるを傷み、故郷を思う詩であるが、同類の哀傷は万葉の長歌でもその後の和歌でも、同じように歌い得ていると思う。
しかし次のような杜甫の五言律詩（「夜、左氏の荘に宴す」）となると、詩句の織巧清新、構築の堅牢緊密、到底和歌や俳句によっては、その言語による秘韻を表現しがたい。

風林　織月《せんげつ》落ち
衣露《いろ》　浄琴《じょうきん》　張らる

暗水　花径に流れ
春星　草堂を帯ぶ
書を検《けみ》して　燭を焼くこと短く
剣を看《み》て　杯《はい》を引くこと長し
詩罷《や》んで　呉詠《ごえい》を聞き
扁舟　意《こころ》に忘れず

「風のさわめく林に細い三日月が落ち」にはじまるこの詩の中には、夜宴の聴覚的な空間の動き、闇と光の怪しさが見事にとらえられて、言語により構築され意識化された一宇宙が千年の時をへだてて、読むものの心に現前する。李白の「長干行」にも「落葉秋風早し　八月　胡蝶　黄なり」の句があるが、それが詩の建築の中に戦ぎ入って、杳然とした空間の拡がりを感じさせる。

三

だれもが感じるように、日本の伝統的な詩歌や詩形は、西洋の詩や漢詩にみられるような構築性をもたない。それは日本語が繊細な情緒表現には富んでいるが、本来抽象概念と論理的斉合性に欠けていることによると思われる。これはどの国の文学についてもいえることだが、情念が精神の抑制を経ずに表出されるときには、生理と呪霊的なものがつきまとい、いたずらに淫靡猥雑となるか、卑俗なものになってしまう。しかし先に例をあげたように、日本語では情念や情緒を純化し、また象徴化しようとすると、それらの句は単純になり、極端に風とおしがよいものになってしまう。ちょうど戸外で遊ぶ子供の声が聞えてくるように、ただ単純な歌のふしになってしまう。

　しかし、だからといって、そのことはわれわれの歌人や俳人が、言語感覚において、他の国の詩人たちに比べ、繊細さや敏感に欠けるということではない。また前言を翻すようだが、われわれの詩歌が単純に構造性をもたなかったというわけでもない。むしろ日本の詩歌にあっては歌われた詞は、折にふれ時にふれての矚目偶詠、寄物陳思であり、その構造が言外に、或いは識閾下に深く隠されているというべきであろう。

「あかさうし」(『三冊子』)に次のような芭蕉の言葉が書きとめられている。

《師の曰、乾坤《けんこん》の変は風雅のたね也といへり。静《しずか》なるものは不変の姿也。動《うごけ》るものは変也。時としてとめざればとゞまらず。止《とどま》るといふは見とめ聞《きき》とむる也。飛花落葉の散乱《ちりみだ》るも、その中にして見とめ聞《きき》とめざれば、おさまることなし。その活《いき》たる物だに消えて跡なし》

　芭蕉はついでこういう。

《句作になると、するとあり、内をつねに勤《つとめ》て物に応ずれば、その心のいろ句となる。内をつねに勤《つとめ》ざるものは、ならざる故に私意をかけてする也》(傍点筆者)

「あかさうし」にみられるこの言葉は、芭蕉の句作の態度、方法を語るばかりではなく、日本の詩歌が識閾下に蔵する、世界に対する態度とその構造の特色を示している。《乾坤の変は風雅のたね也》という言葉はもちろん芭蕉自身或いは弟子たちの句作にかかわる語であるが、またそれは遠古以来の時の推移を想うとともに、風雅のたねがこの国の歌人の心に飛来して、識閾下にその道が連綿と受けつがれてきたことを示している。

先にも触れたが、風雅の観念は風流とともに万葉の頃、或いはそれ以前にこの国に伝来したと思われる。岡崎義恵氏の研究や前述の目加田誠氏によると、中国では『文選』の「序」にすでに「風雅之道粲然可レ観」のような用法があらわれ、それが遂に風流雅人の意となった。王維の詩「高文有風雅」の風雅は俗に反し、典有り則有り、流俗に徇《したが》わざることを意味する。雅はその点で端正なみやびであり、粗野凡俗に対する美的、倫理的、超逸、洗練を意味した。唐代にあっては杜甫のような詩人や復古運動を称えた人たちは古典的な風雅を求めた。宋もまた初は質実の精神を守り、簡素古雅を愛したが、次第にその芸術は含蓄、象徴を求める方向にむかった。やがて南宋をへて明代に入ると、風雅は次第に雅を衒う文人趣味となり、この傾向は清朝に入ると一層助長されてゆく。

風流については、日本に将来されたこの観念が時代の推移をへて、上古から王朝、中世、近世、現代へと、いかに転義変貌していったかを詳密に考証した岡崎義恵氏の貴重な研究がある(『日本芸術思潮』第二巻)。私は風雅の転義については、右の書を通しての他さしたることを知らず、またそれを自分で考究するいとまはない。しかし風流の観念が次第に和様化されて行ったように、風雅の観念もそれぞれの時代に中国におけるこの観念の推移に影響されながら、次第に日本独自の方向を取りだしたと思われる。それは王朝の曲水流觴の宴、清遊雅会の韻事から、仏教の無常感、遁世隠逸の文雅とともに、幽玄、わび、さびの理想に向い、ついには芭蕉の俳諧歌仙において風雅の観念が統合、純化され、他に類を見ない文学として開花する方向である。

芭蕉はそのことを願い、またそれを深く自覚していた。幾度か引かれる言葉であるが、芭蕉はいう。

《西行の和歌における、宗祇の連歌における、雪舟の絵における、利休が茶における、其貫道《そのくわんだう》する物は一《いつ》なり。しかも風雅におけるもの、造化にしたがひて四時《しいじ》を友とす。見る処花にあらずといふ事なし。おもふ所月にあらずといふ事なし。像《かたち》花にあらざる時は夷狄にひとし。心花にあらざる時は鳥獣に類ス。夷狄を出《いで》、鳥獣を離れて、造化にしたがひ、造化にかへれとなり》（「笈の小文」）

《西行の》というとき、芭蕉の心奥には、西行、能因、実方、業平がつづき、さらには彼の地の李杜、蘇黄、詩儒風騒への思慕が遠く近い星辰のように光を投げかけていたであろう。また末尾の《造化にしたがひ、造化にかへれとなり》に至る数行は、とりわけ王朝以後、数百年をとおして歌人たちの表現を支え、風のなかにその歌をそよがせた識閾下の底流を簡潔に語っている。

日本で独特の純化と展開に向ったこの風雅の伝統は、二つの点で本質的に、西欧における詩法の発展や変革、古典主義への思慕や回帰と異なっている。一つは詩歌の歴史を貫通する軌範としての古典への畏敬は変らないが、過去のいかなる時代のものであれ、名歌とされた歌のイメージ或いは詩句が、歌枕や名所、本歌取りの形で、自在に各人の新たな歌の中に取り入れられ、また蘇生させられるという点である。表現の創造活動において何よりも独創性を尊重する西洋近代の芸術観においては、このように既成のイメージや詩句そのものを、進んで踏襲或いは盗用することははなはだ奇怪なことに思われるにちがいない。しかし古人のイメージや詩句を蘇活させることは、作者を敬重することであり、また古人と一体化し、その死によって作品が表出される時間の厚みをより深くすることである。風は単に頬や足もとに吹いてくるのではない。風は遠い時間の涯から、死から吹いてくるのだ。芭蕉は叙上の理を有名な「流行不易」の説によって次のように説いた。

《師の風雅に万代不易《ばんだいふえき》有《あ》り。一時の変化有《あり》。この二つに究《きはま》り、基本一つ也。その一《ひとつ》といふは風雅の誠也。不易を知らざれば実《まこと》にしれるにあらず。不易といふは新古によらず、変化流行にもかゝはらず、誠によく立《たち》たるすがた也。（中略）又、千変万化する物は自然《じねん》の理《ことわり》也。変化にうつらざれば、風あらたまらず、是に押うつらずと云《いふ》は、（中略）その誠を責ざるゆへ也》

西洋の文学思潮とちがう点は、それぞれの歌がいわば風のままに、何らか挨拶として、即興的に詠まれる点である。すでに記紀万葉以来、歌は歌垣の唱和として、相聞歌或いは歌合として、連歌として詠まれてきたが、それをもっとも徹底、発揚させたのが連句、歌仙である。歌仙については旧著（『迷路の奥』みすず書房刊、所収「俳諧の場」）にやや詳しく述べたので、ここではただ次のことだけをいいそえておく。それは数人の連衆による詩のイヴェントであって、発句、脇句、第三というように別人が交互に先行する句の気配を受けとめながら、つねに新たな境涯を開きつつ、初折表六句、表十二句、名残の表十二句、裏六句と三十六句でめでたく巻き上る。それは厳密に構築されるヨーロッパの詩とちがって、最初に吐かれる発句の気鋒や響き、匂、俤がまず感じられるだけで、どこへゆくのか、どうなるのか予測もつかない。歌仙はただ指揮者だけがいて、楽譜もなくそれぞれの演奏者が交互に即興的に演奏してゆく偶然性の音楽と似ている。それは場のイヴェント、吐かれたさきから句が過去化され、風の中に消えてゆくという点で、文字どおりに風の詩の芸術である。しかもその風はいまその場をかすかに吹きとおっている風であるとともに、句とともに杳遠の時空から、生死の彼方から吹いてくる風でもある。

四

戦後、殊にこの二十数年来、われわれの生活様式が一変した。テレビのチャンネルを次々廻せば、かつて玄奘法師が歩いたシルクロードの砂漠やヒマラヤの頂上がスクリーンに見え、一時《いっとき》パリの街角に立っているような錯覚をたのしむことができる。ホームドラマの中で鳴っている電話の音は実際の電話器のベルの音と全くちがわない。生活様式の変化以上にわれわれの感受性や情調を変えつつあるのは、居住空間の質的な変化である。今日ではよほどの奥地、僻遠に行かなければ、昔ながらの茅葺の山家に出あわすことはない。農村では殆んどすべての家が文化住宅風に改築されてしまった。障子のかわりにサッシの硝子窓がはまり、冷暖房による温度調節が外界と室内を遮断している。

マンションの三階に住む人は耐久ガラスの窓ごしに遠くで首をふっているらしい枝葉に眼をとめ、大気の流れと風を見るだけで、もはや風を感じない。そういう人たちは昔の人が夕涼みに表ての床几に腰をかけ、浴衣姿で涼みがてら縁日をひやかしたりはしない。そういう人たちは、西洋の密集大都市に住む人たちのように新鮮な空気《エール》を吸いに (pour prendre l'air) 戸外に出る。

風と空気の分離は風流の死であり、風の視覚化は風の根を枯らしかねない。

それでも、——私もその一人だが、戦前、戦中に育った世代の人たちは、あの昔の家のどこからか入ってくる隙間風、——庭の若葉と古い木組と畳の暗さがとけあった匂い、声なき風の感触をなつかしむときが、折々あるにちがいない。そういう人は川面に面した蕎麦屋の二階で川風に吹かれながら、手打の蕎麦をすする一ときの風流を、ときに桃源のように感じるにちがいない。

騒音と空気の生臭さに風の根は枯れかかっているけれども、千年来騒人の心に播かれた風雅のたねは連綿と生きつづけて、いまなおそう簡単に絶滅しそうもない。風流など糞喰え！ 風雅より遙かに大事な問題がある。私もまたときにそう思う。風雅に憧れ、風雅を衒う者に対して、きみが罵言を叩きつけるならそれは正しい。きみがマラルメのようにエーテルに耀く碧空の恐しさ

に憑かれ、

Je suis hanté. L'Azur ! L'Azur ! L'Azur ! L'Azur !

俺は憑かれているのだ、碧空、碧空、碧空、碧空よ。

と叫ぶなら。まだしもきみのいうことは正しい。圜悟禅師は碧巌録の或る頌《じゅ》に註して、「若《もし》不《ンバ》レ入《ラ》レ草《ニ》争《いかでか》見《ン》二端的《ヲ》一不《ザル》二風流《ナラ》一処也《また》風流」と書いた。

いまも或る種の人にあっては、塵外の風を求めて風雅のたねがおのずと芽を出し、彼に絵筆をとらせ、詩を書かせている。

足音

一

足にも舌触りや歯ごたえにあたるものがある。

何年もパリに行かないが、いまこの瞬間、パリの町に降り立ったら、何よりもまず足に舗石の感触が蘇ってくるにちがいない。爪先から踵へとひびく兀々《こつこつ》とした感じ、石の町に来たという信頼にみちた感じが。

眼に見える街の光景は写真や人の話で追想できる。しかしこの足に伝ってくる舗石のしたたかな感じはまぎれもないパリだ。

きっと私はそう思うにちがいない。

アスファルトの道路を歩くときはこうした歯ごたえがない。

アスファルトの道は敷き展べられたベルト、それ自体が動くベルトである。アスファルトの道は街と街とをつなぎ、地下をくぐり、ひるがえり、どこまでも伸びてゆく。アスファルトは占領軍のようにどの道をも一様化し、それぞれの土地の声を殺してしまう。

アスファルトの道は町と町をつながず、町そのものを運ぶ。この道路工法が完成してから空間は移動性を帯びはじめた。

アスファルトの道はさわさわと歩かねばならない。舞踊家のように腰を据え、脚の力をぬいて、爪先でそっと地面にふれ、いわば浮くような感じで道をさわさわたぐってゆく。それがこの道のうまい歩き方というものだ。T判事は私より遥かに年長であるのに、いつも後方から来て私を追い抜いてしまう。こちらが家々の生垣や王冠のように枝を広げた白梅や空をと見こう見しながら歩いているうちに、T判事はあっというまに町から消えてしまう。その歩きようが経済的で速いので、ときに私は沢蟹を見失ったように思うことがある。

とまれアスファルトの道路は、月や雲を追いながら歩む夢想者のためにできてはいない。コンクリートやアスファルトの道は風景の中を歩みながら物を思うという自然な愉しみを殺ぎ、夢見る眼と足とを分離してしまう。

幾年か前、私がよく往き来したモンパルナスの大通りの敷石がどんなふうであったのか、どうもよく思い出せない。私はその横町の安宿の五階にいたので、ドランブル街を歩いていつも大通りに出た。いま眼に蘇ってくるのは、その横町の少し高くなった歩道、それも靴先に触れる細かな舗石の黒くくもった形や凸凹ばかりである。細部がいきいき思い出せるのに路面の全体がはっきり見えてこないのは、けだし町全体が石で築かれているからであろう。

パリにかぎらず、ヨーロッパの諸都市は建物から地面まで、壮麗なカテドラールから地下室まで、一貫したシステムでつらぬかれている。町は石で築かれ、石全体が路面の割石にいたるまで有機的な一体をなしている。

町を上から俯瞰すると、手でつかむように町が一挙に眼に入る。それは何も極や軸座標によって都市が幾何学的に築かれ、形態が把握しやすいためばかりでない。すみずみまで町が同質の素材で築かれているためである。

かつてまだ空中撮影写真がめずらしかったころ、スイスの首都ベルンに住む友人から、ベルン市の俯瞰絵葉書をもらったことがある。

ベルンはアール川が長馬蹄形に渓谷をえぐった台上の町である。

絵葉書を見ると、川と同方向に台上をあまり広くない目抜きの通りと裏通りが数列走っているのが見える。通りに沿って金平糖のような三角屋根をいただいた家々が実にみっしりと繋がっている。台上の町の中央にはゴシックの教会堂がひときわ高く聳えている。まるで家々も通りもその尖塔をかついで聖ニコラのお祭に行列したというようだ。一方、家々の列が影を落した数条の街衢は侵蝕作用によってえぐりとられた地溝のように見える。そういえば町全体が巨大な一枚岩、鑿《のみ》と鏨《たがね》によって彫り刻まれた岩のようである。

この俯瞰写真に見入っていると、家並みの下方から何かが立ち昇ってくるようだが、それが人間の夢なのか、人間によって誘い出された岩石の夢なのか、わからない。

ヨーロッパにはベルンの町にかぎらず、石の花のような中世の古都がいくつかある。

それに比べると、高さ百メートルを越える高層ビルの屋上階から俯瞰した東京の町は、塵芥捨場の中に大小のコンクリートの墓石が林立した巨大な塋域のように見える。たしかにスモッグの下方には何かが沸き立っているが、それは人々の気配というより蠢動する微生物や菌糸の動きを感じさす。この腐臭の漂う、すでに廃墟たる墓の町を二分も俯瞰していると、胸中が陰沈、落莫となる。

これも以前、昭和初期か大正末期（?）の京都の俯瞰写真を見たことがあった。その古い写真には賀茂川右岸下京のとある通りが写っていて、その家並みが群生した茸のように愛嬌たっぷりに見えた印象が残っている。恐らく当時は眼を遮るものがなく、道路はまだ土のままであったので京の町家がそう見えたのであろう。

石で築かれた都市は、岩を刻むことによって、人工によって、有機化される。しかし菌や黴は土壌に発生し、増殖するものだ。花粉は風に乗って別の群落をつくる。しかし石の都市は動けず、その堅い地盤によって、情念を拒否する抽象的な観念を育てる。

他方、それ自体が有機的な素材を目に見えぬコードによって人間化するわが国の都市は元来柔軟な構造をもっている。それはいつでも移動でき、移動によって生気をとり戻すといえるほどだ。アスファルトの道路に町を積んで移動させるのが未来の都市のありかたなら、われわれの都市の方が今後有利であるかもしれない。しかしそういう町は当世ジンタのロックン・ロールのようにひどく騒々しいにちがいない。

二

パリの舗石の通りを思うと老婆や乞食や街娼の姿が同時に眼に浮んでくる。あの細かな割石でみっちり敷きつめられた道は、これら寄るべない人たちが、立ちどまったり、訴えたり、またとぼとぼと歩いたりするためにあるというようだ。じっさい多忙な実務家や世間の成功者たちは路面がどのような文目《あやめ》で出来ていようと気にはとめないものだ。富裕な人々は邸館の広間や、庭に開いたロジアの床のさまざまな大理石文様や噴水の光に眼を慰められる。

しかし掟にそむいて文字どおり路頭に投げだされた者たちは街頭で慰めとよすがを見出さなく

てはならない。彼らにとって路上は天井のない室内であり、一様単調に敷きつめられた舗石はわずかな突兀によって下方から餓えと不安をよびかける地獄の床なのだ。

ドランブル街がモンパルナス通りに出る辻角には、午後になるといつも三、四人の街娼が柄の長い蝙蝠傘の尖きを真直ぐ突きたてて立っていた。そんな光景が舗道とともに蘇ってくるのは、石と石との目地《めじ》が目につかぬほどみっしり塡っているのに、踏みならされた石はそれでもなお凹凸の面を残して、どうかして私が蝙蝠傘を真直ぐ突こうとすると、金属棒の尖端が石からすべり落ちるのを、折々感じたためかもしれない。じっさい幾百年か踏まれつづけ、今も踏まれているこれらの割石は、重い溜息や暗い叫び、かつてこの上を歩いた死者たちの情念の重みに地中深く沈んで、石の根が地下でつながりあってしまったかというようだ。

昼間はこれらの舗石は干涸びた黒檀の杭の頭のように見える。しかし夜が街衢をつつみ、街燈が微光を落しだすと、地下にあるもうひとつの夜が起き上ってくるというように、いつしか石の表は滑らかにひかり、石に血の気がさしはじめる。

深更、両側のアパルトマンが眠り、わずかにバーの窓明りが舗道に翳をおとすころ、ハイヒールの音が遠くから、コツ、コツ、コツと石を叩くようにきこえてくる。その音は暗闇のおくから、舗石の凸面と目地の窪みを、歩きなれた物腰で踏みわけながら、心もとなく、しかも決然と、次第に響きを強め、近づいてくる。

ホテルのベッドに身をよこたえて、その音をきいていると、それは夜をわたって異邦から飛んできた鳥が長い尖った嘴で石をつつくようにも思え、また一つの音が街に消えるたび星が一つ消えるようにも思える。足音が耳に迫り、女がまぢかに近づき、女の音の線が闇の中を過ぎてゆく。音はきこえてきたときよりも速く遠のき、最後の音の滴が消える。余響が耳に残り、闇のなかにつながる音の線が星占のように、過ぎ去った女の、――それとも私の、――運命の予兆のように思えてくる。

或る晩、パリで、乗っていたタクシーの運転手にふとしたはずみから得体の知れないアパルトマンに案内されたことがあった。多分ピガール広場に近いどこかの裏町であったと思うが、ひどく疲れ酩酊していたので、どこかわからない。

暗いアパルトマンの入口で遣手婆さんらしい女と運転手の交渉がまとまると、私は拉致されるように二階のサロンに通された。(件《くだん》の運転手がどうした親切心か、パリに来た以上は、パリのもっともいいところを見るだけでも見ておけといってきかなかったのである。)ややあって婆さんが壁のベルを押すと、はるか真上で何か床を歩むらしい音がきこえる思いがしたが、と思うまもなく、あたりの闇が動く気配がして(室内は煌々としていたのに)、たちまち、三つ、二つ、七つ、四つ、さまざまな階から石の階段を駈け降りるハイヒールの音が次々加わり、入りみだれ、激しいリズムで叩き、耳を聾するほどに石が反響しだすと、あっというまに十二、三人の女が部屋にあらわれた。そして私をとりかこみ、舞踏会さながら、スカートのはじを左右につまみ、一斉に会釈した。私は耳に残る響きが消えぬままに呆然と酔眼をさました。

それはパリに来てまもないころのことであったが、夜更けの舗道をひとりで帰るあのハイヒールの寄るべない響きを除けば、自分が石の街にいるということをあれほど強く感じたことはない。いまでも夢の中でのようにあの音がいきいきときこえる。そしてその音がきこえだすと、なぜか何十羽もの黒鳥が獲物をみつけて襲いかかってきたような戦慄が——ほんの一瞬、背筋を凍らせた戦慄が、あたかもこの世そのもののおののきであるように、耳底に蘇ってくる。


東京でも夜更け、郊外の住宅街をコツコツと一人で歩むハイヒールの音をたまに耳にすることがある。しかしアスファルトの上を歩む靴の音には、あの舗石や石の階段を歩む音の慄えがない。東京できくハイヒールの音には何かしら生臭《なまぐさ》さ、没個性がともなう。それが歩く人のせいか、石とコンクリートのちがいのせいか、湿気の多い空気のせいか、わからない。ともかく靴の音が闇にきらめくということはめったにない。

しかし石の響きをつたえるハイヒールのあの音がなぜ私にいつも鳥の羽ばたきや飛翔を思わせるのであろうか。鋭く尖った靴の高い踵が無意識に鶴のような細い二本の脚を思わせるからであろうか。なぜ木ではなく石が私に飛翔の動きを感じさせるのだろうか。

海の塚

この稿を書こうと思って数日机に向っていたが、どうもいい考えが浮ばない。そんな矢先或る朝起きると空が夢のように晴れ渡っていたので、思いきって銚子まで遠出することにした。銚子ならば特急で二時間、日帰りで行ける。今の仕事に直接関わりがなくとも河口にあるという古銅輝石安山岩の島を見たり、犬吠の岬で海の声を聴けば何かよい知慧が浮んでくるかもしれない。家でぐずぐずしているよりは春の陽光を浴びて海の見える丘を歩いてくる方がよほどいいにちがいない。私はそう思った。

一時前銚子に着いた。何はともあれ駅前で腹ごしらえを終える。地学のガイド・ブックにあるとおり、川口行のバスに乗った。

前田四郎博士の編になる『地学のガイド（千葉県編）』によると、いま行く川口町の千人塚の頂上から利根川を眺めると眼下の工事現場近くの川の中に小さな丘が見えるはずで、それが古銅輝石安山岩の岩塊であるという。また同書によるとこの種の岩石の産出は四国讃岐地方、二上山、三河鳳来寺山地域に知られているが、東日本では銚子付近にしか産出の報告がない。その点でこれは日本の地質構造を解明する大切な役割を果しているという。私が今日歩もうとする道筋は、まずこの古銅輝石の岩塊を見て、大利根の銚子側の突端をめぐり、太平洋側の夫婦ヶ鼻、黒《くろ》生《はえ》、海鹿島《あじかじま》の海岸を通り、最後には犬吠埼に出て日暮れまでこのあたりをさまよおうというわけである。

バスは銚子の古い繁華街を通り、河口のはじに近い町はずれの終点に着いた。千人塚はバス停から数歩引きかえしたところ、街道ぞいの崖ぎわにある。塚の向うは――というより下方は、満々たる大利根の河口で、石段を上るごとに海が広く見える。

頂上には近年立てられたらしい大きな海難慰霊碑があり、そのまわりや下方には大小の古びた石碑が暗い蠟燭のように海風に吹かれている。

若草の匂いのぼったこの塚の頂上の大きな碑の裏には猫額の地があり、錆びた鉄の椅子が二脚おかれていた。ガイド・ブックにある川なかの古銅輝石安山岩の岩塊はすぐにわかった。もっとも書中に記されている「眼下の工事現場」はすでになく、運河化が完成して、岸ぞいに河中に伸びたコンクリートの堤がこの大河口を手前の方で二つに分けている。その細い堤の向うに、堤に接して、黒光りのした岩塊が長々と峯をのぞかせている。それはここから見ると岩礁のように見えるが、そう見えるのは、書中に「小さな丘」と書かれた基部をこの堤が隠しているのであろう。

白い中型の漁船が白い航跡を残してその向うを滑るように進んで行った。眼をあげると、船のマストよりも高く、対岸の茨城県側の陸地が薄い板となって河口に迫り、その涯は茫々と海の彼方に消えている。春の午下り、殆ど無風の海は涯しなくひろがり、まるで幕が上ったかのように高く明るい空につづいている。

文政八年（一八二五）渡辺崋山は潮来から利根川を下って対岸の波崎に寄り、銚子に上って、ここを根城にまわりの海辺の岩山をスケッチし歩いた。その絵は「四州真景」におさめられているが、その中に川口鵜の糞石というのがある。いま眼下の水中にある古銅輝石安山岩の岩礁を見ていると、その中ほどに多数の鷗が白い腹を陽に光らせて群居しているのが見えてきた。あれは鷗だと思うが、鵜の糞石というのはどこにあるのだろうか。夫婦ヶ鼻に至るこの岬の尖端、地図に出ている三ノ島のあたりだろうか。埋立やその他で地勢が変ってしまったが、いずれにせよ崋山もここに立ってあの岩塊を眺めたであろうことはまずまちがいない。

そんなことを眼で確めてから春の河口に私はすっかり心を和ませて、塚を下りようとした。そのときふと塚の下から線香の匂いが流れてきて、下方の古びた低い石碑や石ぼとけの間を一人の老人がせっせと掃いているのが眼にとまった。白い出船がその向うを通ってゆき、鷗が上空を翔けのぼった。

私は石段の途中で海とは反対側に半ば倒れかけて立っている立札の文句を読み出した。立札の文句は午後の春光に酔った私の心に忽ち暗い弔鐘をかき鳴らした。以下は立札の句の殆どそのままの写しである。
——慶長十九年(一六一四)十月二十五日銚子沖に突風が起り折柄対岸鹿島灘に出漁中の漁船が風波に翻弄され、溺死した者千人に及んだという。この死者を埋葬したところが(ここ)千人塚である。銚子の川口はかつて狭く船の出入が困難なところで日本三大難所の一つに数えられる。昭和四十六年来市の漁港整備計画により、利根川ぞいに運河方式をとり、今日ではそういう危険はなくなった、云々。

私は石段を下り、左の傍らの粗末なコンクリート造りの龕の中を覗きこんだ。身丈よりも低い、龕といっても名ばかりのその奥には、恐しく風化した砂岩の、これももはや像といえないような観音像が立っている。御像の下にはそれでも真新しい仏花が供えられて、いつ、だれが供えて行ったのか幾本もの線香が煙をくゆらせている。龕の内部の床土は幾分まるく築き固まっているが、傍らの立札によると少くとも百体以上の遺骸がこの下には埋められているという。私は砂になりかけた御像に合掌した。

察するに昔から千人塚といわれてきたものは、堂というか龕というか場末の公衆便所のような粗末な囲いのあるこのあたりのことで、さっき登った大きな慰霊碑のある右上の築山は近時まわりの整備にともなって新たに築き直されたものであろう。

そう思って見ると、龕の左右にはあまたの碑石や石仏らしい像が立ち、殊に河口に面した側のものは風化がはげしく、或るものは砂となって崩れかけ、或るものは潮風と油煙に黒く背をちぢめ、まるで碑石そのものが嵐の残した声のように、碧空の下に暗く怪しく重なりあって立っている。まだ新しい碑石には明治四十三年三月二十五日海難者之碑と記されたものや、明治某年、大正九年等々、鹿島灘の暴風雨に失われて行った人々の魂が三百年来相かさなって、一々碑文の年月を調べる悲しみに堪《た》ええない。

私は街道を歩きだした。どうしてか道の上の電線と電柱が眼につき、その高みでさっきの鷗がメャオ、メャオと鳴く声を聞いた。それは青空に書かれる不思議な文字のようであった。東北方に向う道はゆるい上り坂になって岬の突端の断崖が間近なことを思わせた。海難者を思う悲傷は心を去らず、私は海に突き出た拳形の台地に足を運びながら、地形の異様さを、何か廻《めぐ》りおえるまでに解き明かさねばならぬ謎のように感じた。

私は暗く小便臭く濁って轟々と荒れ狂う暴風の海を思った。難船した人たちが夜の海で感じたであろう、ぞっとするような水の冷たさを思った。捨てられて助けをおらぶ指が海の茸のように閃めくのを感じた。雲を陸地と見誤りながら、恐しい勢いで潮に流され、それらの人々は世界の残忍な深さを、生の夢まぼろしを、どれほど物狂わしく感じたことであろう。

嵐は一昼夜にしてやみ、やがて荘厳な陽が海を茜色に醸し出す。光が波に踊って、遠くを流れる黒潮の上から空は青ばみ晴れ上る。町には人々や子供のかしましい声が響き、やがて大いなる正午《まひる》が開かれた書物のように海と陸地をしずもらせる。そんなとき、愛する夫を海に失ってさっきまであの塚のあたりに立ちつくしていた女は世界の平穏に気も狂うようなめくるめきを感じるのではあるまいか。そんなとき、家も、樹木も、花も、雲も、移ろう一切のものは、いま彼女の支えとならず、地に突兀と立った岩だけが、――正午の沈黙よりも硬い沈黙で空虚に耐える岩だけが、身を寄せうる確かなものに感じられるのではあるまいか。

風立ちぬ……いざ生きめやも。
(Le vent se lève ! . . . il faut tenter de vivre !)

ふとそんな句が浮んだ。今はヴァレリー自身が眠っている地中海岸のセートの町の墓地は、あの詩「海辺の墓地」に歌われているように、金と大理石の碑石が神秘な羊の白い群のように屯《たむろ》した静かな墓域であるという。しかしいま私が後にしてきた千人塚はそんな平安な死者たちの牧場ではない。すでに下方を埋立や区劃整理に削られながら街道のかたえに辛うじて残されたあの塚は、もろもろの死が乾燥して一つの固い観念に変えられてゆくような町村の墓地ではない。それは今でも溺死者の肌や骨の塩気が感じられる殯《あらき》、死人たちが土中に積みかさなった土塚だ。それはこの陸地の上で、――人々の眼差に囲まれて世を去った者たちの追憶の場所ではない。海によって人の世から切りはなされ、ふたたび陸に帰りえなかった魂の岩巣なのである。

夫婦ヶ鼻へ行こうと思って、私は地図を頼りに街道を左に曲った。しかし道はたちまち図上にはない埋立地の中に消え、廃品や鉄屑や赤土や砂礫がごったがえしになった地帯に踏みこんでしまった。車が通った跡らしい道ともいえぬ土の上を私は岬の突端に向って歩いて行った。しかしその轍の跡は盛り上った土砂の山にさえぎられ、右に曲ったり、左に昇ったり、結局はもといたところに戻ってしまうのだった。ところどころに毒物が溶けたような浅い水溜りがあった。それはまだ地盤が固まらず、ここがさまよってはならない土地であることを語っていた。

午後の空は周囲の海から立ち昇る蒸気に漂白されたように昏々《こんこん》とひそまりかえっていた。もとの街道に出て黒生《くろはえ》の聚落に向って歩きながら私はふと思った。どうしてあんな愚にもつかぬところを長時間さまよったのだろうか。ほんとうに夫婦ヶ鼻の古生層の地層を覗きこめると思ったのだろうか。それとも海をさまよう犠牲者たちの魂が、土砂と人間の廃棄物によって人間が自然の上に積み重ねてゆくあの不安な地層に私を誘いこんだのだろうか。

街道は太平洋岸の崖の上を海にそっていくらか下り出した。眼よりも高く遠く満ちあふれた海には幾艘かの船が或いは蚊のように小さく、或いはマストや船腹が見分けられる程度に大きく、右へ左へと進んでいる。行手のアスファルトの道が長刀のように光った。この道は脚まかせにほうっておいても一すじに犬吠埼の燈台に行く。しかしどうしてか私は自分がまた新たに迷路を歩きだしたような思いがするのだった。

私はなぜそんな気がするのかわかっていた。それはさっき見た千人塚の暗い石の藪が次第に重い沈黙となって体を満たし、自分が日頃用い馴れた言葉や観念が何かあてにならぬもののように思われてきたからだった。

あの龕の中の石仏は美的にいって何の取柄もないものだ。板塔婆のように所狭く立ち並んだ石碑やもろもろと崩れた石仏は型にはまったありきたりのもので何の野趣風趣もないものだ。しかしそれだからといって、どうだというのか。それらはただそこに立っているというだけで、海と陸地を見張っているというだけで充分ではないか。何も知らぬ通りがかりの私が思わず合掌したように、恐らく人々はここに石があるかぎり絶ゆることなく花を捧げ、旅人は何がしの思いを手向けてゆくであろう。

私は多くの禅寺の石庭を見た。また数々の貴紳大名の名庭を見た。それらの庭には銘石が立ち、さまざまな象徴の観念によって山川の石が或いは堅固に、自在に組まれている。私はまた多くの石造の宝塔を見、碑石を仰いだ。谷間や思いがけぬ草の茂みで、素朴な石仏が今も無心で雲を見つづけているのを見た。それらは何らか美的な要素によって私を惹きつけ、ときに感動させた。それらは私を沈黙させるよりは、私に使い馴れた言葉でその興趣をいつもやや余計に語らせた。私は石から聴きとった大地の声よりも、自分の好みや判断や比較商量の愚見をレポートでも読み上げるようにさももっともらしく語った。

しかしあの千人塚ではそうした美的な、もっともらしい一切の評語が沈黙してしまう。何の飾り気もなく立った石柱は、ただそこに立って見張るというだけで、消えていった海難者たちを見守り、なぜそのような犠牲が——それも戦争のような集団の狂気によってではなく——自然の気紛れによって空しく求められるのか、という謎を投げかける。

風立ちぬ……

しかしその風は太古の方から、人に向ってではなく、ただ岩に向って吹きつけてくるようだ。私は海鹿《あじか》島の海岸の大きな岩床に坐って吹きつける風の中でそんなことを思った。その晩私は十時に家に着いた。

私は山から帰って来た人が摘んで来た花をまず家族に見せようとするように、手提のなかから海鹿島の海岸で拾い集めた砂岩や礫岩のさまざまな丸石、色石をテーブルの上に次々ととり出した。それから銚子の駅前で食べた刺身とわかめの酢物がいかに美味しかったかをいい、別の紙袋から土産の鰯と生わかめをどさっと差し出した。当然のことだが、妻はまずその鰯がいかにも美味しそうだといい、自分も一度銚子へ魚そのものを食べに行きたいといった。それからどことどことを廻り、その石はどの海岸で拾ったのかと聞いた。私は私が辿った道程を地図を示して簡単に告げ、今日一日天候に恵まれたことを語った。私はかねて見たいと思っていた古銅輝石安山岩の岩礁を見たこと、海鹿島海岸の大きな砂岩の上で長い時間を過したこと、最後は途中からうまくタクシーを拾って犬吠まで行ったこと、そんなことを話した。しかし千人塚や私が迷いこんだ埋立地のことは何も話さなかった。ただ訊かれて犬吠埼の燈台のことを話しだすと、反射的に他の岬のはずれで海を見張って立っている千人塚の暗い石柱が思い出された。

泉窗書屋閑話 より

書物の整理

いつの頃からか私もまた書物に埋もれて暮すようになった。尤も埋もれてといっても身の置き場もないくらい畳の上に本を積み上げているわけではない。ただ書斎はもとより、居間、階段のはじ、廊下、物置き、玄関、いたるところに本を置いているので、ときに本に取りまかれた身を思い佗びることがある。

書庫を設ければいいようなものの、あれはどうも身にあわない。きちんとしていることが好きなくせに、あまり整然とすると落ち着かず、それに書庫は何といっても商品倉庫の臭いがする、それで成りゆきにまかせ、多少の不便を凌ぎながら、あちこちに並べたり積んだりしている仕儀である。

困るのは当然整理がつかないことで、随分する方だが、或る限度以上どうにもならない。それでも同じほど書物を持っている友人たちに比べると、まだ始末がよい方かもしれない。たとえば私は旅先から電話をかけ、どの部屋のどの本棚の何段目、右から何冊目にしかじかの本があるからといって、家人に送らせたりすることがある。しかしまた一方不意に必要になった本が見当らず、どこに姿を消したのか、幾時間もまごまご探しあぐむことがある。

それぞれの本の持ちようはそれぞれの脳髄の機構にかかわりがあって、ひょっとすると私の脳髄の中は私の本の置き方、並べようと同然に整理されたり、されなかったり、闇雲になっている部分があるのかもしれない。書物がぎっしり並んだ書斎に電燈をつけたとき、私は自分の脳髄に電燈がついたように感じることがある。

身辺の書物の整理がいつも完全に出来ぬということは、よく考えてみると設備の不足や無頓着のせいばかりではない、一体附き合いにせよ何にせよ、人生の諸事百般、整理が完全につくということはありうることではない。かつて非常に興味を覚えた本が今ではさほどでなく、かわりに新たに現われた本が自分の前に立ちはだかり、ついぞ知らなかった深みへ自分を引き寄せるということはよくあることだ。われわれの関心は年々に移り変る。坐右の書というのは、たえず私が披いて読む書というよりは、そんな心の昏迷を見守ってくれる星の光のような書のことなのだ。

近頃は整理学というまことしやかなものが現われ、もっぱら時間を無駄にせぬため、情報を区分けし、有効に処理する方法が唱道されているようだ。じっさい或る程度蔵書が多くなると、どうしても多少分類せざるをえず、さもないと本を探すのに無闇と時間がかかる。私も現実の必要から、自然或る程度分類を行なっている。たとえば大半の辞典や図鑑に類するものは書斎を出た廊下正面の書架に、誰それの全集は廊下の別の棚に、岩石や科学の本は或る段に、建築の本はどこ、詩集はどの部屋のどことどことというふうに。私はまた美術に関する本をあらまし同じ書架に並べ、先史時代の研究、オリエント、西洋、日本というように一応細かく配列している。しかしこういう分類による配列は利便のためにするものなので、或る限度にとどめないと書棚が見た眼にも索漠としてしまう。私はたとえば白い本の隣りに黒い装幀の本を並べる気になれず、束《つか》の厚さや本の高さ、表紙の色合等によって、ときどき一般分類法を無視し、眼に見好いように並べかえたりする。それでも辞書の類を並べた廊下の棚の前に立つと、いっとき研究室に来たような錯覚をおぼえ撫然とすることがある。

整理をすると心が休まりますよ、或る親しい友人がそういったが、それは本当である。原稿を書き終えた翌日など、街や遠くに出るのも大儀だし、人と話をするのも物憂く、そぞろに日を送りたいと思う日がある。そんな昼、私はよく本を片づけだす。当世出版洪水の余波を受けて、自分の買う本も年々増えたし、人から贈られる本の数も馬鹿にならない。数週間もほうっておくと私のようなものでも小さな本の山ができてしまう。私は早速入用な本、少し遅れても是非読まねばと思う本、当分読めそうにない本、いつか役立つかもしれぬ本、読むに価せぬもの、それをまず区分し、片づけてゆかねばならない。書棚には本がぎっしりつまっているが、或るものをそのなかに割り込ませ、或る本を代りに抜き出し、さてそれをどこに移せばよいかと迷う。そんなふうにしばらく積みかえ、並べかえ、さて息を吐き、私は壁の天井まで本棚にみっしり並んだ本を眺めかえす。すると大抵自分の流儀にもとり不当な並べ方をしている本が数冊目につく。そこでまた起ち上ってあの本はとにかく別の段に移そうと思う。

私は本を動かしながら、たとえばこんなことを考える。友人のA君の本は名著だが、あそこに一冊ひとりでいるのは淋しいだろうから、彼と親しいB君の本を隣りに移してやろう。その隣りにはC君の本を置くのがよいかもしれない。C君は二人と仲がよかったから三人で微笑みあうだろう。しかしB君のこの著はよいが、もう一つの著はぞんざいな書き方をしたもので、それを古典やA君の本の隣りに並べてよいかどうか。Sさんが交通事故で喪った幼子の追悼に編んだこの小冊子はすばらしく人間的で感動的な本だ。この小冊子は文庫を並べている欄の中でも一番いい席に、私の好きな著者たちの作品の隣りにそっと並べておこう。その二段下の欄には私が精神的に最も強い影響をうけた私の敬慕しやまぬK先生の全集と著作が並んでいる。そのはしにいまはしかじかの本を並べているが、それよりはこのD氏の研究を置く方がふさわしいのであるまいか。K先生は生前Dさんの本を読まれたはずだし、この研究にみられる態度、独創、知性の高さはまさしくこの席がふさわしいものだ。近頃耽読した江戸末期のSの戯作集は実に面白いものだが、何といってもあれは品格において王朝の物語には及ばない。それにあれは私の方向とは違った方角にある著作だ。しかし今しばらく書斎で見えるところ、脚立をつかって取り出せるあの左の上段においておこう。そうだ、あそこには川柳狂句集やあの愉快な木内石亭の本もある。……そんなことを考えながら、私は数冊の本を移しかえ、こちらの本をあちらへ、また別の部屋や別の本棚に移しかえたりする。

一体図書館流に整理しうる本は、必要なときに必要な情報を入手しうるにとどまる書籍に限られる。それとて個人の書屋にあっては同類の書籍をすべて並べる余積はないから、私にとってさほど重要でないものは他の雑本とともに物置きにほうりこむという始末になる。かといって私は階上の物置きにドストエフスキーの全集や友人たちの詩集の一部を置いているので、物置がわが書屋の最低の場所というわけではない。ただ図書館や店頭とちがって、私は同じ分野に属する書でもよい研究といかがわしいものを同列に並べる気になれず、結局は断罪して留置場にほうりこむというあんばいである。

他方私のように個々の書物との触れ合いに従って本を並べようとすると、この分類法は当然崩れてしまう。たとえば同じ美術書でも——私はそれを廊下の書棚に並べているが——ハーバート・リードの著作は自分が幾冊か翻訳し、いまも彼の書に特殊な愛着を感じるので、どうしてもそれを身近に置きたくなる。(もっともわが書斎には近頃鉱物学や地質学の新客が立てこんで引き揚げないので、リードに一時廊下の書棚に移ってもらうということがある。同じ事情で長年ドストエフスキーやリルケの著作を書物の留置場の薄闇に押しこめているのは、少し忘恩の度が過ぎるといわねばなるまい。)

私は頃日——これは自分の趣味からではあろうが——本を並べたり動かしたりしているうちに、自分の蔵書の整理にあたってはおのずと一般の分類法とはちがう別の原則に拠りだしていることに気づきはじめた。いまのところ私にはそれ以上の準則が考えられないが、いまそれを試みに書物に対する「愛と景仰による分類」と呼ぶことにしよう。この分類は図書館が代表するような分類の仕方とそもそも正反対のものであるから、それを普遍化することも法式化することもできない。なぜならそれぞれの人の、また個々の書物に対するかかわりようは千差万別であり、愛と景仰による分類といっても、それぞれの人によってその内容がちがうのだから。同じ本が或る人によっては物置に投げこまれ、別の人によっては身近な書棚の上席に置かれるということがある。それにしても同類、同項目の本であるからといって一般分類法に従い、愚にもつかぬ凡書の隣に並べられるよりは、奈落に投げこまれる方が、その本の著者にとってまだしも爽やかであるまいか。

私は書痴とか書淫といわれるようないわゆる蒐書家のたぐいでない。そういう人たちなら私がいまごろ気づいたような書物の真の分類法則を夙《とう》のむかしに実行しているのであろう。何といっても、そういう人たちは書物の古香を愛し稀覯槧本を珍重しているのだから。たとえその人たちの精神が幾分拝物性《フェティシズム》に冒されているとしても、書物を単なる情報源と考え調査《リサーチ》を研究と取りちがえるあの知識の集金人よりは遥かにその人たちの方が人間味があると思う。まかりまちがってもその人たちは好み《グゥ》を持ち、自分流に書物を敬うことを知っているからだ。

しかしそれとは別種に個々の書物に対する追憶や畏敬から来る持ち方がある。この愛と畏敬は実は個々の書物を著した人と本とに同時にむけられるもので、両者を分離することはそもそも出来ない。（またこの感情の底には、人間の文明を築き上げてきた書字の文化に対する絶対の確信があることは確かであるが、いまはそれに触れないことにしよう。）

一体、或る書を読んでその本の中に真の人を見出し、同じ著者の著作を次々読みつぐ者は次第に内容ではなく、内容を超え、いつしか著者の生きた言葉に聴き入るものだ。ちょうどそれは恋する者が愛する人の話の内容よりは、声そのものに、声の小暗い根に耳をそばだてるのと似ている。そういう書物は読み終えたあとで棚の上に並べても、――ちょうど黙っていても何かを語っている家族のように、絶えず何かを語りかけてくるものだ。恐らく或る書物が精神の血肉になるというようなことはこうした状態をいうのであろう。そして私がそういう書物を身近に置きたくなるのは、パースナルなこうした関係のためであるが、またそういう書物がいつでも眼差によって応え、私を見守り、私を彼らの言葉の秘奥に導いてくれるように思われるからだ。じっさい私はこうした書物の眼差によって幾度励まされ、幾度慰められたことであろう。

和綴の本は帙に入れて積みかさねられる。しかし私がいま主として持っているような洋綴の本を雑然と横がさねに積み上げておくことは、それを本棚に立てておくことと全くちがう。本を立てて並べると、優れた書は眼をもつ。書棚というこの幽暗の世界では、生きている同時代の著者の著作も数百年前に死んだ人の著作もひとしなみに立ち、生者の列のなかに死者が、死者の列のなかに生者がまじっていても不思議でない。人間のほんとうの共同体は生者と死者から出来ており、そして生きている者よりは死者の方が遥かに多いということが書棚ほど自然に感じられるところはない。しかしそういうことを本当に感じとるためには、本屋の棚や図書館ではなく、ひたすらパースナルな心の触れあいによって、書斎の本を眺めなおしてみることが必要だ。

私は他人の書斎の書棚をじろじろ見ることは何か失礼なことだと思っている。事実、私自身他人にじろじろ書斎をのぞかれることがいやであるが、それはどんな本を持っているかというよりは個々の書物とのひそかなかかわりあいを察しられたくないという羞恥のためなのだ。しかしわが家の大ていの訪客は書棚に眼をやることがあっても、せいぜい私がどんな本を持っているかに好奇の眼を光らす程度で、私の書物の並べ方や分類の仕方を探り出そうとしたりはしない。ほんとうはどのような本を持っているかということよりは、書物をどのように持っているかということの方が遥かに大事であると思うのに、どうやら人は幸い必ずしもそうは思っていないらしい。

立原道造全集
第一巻
詩集

『立原道造全集　第一巻　詩集』
山本書店、一九四一年二月二十五日刊。

戦地へ携えて行った一冊——山本書店版『立原道造全集　第一巻　詩集』

昭和十八年（一九四三年）十月、動員令が下り、私の属する野砲第四連隊はスマトラに出動することになった。そのとき私は万葉集と立原道造詩集を携えて行った。

後年知ったことだが、私と同様戦線に赴くに当たって一冊の本を選んで持って行ったという話はよくある話だ。私の友人辻まことは天津で徴用されたが、前線に出るとき尾形亀之介詩集を一冊持って行ったという。また他の人の回想などを読んでいると、『奥の細道』を、或いはゲーテの『ヘルマンとドロテア』を、さてはスタンダールの小説を持って行った人もある。

敗戦後半世紀以上もたった今では、当時二十才前後の若者にとって故国を離れ戦場に赴くということがどれほど悲痛なことであったか、どれほど深刻な経験であったか想像してもらう他はない。

戦場に一冊の本を持ってゆくのは千人針やお守り札を持ってゆくのとは違う。それでもその行為には一種の秘儀性があった。それは自分は、他人とはちがう、他人に知られない秘密の国の住人であるという証《あかし》、——ヨシフ・ブロツキイ流にいえば私人であるという主張、自分は「社会的動物ではなく個人」であり、ささやかでもこの生を私人として全うしたいという念願である。

＊

二冊のうち万葉集はともかく、どうして私は立原道造詩集を持って行ったのだろうか。萩原朔太郎や光太郎や犀星ではなくどういう理由で立原道造の詩集を選んだのだろうか。いまあの当時のことを振り返ってみると第一に言語の面から、またそれと重なるがその詩集への親《ちか》しさの上からそれを選んだのだと思う。さて言語の面からというのは、日本語として、それも同時代の、すなわち明治大正ではなくまた昭和初年のものでもなく、——自分がいま故国をはなれようとしている昭和十年代の日本語としてもっとも美しく思われるものというほどの意である。

二冊のうちの一冊、万葉集はいまなお通時的な意味で日本語の格調と力感の宝庫である。戦争が何度起きようと私が死のうと（実際今次の戦争で二百三十万人が戦死したが）万葉集が蔵している古代日本語の韻律の魅力は毫も損われまい。

しかし人はそれぞれの時代に生れ、その時代の言葉で夢見、考え、その言葉のなかで死んでゆくものだ。立原の詩集は彼より四年遅く生れた私の青春の日々を、その翳りと光を、他のどの詩人よりも、密《ひそ》かに私の心に語りかけてくるように思われた。それは私にとって最も身近な詩集であった。

＊

実をいうとあれから五十数年たった今年、私は久々に立原道造の詩集を読み返してみた。私は始めて読んだときに劣らず、いやそれ以上に立原の詩を新鮮に感じた。比類のない純真さ、優しさ、若々しさに心をうたれた。十四行詩ソネットの形を模して書かれたこれらの詩の中で、独得の律動が――彼の死後も変わらず――正常にいきいきと脈打っているのが感じられた。

私はまた以前には気づかなかったいくつかの語法に目をとめた。いきなり例をあげるが、たとえば「郵便函は…ゐた」とか「夢がゐた」とか「夕方がゐる」というような言い方である。

こうした立原の独得の語法については、すでに語られていることかもしれないが、とまれ自分が気づいたことから、まず書いてゆこう。

次にかかげるのは、詩集『萱草に寄す』のなかの一篇「夏花の歌　その二」の第二聯である。

あの日たち　とけない謎のやうな
ほほゑみが　かはらぬ愛を誓つてゐた

薊《あざみ》の花やゆふすげにいりまじり
稚《をさな》い　いい夢がゐた――いつのことか！

この第二聯の終行の「夢がゐた」というのは変わった言い方だ。「鳥がゐる」とか「猫がゐる」とか「人がゐる」というように「ゐる（いる）」という動詞は生きものや人間を主語にして用いるのが普通で、事象や観念や物についてこの語を使うことはまずない。しかし幼い日の夢を思い出したというのではなく「薊《あざみ》の花やゆふすげにいりまじり／稚《をさな》い　いい夢がゐた」という言い方はまことに的確で至妙な表現だ。花のなかに「夢がゐた」というイマージュそのものがすばらしい。この詩ではまた「あの日たち」という語が第一聯第二聯の起句にまた（ここには抄《うつ》さなかったが）第四聯初行の初めに「あの日たち　あの日たち」とくりかえし畳句風に用いられている。この「たち」は友だち、私たち、子供たち、親たちというように名詞代名詞につけてその複数を表わす接尾語だが、他にも彼は「風景たちが」（「晩秋」）とか「沈黙よりもかすかな／言葉たちを」（『曉と夕の詩』「Ⅷ　眠りのほとりに」）というふうにこの「たち」という語を用いている。このように「たち」をつけて呼ばれるとこれらの語は生気をあたえられて蘇り、詩行の中や夢想の中でいきいきと動き出す。

もちろん彼はその効果を意識して用いているので、普通は「岬々村々」というような言い方をし、また他のところでは「蝶ら」「風景ら」というような言い方もしている。

もう一つ気になる点があった。それは詩行のなかに代名詞の翻訳文的直訳的表現をとり入れ、そのまま用いていることである。

次に掲げるのは詩集『曉と夕の詩』のなかの「IX　さまよひ」の第一聯と第二聯の一部である（傍点は私が付したもの）。

…………（略）

道が　そればかり　ほのかに明《あか》く　かぎりなく
つづいてゐる……それの上を行くのは
僕だ　ただひとり　ひとりきり　何ものをもとめるとなく

月は　とうに沈みゆき　あれらの
やさしい音楽のやうに　微風もなかつたのに
ゆらいでゐた景色らも　夢と一しよに消えた

…………（略）

立原は詩行のなかの各句を一字あけにし、言葉を音符か小節のように書いている。傍点を付した「それの」は前行の「それ」と響き合い、また「あれらの」の「ら」は一行あとの「ゆらいで」、「景色ら」の「ら」と響き合う。さらに第一聯では「そればかり、」「かぎりなく、」「ひとりきり、」の「り」の音が高く響く。立原はこのようにこれらの語を、押韻或いは畳韻として用いているのだが、またそのためにおこる用語の生硬さ曖昧さを知りながら、それが異国の芬《かお》りとなって詩行に溶け入るのを願ったのであろう。

立原がこうした語法を度々用いたのは西欧の詩形であるソネットの形式で詩を書こうとしたこととと密接な関係がある。もちろんソネットには、すでに多くの人が指摘しているとおり、四行節《カトラン》、三行節《テルセ》の脚韻の型式に厳格な定めがあり、日本語でそれに従うことは元来不可能なことだ。それでも彼はこの詩形がもつ快い美しい音をもとめて、現代口語による脚韻と押韻、畳韻を自在に交叉させ、またさまざまな工夫を凝らし、「沈黙よりもかすかな言葉たち」のささめきを詩として形づけようとした。

さて、こうした工夫や考案、作為と一体になって、その詩の特質を作り出している今一つの要素がある。それは語彙の単純さである。

これについて二、三の詩からその語彙をいくつか書きぬいてみよう。

「……時、青空、冬、望み、馬、花、雲、光、金、葡萄、無花果、草、山」或いは「寝そべる、草、木、風」といった具合である。

川村二郎氏は立原について書かれた「貧しさの聖化」という優れた文章のなかで、まず立原の「ヴォキャブラリーの乏しさ」を指摘し「この言葉の貧しさは彼における自然の欠如と結びついている」という。しかし私は川村氏とは少し違ったふうに感じる。私は語彙の乏しさよりも、語彙の単純さを先きに感じる。すなわち、これらの言葉は辞書のいわゆる基本語ではなく祖語としての性質をもつもの、家庭のなかで用いられる極めて普通の語、ただしそのうちの自然にかかわるものを拾い集めたものなのだ。くりかえしていうと、これらの語は母語 Muttersprache、母のまわりにあるという意味で子供のカタコトを思わせるおもむきがあり、どんな民族、どんな地域語をも越える本原の語、Ursprache（原始語）というべきものだ。

生れた土地への郷愁を誘うためにはもっとこなれた言い廻し、方言の声調と呼吸、或いは多少の俗っぽさが必要だ。

聖書の中の、野の花、風、山、夜、火等々の言葉がそうであるように立原が用いているこれらの言葉は始源へのまなざしを感じさす。

これまで述べてきたことと関わりがあるかどうかわからないが、私は彼の年譜のなかで二つの事項に眼をとめた。

一つは、昭和三年（一九二八）中学二年の頃「立原はエスペラントをやっていた歴史の先生（注・豊島恭敏教諭か）に就いてそれを学び、間もなく先生と文通もしていた事を私は覚えている」（橘宗利「立原の思い出」）ということばが引かれている条りである。（角川版第三次全集第六巻「年譜」による。）

もう一つは、昭和六年（一九三一）立原は府立三中から一高に入学するが、「在学中、彼は文芸部に属し、また一高短歌会・一高ローマ字会の会員でもあった。」（前掲「年譜」）とあり、ついで、昭和七年（一九三二年）の一月頃には「二十一日、一高短歌会に出席。…（中略）…この月、ローマ字による短歌「Uta」七首を「向陵時報」に発表。」（前掲「年譜」）とある。

右のうちエスペラント語を学んだことについてはここに右のことが出ているだけで委細はわからない。この角川版第三次全集第六巻「雑纂」（一九七三年刊）には、昭和八年までの五冊のノートと十一篇の覚書が立原家所蔵の新資料「初期ノート」（うち一篇は既発表）として収載されている。しかし残念なことにはすべてのノート類が昭和四年（中学三年）以後のもので（うち昭和三年十二月〜昭和四年三月の日付のものは「硝子窓から抄」という短歌があるだけ）、中学二年の頃の資料はない。エスペラントを彼がどうして、またどれほど学んだのか細かなことはわからない。

しかしそんなことはどうでもよいことだ。それよりもエスペラントという——ポーランドの眼科医が創案した人工言語、言語の異なる人々が意思を通じ合える国際的補助語——それを知り、また普遍言語への夢を少年の彼がいっとき持ったということ、そのことが大切である。

それはさておき、他方の一高ローマ字会のことは年譜にも挙がっている「向陵時報」に発表されたローマ字書き「Uta 1–7」が残っている。

その七首のうち2と6を左に掲げてみよう。

2.

Sora ippai ni hirogaru Aoi mono!
Batta no Kodomo ga ——
Kusa no Aida kara mite iru.

6.

Moo Hi-no-Kure de aru ka to
Omotya no Mati wo
Aoi densya ga kakemawaru.

右の二つの歌について言えば、ローマ字表記に慣れない私などは一読さっと音と言葉がつながらず詩句があたかも分解されて緩急、長短、強弱を変え、一《ひと》呼吸おいて音調とともにその意味が伝わってくるというふうである。しかし反読三読するにつれて、作者が意図したとおりの句切、リズムで読むようになり、この二首などは詩として、ひょっとするとローマ字表記の方がいいのかもしれないと思ったりする。

またその後「四季」に発表された「村ぐらし」や「燕の歌」、その他彼の主要なソネットに、いわゆる一字あけの表記が目立つのは、一高時代のこのローマ字表記とどこかで関わりがあるように思う。詩を書く者は誰しも頭に浮ぶ句を聴きとり、文字に書いて見なおし聴きなおす。しかし立原の場合は、その文字を純粋に記号化し、それとともに言葉《スピーチ》を言語《ランゲージ》として解体分析し、新たな語法に従って詩を組み立てる。彼は生活の匂いのしみた言葉や調子のよい句、雅言綺語をしりぞけ、記号化しても生気の褪《あ》せない始源の語だけで慎ましく詩を作る。

そういうふうに読んで行くと彼の詩のおもしろさが私には一層よく解るように思う。

またこうした解体や組立ての仕方、意匠は、もとより彼の建築と表裏をなしているが、その指向には少年時代のエスペラント語への接近やローマ字会にみられる彼のロマンティックな進歩主義・合理主義への好みが深く関わっていると思われる。

さて私は五十数年ぶりに立原道造の詩集を読み返し、とりわけ心を捉えたことを右のようにあらまし書き綴った。以下に付記するのは、ノートに書きとめていた一、二の寸感を初めて立原道造詩集を読んだ当時のことを想起して、書きとめた断簡である。

*

立原のよい詩「憩らひ」や「うたふやうにゆつくりと……」「虹の輪」などを読んでいると日本語の最高の御馳走を食べているような思いがする。

風のモチーフ。風の歌が実にたくさんある。いずれもよい。「風のうたつた歌（その一～九）」、「風のうたつた歌（その一～三）」、「風に寄せて（その一、二）」、「風に寄せて（その一～五）」、「枯木と風の歌」、「風と枯木の歌」、さらに後期草稿詩篇のなかにも「風のうたつた歌（その一～四）」がある。なかでも最初に挙げた「風のうたつた歌」は最高にすばらしい。これは日本に珍しい思想詩の濫觴だと思う。

＊

私が立原道造の詩集を初めて読んだのは昭和十六年（一九四一）大学最終学年のときであった。当時私は東京帝大文学部倫理学科の学生であった。初めて読んだときの眼を洗われるような印象――どんな現代詩ともちがう、詩として言葉が知的に正確に書かれているという印象、またその香気を忘れることができない。あたりまえのことだが、自分たちがふだん話しあっている言葉で書かれ、われわれが使っているその言語がこんなにも品位のあるものであったかという驚き。……不思議なものが現れたという感じ。

さて右の文を読むと、も少し書きのばしたくなるが、どうしても今の感懐や私見がまじりそうになる。それで筆を擱く。

以下は余談のつもりでお読み願いたい。

＊

いまこれを書いている私の左前方の脇机の上には、学生時代に私が初めて読んだあの本とそっくりの本が一冊置かれている。薄いボール箱の表には『立原道造全集　第一巻　詩集』と印刷された別紙が貼られている。本体はフランス装、二四五頁、厚くはないので、普通の詩集といった感じだ。奥付には昭和十六年二月二十五日刊行、刊行者山本書店とある。つまりこれは立原道造の没後ほぼ二年を経て刊行された最初の全集（並製本）の第一巻詩集篇というわけである。もっともいま机上にあるこの本は私のものではない。Mさんから拝借しているもので、というのは文頭に記したとおり、私はこれと同じものを戦地へ持って行き、文庫本万葉集ともどもなくしてしまったからである。

　この本が郵送されて来たときの驚き。戦地でなくした本とそっくりのものが出てきたのだ。手垢のついたようなしみの見える表紙、古びた煙りの灰色。どの古書にもあるというものの、とりわけこの本の独特の表情。まるで五十数年前の私の過去が眼前にそのままの姿で身を現したというようだ。

　私は身の置きどころがないほどに一瞬狼狽し、机上に積みかさねてあった他の本の上にそっとその本をさりげなく置いた。さて数刻おいてその本を開いて読もうとしたが詩行とともに五十年前のさわめきが聞こえてくるようでとても読めない。それでも数ヶ月の間に一度は通読し、数度覗いてみた。しかし元の位置にもどすと、本がいつしか視線を持ち、過去が私の所作を見つめているようでまことに落ちつかない。かつてこの本を外地で捨てたという思いが罪障のように五十数年わたしの脳裏に住みついているからであろうか。こんなことは立原の詩とは本来関係のない?ことだから、ここにはその後、喪神を宥《なだ》めるために考えついたことだけを摘記しておこう。

私は数年前、すなわち一九九六年、戦争中に南方戦線で作った短歌を蒐め『戦中歌集　海に叫ばむ』という歌集を砂子屋書房から出版した。こんなことまで記したのは、あの時、戦地に持って行ってなくした二冊のうち、岩波文庫本万葉集の方は、戦時中自分が作り長く手許においていた歌稿を公刊したので、それを捨てたことへの償いがついたという思いが何となくするからだ。(私は二冊の本をなくしたのか捨てたのかわからない。烈日のもと身を軽くしようとして次々物を捨てて行った北タイの或る砂糖黍畑がたびたび眼に浮んだ。)万葉集についてはあの歌集の出版で、いわば菩提を弔ったといえるかもしれぬ。

してみればたまたま立原道造の詩について寄稿を需められたとき、自分が応じたのは無意識に同じ思いがはたらいて、この小文も、あのときなくしたもう一冊を弔うためにここまで書いてきたのだろうか。そんな思いがわが胸を掠めた。

護國旗

昭和十七年夏のことであった。私は豊橋の陸軍予備士官学校で甲種幹部候補生として訓練を受けていた。査閲のとき広い校庭に整列している百数十人の候補生の前で、私は校長のS少佐に殴られ、足蹴りにされた。候補生の前に三門の野砲がおかれていた。私はその一つの砲手をつとめていたが、照準器の目盛りを見誤り、あわてて修正、そのとき一瞬口もとに微笑を泛べた。

それがいけなかった。「火砲を前に笑っている奴がおる」という甲高い声とともに校長の少佐がとんで来て、私を砲車の外に立たせ、名と出身校を名乗らせた。「何、東京帝國大学を出たと、うむ帝大を」というなり、少佐は私の顎に一撃をくらわせた。それから見ている全員に向って声を張りあげ、この不届き者は東京帝國大学の卒業生だ（少佐はテイコクを一きわ明確に発音した）、精神を鍛え直してやるから見ておけ、といい、倒れている私を起き上らせ、ふたたび鉄拳を浴びせ、尻や脚を蹴りつづけた。顎が砂地に二度ついた。

頭のなかががらんどうになりながら、それでも私はS少佐の敵意が私に対するというよりは帝大全体に対するもの、帝大出身の官僚や当時の大臣、学者、何かというと理屈をいう徒輩に対する憤りの噴出であることを感じた。少佐は帝國大学といったので、一高といったわけではない。しかし私の頭のなかでは、どうしてかそのとき帝大と一高が直結して、青天のもと大勢の見守るなかで一高全体が殴打されたかのような屈辱を感じた。

その晩、区隊の兵舎に帰って眠るまぎわ、一高の校旗である護國旗のことを思い浮かべた。その旗は「國」という字を輪でかこみ、それを校章と同じ柏と橄欖の葉がとりかこみ、二本の白線が入った旗である。その旗はいつの頃か、たしか明治の中葉に何かいわれがあって一高の校旗と定められたもので、ここに学ぶ者が國を護るという大きな使命と期待を寄せられていることを語っており、だれもがそれを内々誇りに思っていたことを思い起した。もっとも私は在学中この旗の重く垂れているところを数回見たにすぎず、じっさいは先に述べたような徽章は写真をとおして知ったわけである。しかしその晩私は極度の無力感に陥っていたので、眼に浮べた旗が何か奇妙なもの、時代遅れの、世の涯で萎んでしまう無気味な花、風のようなものに思えて、そうこう思ううちに寝入ってしまった。

護國旗のことはそれっきり私は戦争中忘れてしまった。ただ翌日から次のことだけは決して忘れてはならぬと心に言いきかせた。私は以前から緊張しすぎると間違い（計算でも何でも）、それに気づくとにこっとするくせがある。これからは人のいないところでも笑ってはならぬ。このことを肝に銘じて忘れるな。そう思った。

予備士官学校を卒業し、原隊に戻って見習士官となり、私は翌年南方戦線に出た。するとその自戒のことも忘れてしまった。野戦は厳しいが、笑おうと叫ぼうともっと自由なのだ。将校と将校、兵隊、下士官、みんなもっと情がかよっているのだ。

それから戦争が三年つづき、日本は敗れた。


戦後一年たって、外地から復員、帰國した。兵庫県芦屋にあった兄の家は焼け残っていた。動員で内地を離れる前、私はどうしてか一高の卒業アルバムに貼ってあった写真をことごとく剝がして、中学時代や幼年の頃の写真とごっちゃまぜに、黒い四角い空缶にしまっていた。或る日そのなかをかきまわし見返していると、立派な護國旗の写真が出てきた。旗が靡いている室内の穏やかそうな風に一高の頃を思って懐しんでいると、不意に一瞬、豊橋の予備士官学校での、この文の初めに書いた、あの不愉快な出来事が実にありありと昨日起ったかのように思い出されてきた。そして写真を眼の前におきながら私は思った。そうだ、戦争はもう終ったのだ。あの少佐がその後どうしたか、向うもこちらもわからない。少佐が自己の存在根拠のようにしていた陸軍士官学校はなくなってしまった。敗ければ帝大もへちまもない。一高の方は焼野原となった東京で駒場の校舎が焼け残り、どうやら存続しているらしいが、どうなるか知れたものでない。

私はまた写真に眼をやった。すると旗の中央の「國」という字が別世界からの符牒のように思え、その字をとりかこんだ柏葉の紋章から言いしれぬ悲しみがひっそりと伝わってくるのを感じた。

國破山河在　城春草木深

じっさいその数日前私はまだあちこちに焼野原が残っていた大阪で或る女性と逢い、ビルの倒石らしい花崗岩に腰かけ、文字どおり生い茂りはじめた草のなかに足をぶらぶらさせていた。まだデートだのという馬鹿づらをした言葉が流行《はや》り出さぬころの話だ。愛しているという言葉さえ焼け跡には何かふさわしくない言葉のように思われた。

以上は敗戦の翌年、一九四六年の秋の或る日の追憶である。

つい二ヵ月ほど前、本誌『向陵』*の編集委員、吉村英朗氏から電話がかかった。一週間後の某日拙宅を訪ねたいという。吉村さんとは一九六〇年、私がパリにいた年、たまたま氏も時事通信社の特派員として在仏、それ以来の旧知である。東京に戻ってからも同氏の担当しておられた時事通信社の雑誌に二度ほど書かせてもらったことがある。久闊を叙するのを楽しみに、かたがた『向陵』に何を書いたらよいかと思ったが、そのとき真っ先に頭に浮んだのが、ここに書いたこと、護國旗のことだった。

約束の当日吉村氏が来宅、次号が一高創立百二十五周年の記念号であるとの説明をきき、私の方はこれこれこういうことがあったので、その話を書こうかと思っていますといった。すると吉村氏が自分も入営、上官にさんざんやられましたという。即座に返事のようにその言葉が返って来たので、私は殴られたのは私だけではないんだなと驚き、一瞬一高を出た者はみんな私と同じ経験があるのかもしれないと思った。しかし私のようにいわば晴れの舞台で見せしめの足蹴りにされた者は多分あるまいと思い、またあの晩しょんぼりと護國旗を思い出したので、やはりこのことを書こうかと思った。

しかし護國旗についてはあまりにもその由来に無知であり、また一高と陸軍士官学校の創立当時のこと、帝國大学のこと、それらのことについても、も少し正確なことを心得ておきたいと思った。

吉村氏から教わった本、馬場宏明著『大志の系譜——一高と札幌農学校』（北泉社、一九九八年刊）という本が一週間後に届いた。目次を見たら後半に護國旗のことを書いた「護國」という章がある。巻頭の数頁を読んでみると、おもしろくて、読みつづけたいと思ったが、本を閉じた。というのは机上に別の仕事があり、いまの体調では、たとえ一方が読書でも両方を同時に進めることはできない。当面の仕事に集中しなければならなかった。私は頸を廻せば見えるところに本を置いた。それから一ヶ月余りが経った。

別の仕事をしながらその間ときどき『向陵』の原稿のことを思い起した。そしてそのたびに昔の一高時代のことを束の間、時にはまた何分か虚《うつ》けたように思い出した。思い出というものは思い出すとどんどん広がってゆくものだ。私は医務室のダスと呼ばれた看護婦さんのことや、寮の夕食の魚の切身がいつもより大きいのを見て、「おっ今夜の魚は有能だな」といったりしたことを思い出した。有能とか散漫とか消耗するなとかいうのは、当時の一高の寮生の間で独特の意味をもった合言葉で、思うに他の高等学校にもそれぞれ独自の生徒用語があったにちがいない。

私たち昭和十三年卒業の者は、初め本郷の校舎に入り、その秋駒場に移った。移転当時、最も印象が強かったのは、新築されたばかりの図書館の瀟灑さと土地の広さだった。そのためか運動場で行なわれたあの教練の時間と「花くれ」と綽名されて寮生から親しまれた退役陸軍大尉小林弥三郎講師のことが頭に浮ぶ。花くれ大尉は酒焼けのためかじっさい鼻の頭が赤くなっていて、日露戦争以来の軍帽と洗い古した制服がよく似合った。

駒場に移った翌年二・二六事件が起り、次の年には日中戦争が始まった。まだその頃には大方の一高生は時流に抗し、超然とそれぞれ道を求めて生きようとしていたが、花くれ大尉はそれに呼吸を合せるように、どこか世の中を達観しているようなおもむきがあった。

私は軍事教練が厳しかった神戸一中から入学したので、この一高の教練ののどかさ、野放図さに驚いたものだ。たとえば小銃を持っての教練なのに、制服に脚絆もまかず、腰に手拭い草履ばきのまま出てくる者がいる。ときには朴歯の下駄をはいてくる者もいる。朴歯はさすが欠席にされたが、花くれ氏は決して怒ったり諭したりしなかった。

なかでも忘れられないのは、文三同級の藤野初太郎君のことだ。「前へススメ」という号令がかかると、普通はまず右手を前に出し、同時に左脚を前方に膝が直角になるほど上げておろす。

ところが藤野は最初の一歩、左脚を前に出すとき、左手を一緒に前に出すので、「歩調」がとれない。転んでしまう。藤野は専検の出身だったので、軍事教練を受けたことがなかったのだ。私はそれで納得したものの、あのときの藤野の困ったような涼しそうな顔を思い浮べると、思わず微笑みが泛ぶ。

花くれ大尉は全寮晩餐会にも招かれてよく出席した。寮の広い食堂の中央の壇上に招待された教授や先輩たちが次々上り、一席スピーチがつづきだすと、頃合いを見て、花くれと叫ぶ寮生の声があちこちからかかり、花くれさんが壇上に上る。するとすかさず「花くれ消耗するな」という弥次が入り、そうなるともうだれも氏の話など聞いてはいない。そのうち「散漫だぞ」という弥次が飛び、みんながどっと笑うと、花くれさんは微笑み、壇を下りてくる。

われわれ文三のクラスでは、まだみなが四十歳台、五十歳台のころにはよくクラス会をしたものだ。そんなとき寮歌が歌われだすと、あれをやろうという声が入り、声を合わせて歌ったものだ。

三年の春は過ぎ易し　花くれなゐのかんばせも
いま別れてはいつか見む　この世の旅は長けれど

手を拍ち足を踏んで歌いながら、藤井孝四郎と小川良作が「花くれなゐ」という句にかかると、必ず眼と口をにっこりさせて互いに合図を送りあい、次の「いま別れては」を殊に強く唱和していたのが眼に浮ぶ。藤井孝四郎は一九八五年に亡くなり、小川良作は一九九八年に故人となった。藤野初太郎は戦死した。

実は「花くれ」という綽名の方は頭に焼きついていたが、失礼なことに本名を忘れていた。それで過日安川定男君（昭和十五年卒）に、調べてもらったところ、同君から次のようなことを教えてもらった。

「花くれ」さんは、本名は小林弥三郎で、講師として昭和三年から二十一年まで在職、昭和四十五年十二月に逝去された。それから私が教練だと思っていたのは体操の授業だったのだそうで、成程と思った。体操科の講師としては他に鮫島精一、笹原六郎という人がいた。また配属将校として私が在学した頃には後藤直延（昭和八年〜十二年）、加藤武宗（昭和十二年〜十三年）という人々がおられたという。配属将校の名にはかすかな記憶があるかのようにも思うが、教練をうけたという記憶がまったくない。しかしどうして正科の課目であった体操が軍事教練だったのか、それを不思議に思った。

しばらく前、別の仕事というのが終り、私は前掲、馬場宏明著『大志の系譜――一高と札幌農学校』を数日精読した。巻末略歴によると、著者は一高昭和十九年理甲卒、東京帝大理学部化学科卒業、昭和二十八年北海道大学應用電気研究所助教授。以後同教授、同研究所長を経て、昭和六十二年より同大学名誉教授となられた方である。

この本は副題のとおり一高と札幌農学校を軸に、クラーク博士、内村鑑三、新渡戸稲造を主に、また黒田清隆、ケプロン、森有礼など、まさに"Boys, be ambitious"大志をもった人々を時代の趨勢とともにとり上げ、高遠な大志の系譜を明らかにしようとしたものである。両校の不思議な関係が歴史の必然と偶然による奇縁であることがよくわかる。

また厖大な資料を引証し、専ら史実にもとづいて書かれた本であるが、まるで著者がその時代を経験したかのように文章がいきいきとして、時代の気風がよく伝わってくるのに感心した。私は多くのことを教わった。なかでも一高の創立当時の事情、護國旗の由来、軍事教練のことまで正確なことを初めて教えられた。

以下私見を交えながら、本書から学んだことを二、三書きとめておく。

まず一高の起源について。《一高の始まりはといえば、明治七年開校した東京英語学校までさかのぼり通常これを一高の起源としている》。馬場宏明氏の本には巻頭三行目にそう記されている。また『第一高等学校自治寮六十年史』年表に「前史」の初行にこう記されている。《明治七年(一八七四)東京外國語学校から英語科を分離して東京英語学校を設立》。

それで今年が創立百二十五年になるというわけだが、この言い方をすると昭和二十五年(一九五〇年)一高が廃校になったことが影に隠されてしまう。創立百二十五年、廃校後四十九年というのが、生き残っている卒業生にとって現実的ないい方だと思う。学校が存続したのは七十六年間であった。

護國旗制定のこと。孫引になるところをふくめ、またこの本から引かせてもらう。《『一高六十年史』（昭和十四年刊）は、護國旗について「明治二十二年二月五日、護國旗を制定す。真紅の地に白線二条を引き、中央に『國』の一字を抱擁せる柏葉と橄欖《かんらん》〔オリーブ〕を金糸にして繍《しゅう》す。特に『國』の字を入るるは伝えて云ふ、森文部大臣の発意なりと」と書き、さらにこの月十一日憲法発布の佳辰（よい日）に当たり、一千の健児が護國旗を擁して二重橋外に明治天皇の聖駕を奉迎したときの模様を記している》（同書二四七～二四八頁）。

右の『一高六十年史』からの引用文を読むと、森文相から護國旗を校旗として与えられた当時の生徒の若々しさ、悦び、期待と抱負の華やぎがよく感じとれる。その年の初め、第一高等中学校は一ッ橋から初めて本郷向ヶ岡弥生町の新校舎に移った。森文相はその新舎、寮舎の設計までしたという。奇しくもそれから四十六年、前にもふれたが、昭和十年に入学した私どもは護國旗を擁する寄宿寮委員長を先頭に、担銃帯剣、隊列を組んで本郷から駒場まで移動の大行進をした。しかし私の場合その思い出はいささか暗く、憲法発布の日二重橋外に聖駕を迎えたという往時の生徒の悦びと何という違いだろうか。

校旗のなかに「國」という字を入れさせた森有礼の國家意識、また当時の普通の人たちが持っていた國の観念について、馬場宏明氏は次のように述べている。《森有礼が文部大臣だったころ、日本の一般人民は薩長の明治政府を心底からは認めるに至らず、真の意味での日本國民はまだ形成されていなかった》。一般人民の間に國の意識が定着してくるのは日清戦争をとおし「共同の敵」に対抗したときからである。氏はそのことに触れたあとで、森有礼の國家主義は毫も国粋的なものではなく、後代の國家主義、軍國主義とは違い、世界情勢と当時の日本をよく認識した上での極めて、健全、正当な國家意識であったことを説いている。護國旗のことを論じた章節の最後を氏は次のような適切な言葉で結んでいる。《森有礼が一高の校旗にあえて入れさせた「國」の一字は、森文相時代の未だひ弱な日本國を意味していた。森は一高生に文武の道を修めて、この弱小後進國日本を護り育てる覚悟を求められたのであった》。

この数行を読み私は、護國旗について、目から鱗が落ちる思いがした。ただ文武という言葉がちょっと気にかかった。

兵式体操と軍事教練のこと。浅学の私は軍事教練は大正の終りか昭和の初めから、國家有事の際という名目で軍部の強要により中学以上の上級学校で授業として行なわれるようになったのだと思いこんでいた。兵式体操が一高のような学校でも、明治十九年文部省令によって実施され、翌年には行軍の施行内容まで作成されたと知ったのは、まことに驚きであった。このように長い伝統をもつ教練（体操）の授業であったことを思うと、花くれ大尉のような人が講師としていたのは当然だと思えてくる。してみると級友たちがふざけたり、わざととんまな歩調をとって興じたりしてみせたのは、時勢や軍人に対する一高生の反抗のあらわれだったのか、それとも単なる怠惰なニヒリズムの症候であったのか、わからなくなる。

それよりも書きながら気がかりになってきたのは、軍事教練や兵式体操といっても、戦後生れの人々には、言葉は理解できても、その実態や経験は伝えにくいということだ。文武の道とか文武両道とかいう理念も、いまでは無用の観念になってしまった。体力・気力を養い敢爲の精神を培うのは、兵式体操や教練によらずとも、いまやマラソンやサッカーで充分達成できるのだ。武士道は騎士道ほどに遠いものになってしまった。

さて初め私は陸軍士官学校と第一高等学校を対比させながら、明治初年の創立当時のことを調べてみたいと思っていた。しかしすぐ、それは私の身に余ることだということがわかった。それに陸士も一高も戦後消滅した学校（一高は五年残ったが）で、戦前は日本國の形成に大きな役割を果した学校だ。それだけで充分だ。私は士官学校のことも調べてみようという意欲そのものを失ってしまった。

それに本稿を書いているうちに次第にこういうことがわかってきた。文頭に書いたS少佐はあのとき帝國大学に憤りをおぼえていたことは確かだが、帝大と聞いて一高だと思ってしまったのは私で、むしろ私の方が無意識裡に士官学校と張りあおうという気持をもち、そのため苦しんだというだけである。いってみれば私の一人芝居だ。それにしても殴られた怨みは強いもので、半世紀たっても覚えているのだから恥ずかしくなる。S少佐と記したが、これは少佐が名前をもった立派な方だったということを示しただけで、勿論名前はとっくに忘れている。S少佐の方はたまたま虫の居所が悪かったというにすぎまい。あの晩、護國旗のことを思い出させていただいたばかりに、少佐に登場願うことになった。どうか寛恕を乞う。

＊〔編集註〕「向陵」第四十一巻第二号（一高百二十五周年記念）一高同窓会、一九九九年十月刊。

高原孤愁

数年前、雑誌『高原』の復刻版を出すというので、執筆者の一人である私にも趣意書と諒承を求める書類が郵送されてきた。

むかし『高原』に小説を書いたことは憶えていたが、雑誌も作品も手許にない。文学館から送られてきた総目録を見てゆくと、最後の号、すなわち第十輯にやっと私の書いた短編の題と名が出ていた。その号の目次の末尾は創作になっていて高橋幸雄、私、山室静訳モーリス・ド・ゲラン、滝野咲人の名が並んでいる。『高原』はそれきり廃刊になった。私は、最後の列車に辛うじて間に合い飛び乗ったという感じだ。それにしても『高原』はどこへ行く列車だったのだろうか。

目次を見直して、中村真一郎君がやがて清新な装いで出版した『死の影の下に』の(一)が同誌の初号にすでに書かれているのを知った。十輯も出たが、何しろ私は最後に飛び乗ったので先行の人たちのことは今回総目録を見て初めて知ったというわけである。

その中には戦前すでに高名であった人も多いが、私と同世代かやや年長年下か、いずれも戦後雑誌に書き始めた連中が、日を浴びて或いはひっそり身をひそめて名を列ねている。無二の友人矢内原伊作も書いているし、先年他界した最良の詩人山崎栄治さんも訳稿を掲げている。或る輯に多年みすず書房の編集長を勤めた小尾さんが書いているのを私は初めて知った。片山敏彦、堀辰雄を中心に大家新人入り雑った『高原』はこうして目次を見渡しただけでも清爽で、日本文学に特有の陰湿さがない。或る高い香りが果実のように薫っている。

しかしそれにもかかわらず、私はこの雑誌がどこか脆弱で、異国の雑誌のように何かよそよそしく感じられるのはどうしてだろうか。『高原』という表題のせいだろうか。

私は終戦をビルマ領のシャン高原で迎えた。そこはタイの北方高地と苗族の住む雲南省西北部国境に近い山奥で、千メートルを越える起伏が茫々とつながっていた。われわれがいたのは雨期の最中でチークや松柏類の幹は太く、土は黄色く粘り、風声鳥声以外には獣の息もきこえぬ高地であった。敗戦とともにわれわれは二百里歩いてタイの平原を下り、バンコック近傍の収容所に入れられた。『高原』の第一輯が出た年の夏、帰国した。翌二十二年は京都で闇屋まがいのことをしていたので、そんな雑誌がでていることは知るよしもなかった。私はその間に戦後の処女作といってよい「死人の書」を書いた。

高原というとき私にはあの凄惨なシャン高原の暗溟と明るい初夏の千ヶ滝の郭公のこえが一体となって感じられる。そしてまた『高原』を思うとき、文明と野生の間で生木を裂かれるように生きぬいてきた孤傷老残の運命が今もなお続いているのを感ぜずにはおれない。

友への新たな挨拶──『後藤比奈夫七部集』頌

後藤比奈夫と私は神戸一中で同期の友人であった。この中学は当時県内切っての進学校で出来のいい生徒が集まっていたが、彼はその中で二年から五年まで首席をつづけた。

しかし少しも秀才ぶったところがなく友だちも多かった。中学には俳句部があり「雁來紅」という句会があった。彼はときどき文芸集に書いていたものの、まだ腰を入れて俳句を学ぼうとはしなかった。

彼の父夜半が「ホトトギス」のかなり名の知れた俳人であることを私は当時うすうす知ってはいたが、中学の頃もその後も一向に俳句に馴染めず、もっぱら短歌と詩に没頭していた私は、肝腎の夜半がどういう句を作りどんな人なのか、長年知らずにいた。それを知ったのは戦後、それも有り体にいえば比奈夫の数々の著作、句集や俳論を通してで、こんなすばらしい俳人であったのかといまはただ不敏を恥じるのみである。

瀧の上に水現れて落ちにけり　　夜半　昭四
牡蠣船へ下りる客追ひ廓者　　夜半　昭二

夜半の句は一度好きになると止めどなく好きになる、そういう句である。中学五年の頃、魚崎町横屋の彼の家に一、二度遊びに行ったことがある。そのとき彼の父、夜半を見かけた記憶がある。その印象を書きたい思いがするが控えておく。あれは昭和九年のことで、右に掲げた句が作られてから六、七年しかたっていず氏もまだ若かったはずだ。

翌年後藤と私は一高に入った。偶然だが寮まで同室だった。ただ彼は理科に進み私は文科に入った。その後彼は阪大理学部物理学科を出、私は東大文学部倫理学科を出た。

戦争、敗戦による混乱、長い重い空白があった。

最初に送られてきたのは第二句集の『金泥』だったろうか。つづいて『祇園守』『花匂ひ』と新しい句集が出るたびに頂戴した。さらに彼が夜半の仕事を継ぎ、主宰、発行人となった「諷詠」を時々見せてもらった。彼が戦後七年目、病弱の夜半の仕事をふと手伝ったことからこの道に入り、やがて全生活を傾けて俳諧に徹するのを見て、私はさもあらんと思い、それでこそ後藤だと思った。

その後に送られてきた句集はそれぞれ佳句を収めているが、私が殊に感動したのは第七句集『庭詰』である。だいいち題がよい。著者によると、庭詰とは禅宗の修行僧が最初に課せられる修業ですぐ入門を許されず玄関前に数日放っておき、ためすことだという。比奈夫は初心よりなお一歩手前に戻りたい願いからこの題をつけたと書いている。さらに付け加えれば初心以前へとは根源に、有情無心に還ろうとする風姿であろう。どうしても数句引きたくなる。

流れに身ゆだねて花の悟るかな

チューリップには定型の美しさ

千の有季定型詩論もこの一句には及ばない。

夏潮に雨は一粒づつ刺さる

老いてならぬ老いてならぬと梅咲けり

心さしかけぬ日傘で足りぬ分

何という優しさ、明澄、こころの繊細さであろう。

夜半は日常起居の間において、俳人である前にまず人間であれといったという。彼はまた俳句は謙虚の詩であると教えた。比奈夫は俳句は時間の芸術ではなく半空間的造型であり、言葉の文学ではなく言葉の芸であるという。じっさい彼の句は詩や短歌や散文や他の文芸では捉えられない存在の秘鑰、天地有情の間の消息を語っている。さらにまた彼は俳句は存問の芸術であり、人から人への、人から自然へ或いは自然からの、また自然と自然の、存問（挨拶）の芸術であるという。挨拶は礼儀だが、つねに新しい。

比奈夫の凄い句を一つ

秋天を父の形見の如仰ぐ

このたび生涯にわたる修業の験《あか》しである『後藤比奈夫七部集』が出るという。心からお祝いを申しのべる。

百代の過客——片山敏彦生誕百年に

一九六〇年クリスマスの昼、私は一年間の滞仏を終え、羽田に着いた。翌年一月帰国の挨拶に片山先生のお宅に伺った。荻窪清水町の家は奥の方が増築されて、木の香の匂う新建ちの書斎で先生は起居されていた。

前年、ジュネーブ大学の東洋学者エルベール夫妻とニコス・カザンツァキ夫人が訪ねて来たこと、しかし秋から体調をくずして医師のすすめに従い、静養専一に暮していることなどを話された。

清水茂編『片山敏彦　詩と散文』（小沢書店刊）に収められた年譜によると、片山敏彦はその年すなわち「一九六一年四月、東大附属病院放射線科に入院し、六月沖中内科に移った」とある。四月、五月、私は見舞に行った。身勝手だが自分にとって或る忘れがたい感銘のために、六月見舞に行ったときのことが眼に浮ぶ。先生のベッドは左が壁の側《かわ》にあった。枕許にはいつものように梨枝子さん（長女）がおられた。先生は上体をベッドごとややもたげて眼をあけておられた。私が壁を背に傍らに立ち、どうですかと声をかけ終らぬうちに、先生は痩せた顔を輝かせ、「やあ、きみが今度〈みすず〉に書いたものを、ここに来て読んだよ。あれはよかった。とてもよく書けている」一息おいて「いいものだった」といわれた。

沖中内科の病棟は暗い。そのなかで先生の両眼が私に向って光り、私はその声が立っている自分の足先まで伝わるのを感じた。初めて先生に褒められた。褒められたんだよ。小学校の劣等生が初めて褒められたとき、心中きっと同じような昂奮を感じたにちがいない。私は四十三歳だった。そして肺癌に悩む先生は六十三歳であった。

先生に褒められた雑誌〈みすず〉に載った私の文は「スイス紀行」という題名のもとに第一回がいま言われた五月号、ついで六月号、七月号と三回にわたり連載された。私はベルンを中心にほぼ一月にわたり、スイスの都市や山村に逗留した。画家のパウル・クレーがまず私を魅了したが、五月にはルガーノ湖畔モンタニョラにヘルマン・ヘッセを訪ねた。帰国の十日前にジャコメッティに招かれ、雪中グリゾン州の谷間、彼の故郷のスタンパで数日を過した。つねに四ヵ国語による公示が見られ、各民族が相互自立、独自の共和制を作りあげたこの小国は、理性的であるとともに自由、それぞれの歴史と習俗、多様性を尚ぶヨーロッパ文明のよき一面を顕現している。

片山さんが私の紀行を褒められたのは西欧精神の深秘にふれた私の感動が文中に何ほどか感じ

られたからであろう。しかしもし主題がヨーロッパでなく、ネパールか蒙古か、まして日本国内の紀行であったとしたら、一顧だにされなかったかもしれない。私は帰り途でそんなことを思った。それほど先生の関心はたえず西欧文明に向い、若い私などを相手に国内身辺の俗論巷語が話題にのぼることはついぞなかった。

渡仏の三年前、一九五七年に私は東京創元社から『ピエールはどこにいる』という小説集を出版した。当然先生に献呈した。私はまた矢内原伊作ほかの友人とともに雑誌「同時代」(第二次)を創刊し、先生のところにも送っていた。或るとき荻窪の宅に伺うと、先生は「本をありがとう。君が書いたものはいま治彦が愛読しているよ。」と言われた。治彦君は先年逝去したが先生の長男である。当時早大文学部芸術科に入ったばかりのころであった。

治彦君には悪いが、私の読者は先生や同年輩の人たちではなく、遙か年下の大学生なのか。その程度のものなのか。治彦君には親しみを覚えたことは事実だが、私はがっかりした。

しかしかわらず先生の許に通いつづけた。私は先生が好きだった。

今年は片山敏彦生誕百年になるという。先生が百歳だから当然私は八十歳である。弟が兄の年齢を追いぬけないようにこの二十年の差は絶対的なものだ。先生は六十三歳で永眠された。死がわりこんでくると、年は数本来の抽象性にかえり、生死とともに相互の関係に微妙な変化が生じる。

私は先生の没後三十七年も生き残った。私は先生にこれはという自著をお見せできなかったことを残念に思う。

近年になっても自著が刊行されると、もし先生が生きておられたらこの書をどう評されるだろうかと思う。しばしば、真剣にそう思う。或る書は先生の気に入っても、この本はまず好みにあうまいと思う。

若年のころの話だが、熱心に小説を書いていたころ、もしこれをスタンダールが読んだらどう思うだろうかと思い、また彼の意見が聴けたらと願ったことがあった。ジャン・ジュネは、文学は生者のためでなく死者のために書くものだといった。

きみも八十になったんだねというこえが折々胸中にきこえてくる。すると先ほど「きみが書いたものをいま治彦が愛読しているよ」といわれたときの私の落胆がはなはだ僭越、謬見といってもよい思い上りであることが、初めて私にわかってきた。

二十代の頃はいつか自著が出版されることが夢だった。自著が世に出て同年輩の友人たちはともかく、自分より年長の高名な人たち、或いは私が初めて見出したと信じることに、何びとか未知の先達が眼をとめ共感をもってくれればというのが秘願だった。しかし六十歳、七十歳を越してなおも著作を書きつづけているいま、ほんとうはだれに向ってわが祈りを、歌を捧げようとしているのだろうか。言葉を使うとき、いつごろから、ジュネのように死者を意識するようになったのだろうか。

天上の片山先生に報告するような思いでいえば、私は一九九三年、七十五歳になってから今日まで五冊の著作を出版した。高齢に近づいたといっても、なおつい昨日までは多少は同年輩の友人が生きていた。しかし親しい先輩や同輩は指折り数えるほど寥々たるものになった。現にこの片山敏彦生誕百年号*の執筆者の中でも私が最年長だ。詩品や稟質の違いはとまれ、先生と私の時間の差は急激に縮まった。私は九十歳を越えた老人に向って何かを書く意欲があるだろうか。もちろんこれは手紙でなく本の話だ。百歳の壽を迎える人たちを相手に本など書けるだろうか。

ジュネは本は死者のために書くべきものだというが、それはどんなに若くともいずれは死ぬ未来の死者のために、従って本質的には最も新たな嬰児に向ってよびかけることだ。それはまた同時に数千年前の死者に向って心をこめて語りかけることだ。

この五年に数冊、自著が出版されたが、そのうち某社から刊行された二冊は三十代の女性の編集者が二年も熱心に通いつづけて同時に発行されたもの、さらに一冊は出版社でなく岩手県水沢で林檎園を営む小平範男夫妻が、多くの障害を押し切り、見事な造本装幀のもとに刊行してくれたものだ。小平氏は四十代の半ばと聞く。編集者や発行人とともに私の読者も少数だが三十歳代、四十歳代、五十歳代と目に見えて若返った。著者にとって自分より五十年も、四十年も若い人たちに自著が読まれているということほどの悦びはない。

それを思うと今は亡き治彦君にあらためて謝辞を捧げねばならない。先生もまたその薫陶を受けた二十歳も年下の私の書物がさらに五十も年下の人たちに読まれていることを微笑をもって嘉して下さることであろう。そして先生はこう言われるだろう。《死者の私にも読むに耐える、さらに光あるものを書きたまえ》。

いま私のすぐ左方の机の上には、いずれも小沢書店刊の清水茂編『片山敏彦　詩と散文』と清水茂著『地下の聖堂――詩人片山敏彦』の二巻が積まれている。前者は一九八九年、後者は一九八八年の刊で、今も入手しうるにちがいない。

片山敏彦の没後十年を期して一九七一年から翌年にかけ、『片山敏彦著作集』全十巻がみすず書房から刊行された。これは各巻をそれぞれ別の十人の編者が受持ち、主題ごとに編集した選集だが、ほぼ精髄を網羅しているので全集といってもよい。しかしこの十巻の選集も今や少数の図書館以外ではまず見られまい。その点清水さんの手になる両著は機宜を得た、また内容の高さにおいても最良の書であると思う。かねてから、また本特集号を読んで片山さんの著作を直接読みたいと思う人には特に『詩と散文』の巻を繙かれることをすすめる。四六〇頁の大冊だが、組版、詩から散文、エッセイの配列がよくはなはだ読みよい。しかし読み終えると稀有の詩人の魂の軽やかさがただならぬ重量となってどしんと感じられる。

この書にはまた「海」「月の夜」ほか詩人の絵がところどころに色刷写真で五点も収められている。私はいずれも好きだが、とりわけパステル画の「浅間の秋」は見飽きない。朝夕の風と光、夜の夢の深さと山の重さ自体が秋の秤に量られて、数ある浅間山の絵のなかで、かくも生き生きとした絵はないと思う。今秋、先生の画集が出るという話をきいた。

＊〔編集註〕「同時代」第三次4号（特集　片山敏彦生誕百年）黒の会、一九九八年五月刊。

EIJI
83

山室眞二・画の宇佐見英治似顔絵。
『隻句抄　言葉の木蔭』（私家版）所収。

隻句抄　言葉の木陰

空は日ごとに梢を吸いよせる。
だれも知らない高みで樹は歌をうたう。

歌う木にのぼることはできない。
だれもが梢のそばでふり落されてしまう。

自分が選んでここに來ているのか、
何ものかに召し捕られてここにいるのか、
私はときどきわからなくなる。

風に薔薇がそよぐように、土に
ころがった石もまた生きている。

老子は、聖人は「光あるも而《しか》も耀《かがや》かさず」
といった。…ひかりはかたちに包まれねば
保たれず、秘匿されねば顯《あら》われない。

人間は太陽の光とはちがった
別のひかりがなくては一日も
生きてゆけない存在である。
人間は真昼に迷う。

生きるためには言葉の木蔭が
どうしても必要だ。

雲が追いかけてきていった。
《その中を一羽の揚羽蝶が
光をくゆらしながら飛んでゆかないような
文章を書いてはならない》

水に映る暁の明るさが感じられるかぎり、ただ無心に歩め。

見殺しにしながら決して見失わぬことそれこそ見るということの冷酷さであり偉大さだ。

夢見ているとき、本当は、私は
何ものかによって夢見られているのだ。

人間のほんとうの共同体は生者と死者
から出來ており、そして生きている者
より死者の方が遥かに多いということ
が書棚ほど自然に感じられるところは
ない。

われわれはひとりびとり必死になって
時間の波の突端に立っている。

星は天空を飾るばかりでなく
地中にもばらまかれている。

草のなかで――詩三篇

霧の中

小雨《こさめ》が降っている。
赤土のあらわな山の崖道に
石がごろごろ
山母子《やまははこ》、七、八本、ほっそりと立ち
てんてん手鞠、糸鞠ついて、

山母子の実が風に揺れている。
朱紅《しゅこう》の蕊を固く巻いて
雪よりも白い粒、粒、
母のない子は山母子。
霧の中に山母子にかこまれて
龍胆《りんどう》が二輪、巣ごもっている。
むらさき眩くひかっている。
岩も濡れ、草もわれもともに濡れ、
遠き世の霧の中、
ひっそり雨に濡れている。

草のなかで

草のなかで眼をさましていると
あんなに迷っていたことが罪であるように思われる
たくさんの跳虫《はねむし》の子たちが飛んできて
越南の便りや母のことを
とどけてくれる

草の匂いのなかで仰向きに寝ていると
わたしのからだがエジプトよりも広くなって
青い湖《うみ》に流れる雲のちぢれ毛が
いつかは会える

まだ会ったことのない人の
熱い息をふきかけてくる

空には方向などはない
空に吊せるのはこえだけ
蝶がおいて行った二つ折の手紙
蝶が消えて行った青い気層
御堂の扉の磨かれた鏡

草のなかで空を見ていると
どうしてもこえが
きこえてくる

挽歌

ここは天の渚だろうか
ひろい汀《みぎわ》にひろがる波は
ゆうべお前が脱いだ薄衣《うすぎぬ》のよう

お前は太陽を阿片のように吸う
私はお前の血を飲みほす
きなくさい靄のなか
きらめく鏡にほつれ毛かきあげ

折ってきた百合の花を

雲母の海に浮べよう
燃え沈んだ子供のため
消え去った幾万の人たちのため
地球の脳髄が　お前の頭蓋が
遠い海嘯のように鳴っている
まだ仄暗い草むらに

杖はひるがえり
光
　きらめき

戦時の日記から

小さな花まつかな花苺いろの小さな草花よ
しづかにあるかなきかの風に揺れてゐる花よ
空よりも澄んだ色を持ち
昨日降つた夜更けの雨にしつとりと濡れ
まつくろな夜のなかでだまつて立つていた花よ
永遠から永遠のうちに咲き
永遠のうちに散つていつた花。

明日も亦咲くだろうあさつても。

たとへ世の中に道理が行はれず
正常な理性をもつた人間どもが次次とほろぼされ
気違病院の扉が
おごそかに開かれる日が
来ても
花は昨日とちつともかはらない
美しさで咲いてゐる
ことだろう。

なぜそんなに美しいの
なぜお前は花に生れる
ことができたの

しかも人間と花々との間には深い深い溝があり

われわれがどんなに努力をしても
どんなに愛しようと努めても
われわれと花とは所詮何の関係もない
二つの種だ。

（昭和十八年十一月スマトラ島・タバヌリ州パダンシデムプアンにて）

北海道吟行より

日一日空に井戸掘る夏安居

辞世

肺無しの私《わたくし》 秋となりにけり

骸骨となりてまろやか世にいたり

©ANZAÏ

東京都練馬区東大泉の自宅の書斎。安齊重男・撮影。

自筆略年譜

一九一八年（大正七年）

一月十三日、父宇佐見捨吉、母つたの第四子として大阪市東区谷町に生れる。当時長兄秀太郎は二十歳、次兄富壽は十五歳、三兄藤壽は十歳で、私は末子であった。父捨吉は同年夏病歿、ついで満三歳のとき母が死んだ。

私の一家は愛知県葉栗郡北方村（現一宮市北方）の出身で、大叔父の辰次郎は明治九年大阪に出、その後、従弟の捨吉（私の父）、金次郎の兄弟をよび寄せ、最初は古着屋を、次いで明治二十六年、羅紗問屋を営んだ。洋服が普及するにつれ卸売業が隆盛となり、以来消長はあったが、それが家業となった。

一方両親を失い、三歳の私と二人の弟をかかえた長兄秀太郎は当時東京商科大学に在学中であったが、やむなく退学、帰阪、家業をつぐとともに、同年二十三歳で結婚した。兄嫁は十九歳、たか（隆子）といった。

長兄の秀太郎は両親のいない私を憐んで、結婚前から私に自身のことを「お父《とう》さん」と呼ばせたが、さすが十九歳の新妻を母《かあ》さんと呼ばせるわけにゆかず、私にも他の弟たちと同様、兄嫁を姉《ねえ》さんと呼ばせた。従って三歳の私にとってはお父さんはお父さん、「姉さん」という語は母を意味した。この長兄は七十六歳で死んだが最後まで私は彼をお父さんと呼びつづけた。義姉の方は最初から母親だと思っていたので、事実を知ってからも彼女は母親と姉（義姉でなく）を兼ねた人、ときにはそれ以上の人、ときにはまた義姉にもなる人、そういう関係がつづいた。

小学校に行くに従って、私が自分の家《うち》で「お父さん」「姉さん」と呼んでいる相手を、他の子の家《うち》では「お父さん」「お母さん」と呼んでいる。やがてそれが普通であることに気づいたが、そのことは自分が秀太郎夫妻の実子でないことに気づくよりも早く、ものによっては家により呼び方に違いがあるという観念を私に植えつけた。住む家の形や場所、商売がそれぞれに違うように、言葉も家によっては多少ちがう、それが自然なのだと思った。やがて「姉さん」に関しては当方の特殊事情によることを知ったが、この少年時代の経験は、自分や他人が無意識に使っている言葉一般に不信を抱かせ、特に或る種の言葉に対してはその後も過敏な警戒感を抱かせるにいたった。

たとえばおかずという語がある。この語のひびきは今もなお私に何か品のない暗さを感じさせる。といって菜とかお菜という語は他人行儀（貴族の言葉のよう）でわが食卓にふさわしくない。おかずという語がどこの家でもそう言い、変な語でないことを納得するのに十数年がかかった。

略年譜を逸脱していきなりこんなことを書いたのは――ただそれだけが理由でないとしても――言葉に対し私を敏感にさせ、それが後年言葉そのものをあつかう文学を業とするに到ったと思うことがあるからである。

一九二三年（大正十二年）

兵庫県武庫郡精道村（現芦屋市）に一家が移った。

一九二四年（大正十三年）

精道小学校に入学。三年生の時担任の天野先生が或る月、一日も休まず生徒に自由作文を書かせた。私は書くことが面白くなり、熱中した。その頃私が冒険小説を書き同級生の今林精太が挿絵をつけて綴本を作り、教室入口の柱に紐で吊るし、同級生の回覧に供したのが眼に浮ぶ。

一九二六年（昭和元年）

長兄秀太郎夫妻に実子、佳子が生れた。佳子は戦争中嫁して前川佳子となり、のち画家となった。私と九歳しか年齢がちがっていなかったので、兄妹のように育てられた。

一九三〇年（昭和五年）

旧制県立神戸一中に入学した。中学の入学試験はその年に限り、四日のうち三日作文、あとの一日に算術、理科、歴史、地理が充《あ》てられた。そのせいか首席で合格した。

試験場で、こう書けば試験官が感動してくれるであろうと怪《け》しからぬことを思いながら課題作文を書いたことを思いだす。後年太宰治が同じような経験を書いているのを読み、心を癒されるような思いがした。文は人を魅惑し、人を欺く。心しなければならぬ。

二年の頃野中先生を部長とする地理研究会に入った。

一九三四年、四年生の夏、樺太・北海道見学旅行団に加わった。団長は野中先生、副団長は軍事教練の先生、挽地特務曹長で、参加者は、二年生以上、十三、四名であった。まず鉄道で北海道に行き、小樽から間宮丸（六〇〇トン）

に乗船、船中一泊、日本海から宗谷海峡をわたり、樺太東岸に沿ってオホーツク海を北上した。霧と荒波の海を進み、旧樺太（サハリン）北緯五〇度国境線に近い敷香《シスカ》（ポロナイスク）港に上陸、同地に投泊した。翌日幌内川を蒸汽船で溯江、ツンドラ地帯を歩き、ツングース族のパオを訪ねた。帰途は東海岸を鉄道で南下、途中の寒駅から、徒歩で山中一泊、樺太を横断し、間宮海峡側の真岡に着いた。帰りは稚内から北海道に戻り、諸処を見学した。

中学の同期生には「諷詠」を主宰している俳人後藤比奈夫がいる。

故人となった詩人中桐雅夫は一年下であった。

一九三五年（昭和十年）

旧制第一高等学校文科甲類に入学。同学年に小島信夫、中村眞一郎、矢内原伊作、川俣晃自、原亨吉等がいた。また一年上には福永武彦、一年下には加藤周一がいた。

一高は在学三年間、全校生徒が入寮する皆《かい》寄宿《きしゆく》制度をとっていたが、小島信夫とは同クラスであった上に、二年から寮は同室で机も向い合せであった。

彼は私より三年年長で文学の上でも、先達の感があった。

二年のころ、最初は牧水、子規、左千夫、茂吉等を読み、自分でも短歌を作り、向陵時報（一高生徒の新聞）に発表したりした。そのうち一年上の同好の友、堀越邦光に誘われ宇都野研の主宰する雑誌「勁草」に入った。また堀越につれられて荻窪清水町の片山敏彦先生宅を初めて訪問した。片山敏彦は当時一高の教授であった。堀越との交遊は大学の卒業まで続いたが、卒業後まもなく彼は病歿した。

三年のとき原佑（のち東大教授となる。故人）、大井慶雄（のち大阪外大助教授、故人）

と、Everyman's Libraryでパスカルの「パンセ」の英訳を輪読した。第二語学がドイツ語であったのでフランス語で読めず、また当時はまだ邦訳がでていなかったと思う。私は他方和辻哲郎の『古寺巡礼』『日本精神史研究』『風土』等の著作に強く惹かれた。大学は独文科に進もうか哲学を専攻しようか、選択に迷った。

一九三八年（昭和十三年）

東京帝大文学部倫理学科に入る。主任教授は和辻哲郎教授。先生の講義を通して私は初めてハイデッガーの実存主義やヤスパースの「限界状況」を学んだ。しかし私の関心は次第にパスカルの「パンセ」に傾注してゆき、兼任講師であった吉満義彦先生に師事し、個人的な指導をうけた。個人的なというのは授業が終ってから、先生と二人で本郷通の喫茶店「白十字」で小一時間コーヒーを飲みながら三木清のことやリルケやドストエフスキーについて忌憚のない話を先生から伺ったからである。

一九三九年（昭和十四年）

六月、小島信夫、淺川淳が中心となり、加藤周一、矢内原伊作、宇佐見英治、原亨吉、岡本謙次郎等で同人雑誌「崖」を創刊した。創刊号に私は「八ツ手の葉」を書き、翌年七月号に短篇「夢」を発表した。

一九四〇年（昭和十五年）

フランス文学科に転科しようと思い、辰野隆教授にその意を申し出たところ、きみ、仏文を出ても倫理を出ても食えないことは一緒だ。そんな無駄なことはよし給え。仏文の授業を好きなだけ聴き、単位もほしいだけとりなさいといわれた。以来倫理学よりも仏文科の授業に多く出た。他方大学入学以来独学でフランス語の学習にはげんだ。

一九四一年（昭和十六年）

目覚時計が鳴らず学年末試験に遅刻、単位不足で留年した。

同年十二月八日、本郷区役所で徴兵検査を受け、第一乙種合格、陸軍野砲兵の宣告を受ける。

同日未明、日本空軍ハワイ真珠湾を爆撃、第二次大戦が始まった。

十二月二十八日、文学部倫理学科を繰上げ卒業する。

一九四二年（昭和十七年）

二月一日、大阪府信太山野砲兵第四聯隊補充隊に入隊。陸軍二等兵となる。

（以後の戦中略歴については一九九六年一月出版した『戦中歌集　海に叫ばむ』（砂子屋書房）のあとがきの中に記したので、ここでは省略する〔編集註、本書289頁以下〕）。

一九四五年（昭和二十年）

八月十五日終戦の報をビルマ領シャン高原できく。

一九四六年（昭和二十一年）

バンコックから輸送船で海路、六月末、鹿児島港に着く。上陸。同船で帰国した全員は翌日帰郷の列車が出発するまで、廃墟に焼け残った空きビルの二階のコンクリートの床の上で一夜を過すことになった。午後三時か四時頃であったと思う。あちこちに七、八人、十三、四人と輪になって集まった旧兵隊たちが、昨日まで上官だった将校、下士官たちを呼び寄せ、捕え、面罵、怒号、血沫が飛び、打つ、殴る、突き倒す、蹴る、踏みつける、悲鳴、叫喚、恐るべきリンチがあちこちに発生した。危く死にそうになるまで眼は裂け、殴られ、実際に病院に運ばれてゆく者もあった。まさに生地獄そのものであった。私は殴られなかったが、これが私にとって戦後の人生の最初の洗礼であった。

鹿児島から二十六時間かかって列車は大阪に着いた。アミーバ赤痢でたえまなく便意を催すので私は列車の便所の前に膝を立てて寝た。私の家は焼け残っていた。

一九四七年（昭和二十二年）

京都大学仏文科大学院研究生となる。また関西日仏学館に通う。

神戸発行の雑誌「創建」十一月号に帰国後初めて「虚構の日記」を書く。

一九四八年（昭和二十三年）

三月、京都大学大学院を退学。

四月、山本英子と結婚する。五月上京、練馬区東大泉八九三（現住所表記東大泉三丁目三九ノ一〇）に住み、千代田区富士見町一丁目（飯田橋駅近傍）にあった出版社新月社に勤める。

また同五月、小島信夫、岡本謙次郎、矢内原伊作、原亨吉、宇佐見英治の五名により雑誌「同時代」（東西文庫刊、白崎秀雄の斡旋による）を発行した。私は同号に「死人の書」を発表した。この作品は草野心平、神西清氏に推賞され、林達夫ほかかなりの人々の注目を浴びた。この小説は後に東京創元社から刊行の小説集『ピエールはどこにいる』（一九五七年刊）の巻頭に収録、さらに『夢の口』（一九八〇年、湯川書房刊）に定稿を再録した。

六月「短歌主潮」一号に戦中歌稿二十五首が掲載される。渡辺一夫先生の推挙によると思われる。しかし私はそれを（正確には後に出版の『戦中歌集　海に叫ばむ』を）最後として以来短歌から絶縁した。ここではその理由をのぶべきところでないが、単純にいって先輩歌人による戦争讃美の歌の思い出が消えず、短歌の詩形そのものに疑問をもったからである。

九月、京都の「世界文学」に「パスカルの賭」を書いた。

同月河原書店より最初の翻訳ジョルジュ・サンド『彼女と彼』が出版された。後に文庫に入れるとき改訂したものの同書は誤訳の多さにおいて私の最悪の書である。

初冬、年少の詩人伊藤海彦が新月社に入社して来た。海彦との交友は一九九五年、死別するまでつづいた。

一九四九年（昭和二十四年）
草野心平さんが私に会いたいといわれるので串田孫一氏に伴われ、電通《でんつう》通り「匠」の中二階の喫茶「門」に行った。松方三郎と草野心平が中心の会で他に四、五名いたと思う。誰も名乗らずただ私の方が紹介されただけなので、何の会かわからなかった。
帰途隣りを歩いていた小柄な年長の人から話しかけられたが、その人がパラオやミクロネシアの孤島サテワヌ島に戦前十二年間住みついた土方久功氏であることを知った。氏は彫刻家であり、民族（民俗）学者であり詩人でもあった。歿後殆んど全作品が世田谷美術館に収蔵されている。また民族学的研究、民話の類は『土方久功著作集』全八巻（一九九三年、三一書房刊）に蒐められている。その最終巻に拙稿（「土方久功の彫刻」同時代34号初出）が収載されている。
話がそれたが、前述の会はその後「耳の会」と名づけられ、毎年一月二十三日午後四時、霊南坂上松方三郎邸に集まるのが例となった。何の目的もない会だが、私はこの会で、藤島宇内、辻一《まこと》、坂本徳松、山本太郎、尾崎喜八、川鍋東策、棟方志功氏らを初めて知った。松方邸でロートレックのポスターや、マティスの水彩、大正天皇の真筆数幅、副島種臣の墨跡を見たりした。

草野さんが戦後の私の最初の作品を認めてくれたのは嬉しかったが、他方私は心中、あの極端な戦争詩を書いた人がどうして私の作を、という不審の感がつきまとった。その謎が解けるのに少くとも、五、六年は要した。それは戦後日本の詩人・文学者の戦争責任追及の皆無と反省の曖昧さ、それよりも民衆の寛容さと文学者一般の知的平俗、他方フランスの抵抗運動と比べると、彼の地の文学者と民衆との志向と行動の一致、国民の歴史と知的水準の違いに、起因するものだ。私は後日、美への絶対の献身から恬然戦争を蔑視し、戦争の終りを待ちつづけた荷風や潤一郎のような真の巨匠がこの国にもいたことを知ったが、多くの先輩詩人たちが掌を返すように、戦後、平和、平和というのを八百万の戦死歿者の名において看過することができなかった。

私は草野さんの人がらを愛し、四、五年後誘われて「歴程」に加わったが、同時に青眼白眼、二つの眼を腹中に蔵めて集まりに顔を出していることが多かった。私は草野さんとともにいると、自分もそのひとりである日本の民衆をわが身に感じ、また放胆雄健、その言動から大地と未来に対し、おのずと信頼と属望を感じることが多くなった。草野さんは数年後にバー「學校」を開いた。私もよくそこに通ったが、そこは私にとっては戦後を生きるために新たに入った学校の趣があった。私はそのバーで辻まことと親しくなり、やがて学校を卒業すると、互に同窓生として時々立ちよった。「歴程」の会で私が最も親しく付き合ったのは辻まことと本郷隆の二人である。二人とも私同様詩はほとんど書かず、詩よりも散文で本領を発揮した。思わず時の順序が狂ったが、辻まことは一九七五年に死に、本郷隆は一九七八年他界した。二人の歿後私は「歴程」の会に殆んど顔を出さなくなった。

さて、一九四九年に話を戻そう。私はこの頃から片山敏彦先生の宅を折々訪ねるようになった。

一九五〇年（昭和二十五年）

一月、新月社を退社。新月社は倒産し、私は事実上は失職した。折よく雑誌「人間」に小説「ピエールはどこにいる」百五十枚が掲載され、莫大な稿料を得て、半年を凌いだ。「文藝」他諸雑誌からも声がかかった。そのころ「文學界」から或る号に執筆の依頼があった。私は一ヶ月全力を傾倒して三十枚書き、届けた。しかしその号には載らず、二月待ったが雑誌に私の名はなかった。私は思い切って銀座の本社にゆき、係の人に糺《ただ》したところ、いつ載るかわからないという。それならと原稿を返してもらった。憮然としてその原稿を手に市電に乗った。車中でひろげて読み返してみると何ということか拙劣で読むに耐えない。これでは雑誌に載るわけがない。私は市電を降り、永代橋の上を歩きながら羞しさに体がふるえ、なまじい商業雑誌に調子を合せ、うまく書こうとしたその心根がいけないのだと自分に言いきかせ、橋の上から持っていた原稿を黒く下を流れる隅田川に投げ棄てた。原稿はひらひらと舞いながら消えて行った。

一九五一年（昭和二十六年）

矢内原伊作が主になって、雑誌「文学51」（日本社刊）が創刊された。「方舟」の仲間、他に堀田善衞、平井啓之のような人も集まった。

「同時代」からは私と原亨吉が参加した。私は「文学51」の二号にエッセー「現代の神話」を発表した。

またこの年角川文庫で原亨吉と共訳、スタンダール『恋愛論』上下を刊行した。

一九五二年（昭和二十七年）

四年の空白をおいて「同時代」二号が刊行された。私はその号に短篇「浮生」を発表した。ついで八月発行の三号から同誌終刊の七号（昭和二十九年）まで長篇小説「牛は力一ぱい地面を頼って行く」（三百五十枚）を連載完結した。二号から同人が増えた。ほぼ発表順に名をあげてゆくと、淺川淳、鈴木由次、宗左近、山田慧、人見鐵三郎、伊藤海彦、また後には安川定男、吉村博次、進藤純孝等が加わった。雑誌は同人の人数が増えるにつれ、特色が曖昧となり、どこにもあるような同人雑誌になっていった。

四月から関東学院大学兼任講師となる。

同年の夏、私は初めて北軽井沢に山荘を借りた。山荘は加藤山荘といい、大学村のはずれにあった。六月管理人に案内され、下見に行ったときには、村はまだ戦後の荒廃を残し、村道は歩きにくく、半ば川底のようで、森が深かった。しかしれんげ躑躅の株があちこちで群をなして、梅雨空と睦びあうように嬋婉《せんえん》と咲きみだれていた。私はこの村の質朴・粗野な自然が気に入り、以来三十数年夏が来ると、毎年山荘を借りつづけた。数年後には筋交《か》いの鮭延山荘を借り、後年には同山荘で仲秋まで独居をつづけた。

一九五三年（昭和二十八年）

このころから「美術手帖」「美術批評」「みづゑ」等に美術に関するエッセー、短評を書きはじめた。

七月、友人の画家島村洋二郎が死んだ。

一九五四年（昭和二十九年）

四月から関東学院大学専任講師となり、明治大学でも兼任講師としてフランス語を教えた。

同年八月、「同時代」は七号を発刊、同時に解散した。後にも同表題の雑誌が刊行されたので、これまでのものを第一次「同時代」と呼んでいる。

一九五五年（昭和三十年）

関東学院大学を辞し、明治大学商学部専任講師となる。

みすず美術ライブラリーの一冊として編著『ブラック』を出版。

「美術手帖」四月号に「ジャコメッティ、人と作品」を書く。当時矢内原伊作がパリ留学中であったので、機会があればジャコメッティに献呈してほしいと同号をパリの彼に送った。

十二月、黒の会編集により、雑誌「同時代」が復刊された。同号のスーリール・ノワール欄に私はこう書いた。「SOURIRE NOIR（黒い微笑）——誰いうとなくみんながこの語を愛した。それはデ・ポーア黒人合唱団を日比谷公会堂にそろってききに行った晩だった。私たちは髪の毛が三本になるのを感じ、太陽に火照って、一層からだが礼式を覚え、明晳であるが黒い微笑を互の顔に見出したのである。私たちは何よりも夢を愛する種族である。そして私たちにとって夢とはひとつの長い闘争の意志である……」同人には矢内原伊作、伊藤海彦、宗左近、吉村博次、人見鐵三郎、安川定男、宇佐見英治の七人が引続きのこり、新たに曽根元吉が加わった。ついで二号から山崎榮治、村上光彦が加わった。同誌がこれまでのものと違うのは「黒の会編集」という称号を表紙に入れているように、独自の目標をもってその後も発行をつづけたことである。

まず第一は、よくあるように文壇や詩壇へ出てゆくための習作的作品発表の雑誌ではなく、すでに店頭に見られる多くの文学雑誌に伍して、全く新たな、これまでの日本にない、――たとえばフランスの“N. R. F.”“Cahier du Sud”“Les Temps Modernes”のような雑誌、具体的には小説が主ではなく、詩とエッセー、研究、翻訳、書評等が対等に扱われる雑誌を創ること、第二には詩が中心ではあるが芸術の他の分野、絵画、彫刻、建築等にも、また執筆者の上でも開かれた雑誌を創ること、そのためにはすぐれた才能をもつ各界の同志と読者を招く黒の会のサロンを催し、その人たちの寄稿投稿をあおぐこと、第三にはこの種の雑誌にありがちな甘えと自足に陥らぬため、いつの日か取次店を通し、店頭販売により匿名の読者の手にわたることを実現すること、まことに壮大な夢のような理想を思い描いたわけである。雑誌のことを年譜の中にこんなに詳しく書いたのは、その後数十年にわたって私はこの実現のために多大の労力と時間を費消したからである。

前記の一九四八年に出た最初の「同時代」から一九九三年終刊に至った第二次「同時代」を通し、一貫して同人でありつづけたのは矢内原伊作と私との二人であった。尤も矢内原は一九八九年死んだが、二人の間では、晩年たびたび「白樺」という名が期せずして口に出てきたことを書きとめておこう。

また長い間には同人の出入りがあり、前半は安川定男が、後半は池崇一が面倒な事務局を担当してくれたことを書きそえておく。

一九五六年（昭和三十一年）

前年からこの年及び翌年にかけ、みすず書房美術ライブラリーの一冊として編著『ブラック』（一九五五年）『ブラック、花と鳥のノート』（一九五六年）『ベン・ニコルソン』（一九五七年）を刊行した。数年前から私は展覧会や個展で山口薫の絵画に魅せられ、「美術批評」に「山口薫論」を書いた。山口さんは欣び、私は同氏のアトリエを度々訪れ、その後も氏の歿年まで深交がつづいた。同年詩誌「歴程」に加わった。

一九五七年（昭和三十二年）

東京創元社より小説集『ピエールはどこにいる』が刊行された。表紙の刷絵は山中春雄、カバーは幸田侑三による。山中春雄は天才的な画家であったが、数年後、同性愛の相手から殺された。

一九五八年（昭和三十三年）

筑摩書房版最初の『宮澤賢治研究』に草野心平の薦めにより「銀河鉄道の夜」を書く。また同書房刊『高村光太郎研究』に「高村光太郎の彫刻と詩」を書く。

「芸術新潮」六月号に「絵を聴く」を寄稿。（同文は一九八九年、音楽之友社刊、辻邦生編『絵と音の対話』に収録されている。）

一九五九年（昭和三十四年）

「童話と心象スケッチ」を角川書店刊『近代文学鑑賞講座16巻』に書く。またこの秋、みすず美術叢書『モディリアニ』のテキストを書いた。同書は翌年一月出版された。

一九六〇年（昭和三十五年）

一月三日渡欧。一年パリを中心に滞在する。五月十五日、友人のスイス大使館員人見鐵三郎夫妻を伴い、ルガーノ湖畔モンタニョーラの丘に八十二歳のヘルマン・ヘッセを訪ねる。

他方パリでは彫刻家アルベルト・ジャコメッ

ティの知遇を得、私はモデルをしたわけでもないのに日を追うにつれ家族同様に親しく交った。八月矢内原伊作がモデルとしてジャコメッティに招かれ来仏した。彼は到着の翌日休んだだけで、毎夜十一時すぎまでポーズをつづけた。パリの矢内原、ジャコメッティとともにいる時の矢内原は、私の眼には東京にいるときの彼と違い、終始真剣で、挙措動作の隅々にまで緊張感がみなぎり、友人の私にも畏敬の念をおぼえさせた。それほどモデルの仕事は緊張を要したのであろう。九月末矢内原は帰国した。

十二月毎年スイスの故郷に帰るジャコメッティに招かれ、グリゾン州スタンパを訪ねた。スタンパはサン・モーリッツからマロヤの峠を下った谷間の小村である。十二月十五日到着。道の向い側の従姉がやっているペンションに宿泊し、食事はジャコメッティの家でとった。三泊四日をすごした。ジャコメッティは私のためにミラノからパリまで個室寝台車の切符をとってくれ、さらに当日は夫妻ともどもハイヤーで谷を下り、コモの湖畔を散策、ミラノ行列車の始発駅まで私を送ってくれた。車中で私は夫妻の恩情を思い、涙を抑えきれなかった。このままパリに寄らず日本に飛んで帰りたいと思った。

一九六一年（昭和三十六年）

「芸術新潮」六月号から十二月号まで「ヨーロッパ寺院・心の遍歴」を連載した。また雑誌「みすず」五、六、七月号に「スイス紀行」を書いた。

十月片山敏彦先生が肺癌で喪くなった。

一九六二年（昭和三十七年）

明治大学教授となる。

一九六三年（昭和三十八年）
二見史郎、島本融、粟津則雄と共訳で、みすず書房から『ファン・ゴッホ書簡全集』を出版。
夏北軽井沢で、たまたま娘のミドリさんとキャベツ畑の一軒家に淹留しておられた俳人上甲平谷氏を識り、以後その死まで親炙、その超逸の境涯を仰慕した。

一九六四年（昭和三十九年）
編著『デュフィ』がみすず書房から刊行された。

一九六五年（昭和四十年）
雑誌「同時代」19号はアルベルト・ジャコメッティの特集をしたが、ジャコメッティ自身の小文のほか、ミシェル・レイリス、ジャック・デュパン、ジャン・ジュネ、われわれの方では瀧口修造、矢内原伊作、私、宮川淳、三好豊一郎ほか多くの人が寄稿し、装幀、写真図版等の点でも卓れた号ができ上った。発行部数千部、全冊売切れた。

一九六八年（昭和四十三年）
テイヤール・ド・シャルダン『神のくに』を山崎庸一郎と共訳でみすず書房より刊行。また私のその後の仕事にも大きな影響を与えたガストン・バシュラールの『空と夢』の翻訳が法政大学出版局から出版された。
さらに筑摩書房から刊行中の『宮澤賢治全集』の月報に私は「明るさの神秘――宮澤賢治とヘルマン・ヘッセ」を寄稿した。

一九七〇年（昭和四十五年）
テイヤール・ド・シャルダンの『旅の手紙』を美田稔と共訳でみすず書房より出版した。
翻訳だが、この年譜に記載した書はいずれも私の思想に深い影響を与えたものである。というよりは、これらの書を選び訳述することによって戦後の私自身が形成されていったといってよい。それらの書の多くは私の場合片山先生の教示に負うところが多かった。最初がハーバート・リードの翻訳であり、最後がこのテイヤール・ド・シャルダンであった。とりわけ前年に出版された美田稔氏の翻訳によるシャルダンの『現象としての人間』は私にかつてないほどのショックを与えた。特に「プロローグ《見ること》」の中の次のような言葉が脳裡に深く刻印された。――《見ること、生のすべてはここにあるといえよう――見ることが生の究極であるとまではいわないとしても、少くとも生の本質といえるだろう。……》《見るか、それとも破滅するか。》私が後年、S・D・ギーディオンの芸術の起源に関する研究や世界最高の人類学者アンドレ・ルロワ＝グーランの一般書を読みかじり、時間を起源から未来へ進化の相のもとに捉えだしたのは、すべて片山先生とリードに発する戦後の私の発展の結果である。私はともに生きているまわりの人々を、家族を、新聞を、或いはジャコメッティの芸術を、このような現前と進化の眼で見、いまもなお未知の過去から未来に向い、見ることを学びつづけている。

一九七二年（昭和四十七年）

みすず書房より刊行の『片山敏彦著作集』（第一巻「詩集」）を編集、同巻の解説を書く。『現代日本建築家全集第13巻』（三一書房刊）のために長文のエッセー「形のまなざし」を書く。

一九七四年（昭和四十九年）

『縄文の幻想』（写真田枝幹宏・淡交社刊）が

出版された。

　この年七月、父秀太郎が歿した。前掲戦中略歴の条《くだり》で私の一身上に変化が生じたことを書き洩らしたので、ここで補記しておく。

　一九四四年私の部隊がスマトラからタイに向う途中シンガポールに寄ったとき、私は父（長兄）から来ていた一通の軍事郵便を受取った。それによると長兄秀太郎の実子佳子が私と同窓の某氏（当時海軍主計大尉）からしきりに求婚され、本人も憎からず思っているようだが、困ったことに先方は一人息子で当方は一人娘だ。憲法（註、旧憲法）では養子がいなければ一人娘を嫁がせることができない。内地では米軍の爆撃が次第に頻度を増し、いつ一家離散、死ぬかもしれぬ。それゆえ娘の安全をはかって、このさい結婚させたいと思う。ついては私が宇佐見家の、すなわち秀太郎夫婦の養子になってくれまいか。もし事情諒察、承諾してくれるなら、至急返報してほしいというのである。私は数月後ビルマで死ぬのを必定と思っていた。三人の幸福を祈り承諾の返事を送った。こうして「お父さん」であった長兄が戸籍上も父となったのである。

　帰国してから、私はしばらく（二、三ヶ月）迷ったのち、これまで姉さんと呼んでいたのを思い切ってお母さんと呼び変えることにした。文頭に述べたとおり、義姉とはいえ三歳から母親代りに育ててもらったので、この呼び方の変改は最初は下手でぎこちなかったが、すぐに慣れた。尤も義姉の方では実子が身近かにいないので、この呼び方に不快を感じたかもしれぬ。事実お母さんと呼びだしてから私はその度に相手が義姉であることを、先方では私が養子であることを必要以上に感じるようになったからである。むろん他にも原因があったろうが、呼び方を変えてから二人の間に或る暗い距離が生じた。しかし私は家業には一切関係しなかった。私より一歳年長の義弟が父を援けた。

一九七五年（昭和五十年）

『迷路の奥』がみすず書房より出版された。この書の表題は意識したわけではないが、父の死を哀悼した深夜の胸中とかかわりがある。収録された同題のエッセーを私は北軽井沢の山荘で書いた。

この年から「同時代」は法政大学出版局が発売を引き受けてくれることになった。漸く発行当時の念願がかなって、原則的には全国津々浦々の書店の店先に配本されることになったわけである。そのかわりには不定期刊であるので、毎号単行本並の厚さをもち、特集を行なうこと等々の制約がついた。最初の号、30号は特集「詩と音楽」とし、串田孫一、高田博厚、戸田邦雄、土肥美夫、矢内原伊作、吉阪隆正他の人たちが作品を載せた。中でもこの号がとりわけ貴重なものとなったのは辻まことの絶筆「すぎゆくアダモ」を掲載したことである。これはひとえに執筆を奨めた矢内原伊作の熱意による。前年来辻まことの病状は悪かった。

十二月十九日、辻まことが永眠した。午後十時すぎその訃を告げる電話を受けたとき、私は一刻も早く彼の顔が見たくなり、車を飛ばし、電車を乗りつぎ、高幡不動の彼の宅にかけつけた。午前二時ごろ串田さんと一緒にだれかの車で送ってもらい、三鷹で降りたのをおぼえている。

一九七六年（昭和五十一年）

『秋の眼』（限定版、一九〇部）が湯川書房から刊行された。このうちの一部は辻まことに見せ、そのすすめで「アルプ」に掲載されたものである。

「闇・灰・金――谷崎潤一郎」が朝日新聞社刊行の大岡信編『日本の色』に収録される。この十数年前から私は谷崎潤一郎を読み返し、不眠の夜々袖珍版三十巻の全集を通読、精読した。こういうふうに或る作家の作品を隅から隅まで読むということは、戦後の私には他にありえないことだ。同題の文はエッソのPR誌Energy（Vol 9-3）（一九七二年）初出のものである。谷崎潤一郎についてては最近まで度々書いたが、何れも意に満たない。ここでは前年明治大学人文科学研究所紀要に掲載したやや長文・未完のエッセー「谷崎潤一郎とマルセル・プルースト」だけを掲げておく。

一九七七年（昭和五十二年）

「三十三間堂の仏さま」を淡交社刊、（古寺巡礼・京都）『三十三間堂・妙法院』巻頭に収載。

一九七八年（昭和五十三年）

『辻まことの思い出』を湯川書房より出版。

十二月十九日、最も敬愛した友人本郷隆が『石果集』（歴程社刊）一巻をのこして永眠、奇しくも辻まことと命日が同じであった。

一九七九年（昭和五十四年）

『石を聴く』を朝日新聞社から出版。

十二月「辻まことの世界展」が開かれた。辻まことの作品は油彩、デッサン、カルトゥーン（カリカチュア）、宣伝漫画、スクラッチ画、彫刻等多岐にわたり、それらの中には奥鬼怒や石の湯等の山小屋、都心のバー、著名俳優の居間等にあり、探し出すのも、取りにゆくのも容易でない。そのために小室新吉、小林恒雄、小谷明等、山の仲間や旧友、文学の畑からは矢内原伊作と私、計十人が集まって「辻まこと展」準備委員会を開き、約半年をかけて全員で調査、収集に努力した。(中国)人類地質学者赤堀英三博士も客員の形でこの会に協力された。展覧会後このまま解散するのはどうかというので、会の名を《OTOCAM》(まことの逆読み)の会と名づけ、いまも小林恒雄を中心に遺作の所在その他にかんしては連絡をとりあっている。

なお、みすず書房から出版した展覧会の記念カタログ『辻まことの芸術』は、私が主として編集にあたったものである。

一九八〇年(昭和五十五年)

串田孫一・矢内原伊作・私の共編で、限定版『辻まこと全画集』(みすず書房刊)を出版。

『夢の口』を湯川書房より上板。書中の一篇「多生の旅」(初出「世界」)は、辻まことと本郷隆の哀悼に書いたものである。

この年妻の英子が歩行困難を訴え、東京大学附属病院神経内科に入院、旧友豊倉康夫教授の診断により難病の一つ、脊髄小脳変性症であることが判明した。とりあえず自宅でリハビリを行うことになった。

一九八二年(昭和五十七年)

『雲と天人』を岩波書店より出版。

六月、義母(義姉)隆子が歿す。

七月『山崎榮治詩集』(沖積舎刊)を安藤元雄と編む。

一九八三年(昭和五十八年)

『三つの言葉』をみすず書房より出版。

『対談　ジャコメッティについて』(矢内原伊作と共著)を用美社から出版。

『雲と天人』により歴程賞を受賞した。

一九八四年(昭和五十九年)

『宇佐見英治・志村ふくみ/一茎有情(対談と

往復書簡)』を用美社より刊行。
『芸術家の眼』(筑摩書房刊)を出版。
この年より妻英子、入院治療をうける。

一九八五年(昭和六十年)
晩年兄事したフランス文学者齋藤磯雄が逝去した。

一九八八年(昭和六十三年)
明治大学を停年退職した。
私家版『手紙の話』を刊行。一九八〇年前述のように妻が原因不明の難病に罹患、八六年には退院して自宅療養することになったが、常住病臥、気管切開をして喀痰をとり、声が出せず、咀嚼嚥下ができないので胃チューブによって三食、人工栄養をとり、自分の意志では寝返りはおろか、指一本動かせぬありさまである。矢内原伊作がこの状態を知り、友人知人によびかけて数月私に見舞金を送りつづけてくれた。『手紙の話』はその御礼に非売品として三百部印刷、諸賢諸姉に献呈するために上梓したものである。

一九八九年(平成元年)
八月十六日、学生時代から今日に至るまでの無二の友人矢内原伊作が死んだ。早朝五時半、病院に駆けつけたが間に合わなかった。歿後、彼のために書いた追懐文のうち主要なものを左に掲げておく。
「未知なる友(矢内原伊作追悼)」雑誌「同時代」55/特集矢内原伊作追悼号
「矢内原伊作の死とジャコメッティ」雑誌「みすず」一九八九年十一月号
「矢内原伊作　最後の日々と付記」矢内原家私家版『矢内原伊作　誄《るい》辞と遺稿』

一九九一年（平成三年）

八月五日、水沢の小平範男氏を訪問。夫妻の車で初めて種山ヶ原を訪れ、五輪峠に立つ。同夜は三人で大沢温泉に泊った。小平夫妻から『雲と石　宮沢賢治のこと』（小平林檎園発行）を贈られる。

一九九三年（平成五年）

『方円漫筆』をみすず書房より刊行。これは同書跋文に記したとおり雑誌「草月」に一七九号（一九八八年八月）から一八五号（一九八九年八月）にかけ連載したものを補筆したものである。私が明治大学に奉職中、私の《芸術》の講義（四年）に出ていた人が、万一この本を手にとられれば、これは同大学商学部での講義の一部であることに気づかれるであろう。だがそんなことがあるとは思えないのは、私の担当していた《芸術》の講義は、年間を通じ聴講者がきわめて稀であったからである。最初は小教室では履修者が入りきれないほどに集まるので、この講義はつねに三百人は入る大教室で行なわれた。しかし初回は約二百人、次回は七、八十人、四回以降になると十五、六人居ればよい方で、しばしば二、三人になることが多かった。それも前回に坐っていた学生とは全く別人である。しかし私は聴講学生の多寡にかかわらず、一度も休まず、講義をつづけた。私は数年ごとに主題をかえ、また講義ノートが赤インクの書きこみで真赤になるほど、省察を重ね、新たな発見を書きこんだ。そしていつかそれを公刊しうることを夢見ながら、毎年ノートを改修した。とまれこの本を読み返すとゼミナールではなく、学生のいない、またはときたまいる大教室で講義していた頃の自分の姿が思い浮ぶ。

この年、明治大学から名誉教授の称号を贈られた。

また東京創元社版『齋藤磯雄著作集』全四巻（宇佐見英治、窪田般彌、澁澤孝輔、安藤元雄、矢内原伊作共編）の刊行が六年がかりで完了した。私はその最終巻（第四巻）を担当した。

私が編集委員にもなり、また折々作品を発表してきた雑誌「同時代」は59号（特集・山崎榮治追悼）を刊行、同号をもって終刊とすることになった。

一九九四年（平成六年）

『宇佐見英治自選随筆集・石の夢』『宇佐見英治自選随筆集・樹と詩人』の両巻が筑摩書房から同時に刊行された。

一九九六年（平成八年）

『戦中歌集　海に叫ばむ』が砂子屋書房から刊行された。

四月、矢内原伊作著『ジャコメッティ』（みすず書房）を武田昭彦と共編で発行。

七月初め、妻英子が永眠した。

九月、『明るさの神秘』を小平林檎園より刊行。

戰中歌集　海に叫ばむ　後記

一

私は本郷區役所で一九四一年十二月八日徴兵検査を受けた。明け方六時頃であった。「第一乙種合格、陸軍野砲兵——野砲兵第四聯隊」素裸で不動の姿勢をとった私に検査官の判定の聲がきこえた。一瞬眼前が眞暗になったが、倏忽《しゆくこつ》身が引き緊まり、その後悄然と表に出た。

三丁目の角を曲り本郷通りに出ると、號外の鈴音がきこえた。いつもと様子がちがう。人々が路上に出て、號外を手にざわめいている。私は號外を買った。ひろげると初號活字で「帝國陸海軍は本八日未明西太平洋に於て米英軍と戰鬪狀態に入れり」との大本營發表につづき、わが空軍が眞珠灣を奇襲し、戰艦、驅逐艦等十數隻を轟沈、大破、敵艦隊を壞滅せしめたとの赫々たるニュースが載っていた。

赤門の方に向って歩いてゆくと、吉滿義彦先生と渡邊一夫先生が竝んで來られるのに出あった。吉滿先生は上智大學の聖フィリッポ寮の寮長をかねた神父で、私が在籍していた東京帝國大學文學部倫理學科の講師、渡邊一夫先生は當時佛文科の助教授であった。號外の音がきこえるなか、三人で少時立話をしたが、吉滿先生がそのとき、「やらなきゃ噓ですよ、こうなったら」といわれたのをおぼえている。渡邊先生がそれに對してどういわれたかは記憶にない。

そんなわけで徵兵檢査の朝を思うと、眞珠灣攻擊と二人の先生のことが倂せ浮ぶ。その後私は入隊したが、二人の先生から兩三度慰問と勵ましの便りをいただいた。渡邊先生からの葉書はまだ內地にいるとき屆いたが、それには《Homme de lettres［文人］としてよき人生を全うされるように》という言葉が力強い筆蹟で書かれていた。他方吉滿先生からの軍事郵便は部隊がスマトラ西海岸のインダルンに駐屯しているとき受取ったが、輸送船が沈んだためかインクが白く散って文字が讀めなかった。

敗戰後、私は歸國生還したことをまず兩先生に報せた。しかし吉滿先生は終戰直前に病歿されていた。渡邊先生には戰地の日々を報告するという意味で、本歌集に收錄した歌の草稿から三、四十首を選んで淸書し、手紙に同封して送った。數ヶ月後當時短歌の綜合一般誌として刋行された雜誌『短歌主潮』（八雲書林刋）が私の手もとに屆いた。同誌は土岐善麿その他高名な歌人の歌を一人一頁づつ掲載していたが、その中に私の歌が二十五首三頁にわたって印刷されているのを見て、仰天した。もとより渡邊先生の推擧高配によるものだ。豫想もしなかったことだが、それを見てひそかに嬉しかったことを思い出す。しかし雑誌が届いたのは、理由はここに述べないが、私が戦後短歌をもう二度とは作るまいと誓った後のことであった。

二人の恩師のことにふれたためにいきなり話が前後してしまった。最初の意圖どおり本歌集にかかわりがあるその後の私の戰中略歴を以下年表風に記しておこう。

(一) 徴兵検査後ほどなく、昭和十六年（一九四一年）十二月二十八日、私は東京帝大を卒業した。その年始めて大學生の繰上卒業が施行されたのである。それから約一月後、

(二) 昭和十七年（一九四二年）二月一日、大阪府信太山の中部第二七部隊（野砲第四聯隊補充隊）に入隊、陸軍二等兵となる。同隊は大阪府、奈良縣、和歌山縣に本籍をもつ兵からなる聯隊で、三八式野砲一門を馭者三人、二頭立て六頭の輓馬で引く輓馬野砲の部隊である。後年春季演習のさい、私は普佛戰爭を思い出したほど、裝備が舊《ふる》かった。さすが動員下令とともに部隊は自動車野砲に變った。六頭の駄馬に替り、牽引力の強いトヨタの大型トラックが砲一門を引き、砲手の兵隊はトラックの荷臺上に乗る。編成替と同時に、タクシー、トラックの運轉免許をもつ補充兵が多數入隊した。

(三) 同年四月、幹部候補生となり、十月、見習士官となる。少尉になったのはスマトラ渡嶋後である。七月、本隊野砲兵第四聯隊の內地復員に伴い、同隊に轉屬した。

(四) 昭和十八年（一九四三年）九月、動員下令。十月鐵道貨車の扉を閉したまま、どこに向うとも告げられず、出發、長時間かかり着いた先は宇品港（廣嶋縣）であった。直ちに輸送船團

を組み、スマトラ嶋に向う。出港の夜、船室で一息ついたとき、背嚢から、携行した三册の本、萬葉集（文庫版）、立原道造詩集、コンサイス佛和辭典をとり出し、見改めたのを思い出す。途中臺灣高雄沖海域で輸送船團の一隻が撃沈された。

㈤　同年十一月、マラッカ海峽に面するスマトラ西北岸ベラワン港に入港、徹宵火砲、彈藥、車輛その他を陸揚げする。車を列ね、ゴム林、熱帶密林のなかの舗装幹線路を進み、最初の夜を古都ペマタンシャンタルで明かす。私はたちまち熱帶傳染病デング熱に罹り、高熱に魘される。數日後部隊はスマトラ嶋を横斷、インド洋岸に出、ついで同嶋西北より東南につながるパリサン山脈の臺上を行き、州都パダンシデムプワンに集結。同地で私の屬する第二大隊は聯隊本部と別れ、赤道標石のある山間を下降上昇し、炭鑛の町サワルント（南緯一度）に到着。同地に駐屯した。

歳末から年初にかけ、シンガラ高原で過す。

㈥　昭和十九年（一九四四年）四月、西海岸寄りの小村インダルンに移動、中部スマトラ西海岸の防衛に當る。故國から軍事郵便がはじめて着いた。

同年十一月、北部の町タルトンに移動、駐屯。兵舍のある臺上から町なかにキリスト教會堂の塔が見え、日曜日には讃美歌の重唱がきこえてきた。町民は對日感情もよく、われわれは束《つか》の間《ま》の平安を樂んだ。內地出發以來、新聞、ラジオはなく通信杜絶、それでもアッツ嶋につづき、サイパン陷落の報が風のように傳わって來たが、インパール作戰の大敗や米軍のレイテ嶋上陸、同嶋沖海戰による日本軍艦隊の全滅を知らず、またB29機による東京初空襲はおろか、連合軍のノルマンディ上陸、パリの解放など知るよしもなかった。外地に散らばった他の部隊も同様であったろうが、兵隊や下級將校はつんぼ桟敷におかれ、歴史の現實から落ちこぼれて行動することを強いられた。それでも戰局がとみに敗色を深め、自分たち自身の死が日一日近づきつつあること、他方永久に戰爭が續くかのような歳月の惰性が同時に感じられた。

㈦　昭和二十年（一九四五年）二月、タイ國へ轉進のため、東海岸濕地帶の河港より乘船。ゴム林と奥深い密林で圍まれた河畔の小さなホテルで、他部隊のとある軍曹がベートヴェンのピアノ・ソナタ《月光》を彈いた。その音色、曲調の美しさに蘇生の思いがしたことを思い出す。五日後、シンガポールに着いた。

三月、鐵道無蓋貨車で細長いマレー半嶋をタイ國に向い北上、バンコックに着く。インパール作戰に敗走の途上、餓死、病歿した友軍の慘狀が耳に入る。われわれはタイ國を北進、北タイからビルマに向うことになったが、それはインパール作戰で敗滅した部隊に替り、雨季明けにはビルマ高地からタイ平原に向って南下してくる英軍戰車部隊を迎擊するため雨期の間に同高地に趨く作戰であった。

㈧　四月、バンコック出發の三日前、私はコレラに罹り、野戰病院に運ばれた。奇蹟的に助かり、蘇生した。

五月、彈藥を船底に積んだ小荷舟七艘をつらね、バンコックからメナム河を溯江、時折機銃掃射を受けながら六日後、ピスンロークに着く、それより鐵道で北タイの町ラーヘンに至る。七月、ラーヘン發、最北の町チェンマイを經てトラックにより泰緬國境を越え彈藥を運ぶ。途中より荷車に積み替え、水牛に引かせ、ビルマ領シャン高原を行く。標高千二、三百米、ケントゥンの南五十キロの叢林地に壕を掘る。トラック類は引揚げ、われわれの大隊のみ最前線に殘される。

(九) 八月十六日、無電で終戰を知る。

九月、ランパンで投降、武裝解除。

十月、ランパンより徒歩で約一ヶ月、ほぼ六百キロを南下、バンコック東方の集結地にいたる。

(一〇) 昭和二十一年(一九四六年)六月初め、バンコック灣出港、同月末鹿兒嶋着。

二

ことし晩春のころ、パリに長く住むK・S・ルワラン夫人から一冊の文具本がとどいた。周知のとおりフランスは格別製本術(Reliure《ルリユール》)の發達した國で、いわゆるフランス裝の本というのは、各人が買った本をそれぞれが好みに合せて製本術師に製本させ所藏する慣習があることによる。K・S夫人から受贈したその本はB6判、落ちついた深綠色の厚手總クロスの丸表紙で、見返しは灰白の別紙、本文紙は艶のある純白のヴェラン紙で、厚さは約三百頁ある。表側にだけ表紙に空押で幾何學文様がついている。

日本でなら表紙のついた當用日記か、いかにも趣味的な御婦人向自由隨想帖に當るものだが、品格がちがう。フランスから來た深緑色のその文具本は机上においても、形姿端正、いかにも愛書家の國から來たという感じがする。ただ困るのは、開くと全頁純白で、何か詩か箴言、佳篇綺語を書きつけることを促すむきがあることだ。

ルワラン・K・S夫人は日本人で、私の舊い友人である。彼女はフランスの紙箋に對する私の好みをよく知っていて、文房具店でこういうものを見つけたので、お氣に召せばと思い送りますと寸簡をそえて送ってくれたのであった。

私はこの本を前にして數カ月何を書こうかと思案した。或るとき私は、戰時中南方戰線で作った歌を集め、手書きで本仕立てにして「歌集　海に叫ばむ」という表題をつけ、書庫の隅においてあるのを思い出した。もう何十年も披《ひら》いてみないので、埃をかぶり、表紙はやぶれそうになっている。取りだして讀み返してみると、以前それを書きつけたころと讀後の印象がちがい、まるで他人の作品を讀んでいるような感じがする。なおも讀みすすめてゆくと、今度は自分の遺作を自分が生き殘って讀んでいるような感じがしてきた。

五十年經つとこんなに變るものか。巷間今年は戰後五十年になるとしきりにいわれているが、私はまさにその三字が私自身に向けられていること、その五十年は私自身の後半生にほかならず、二度とあのような戰爭があってはならぬことを併せ思った。半世紀はあまりに遠い距りである。半世紀は私を戰爭に征《ゆ》かなかった人と變らぬ私に、まるで戰爭など知らないように暮している私に、とはいえ第三次大戰の不安や恐怖がたえず腦裏を掠める老學の私にしてしまった。

私は「海に叫ばむ」を取り出して、定稿を作る思いでこの無記の本に書きつける決心をした。まず本の頁と同じ大きさの紙に二行づつ間《ま》をとり二箇處、太い黑い線を引き、下敷を作る。それを各頁の下にあてがって一頁に二首、各歌二行の分ち書きにして書きはじめた。何しろ tabula rasa、白紙の本をペンで汚《よご》し、自著を作ろうというわけである。ゆっくりと注意を怠らず、ときには寫經をする人を思いながら、ほぼ二十日かかって私は舊稿を書き抄《うつ》した。

私がフランスから届いた文具本について縷縷と語り、またこんなことを細かく書くのは、この眞白な本に淸書したことが機緣になり、やがて本歌集が出版されることになったからである。それゆえ前後の事情をいま少し書き添えよう。

さて手書本が出來上ってみると、私は同じものがもう一、二部欲しくなった。そのためにはまずワープロで全文を打ちなおし、さらに反讀してそのままにしておくか、それとも公刊するだけの意味があると感じたなら、數百部でも刊行しようと思うようになった。

私が一氣にその判斷ができず、そんなに愼重になったのは、文首に近いところで述べたように、この五十年間短歌から全く疎遠になっていたからである。私は戰後の短歌の趨勢も現代短歌の動向も知らなかった。それでいて五十年ぶりに、舊作を讀み返してみると、正直にいって自身の歌に或る種の新鮮さを感じ、現在はどこにも吹いていない風や光や哀しみがその歌の中に戰いでいるのを感じたからであった。

著作家なら誰しも經驗することであるが、自分の手書による文を全く匿名の讀者が讀むように讀み返すことは難しい。それぞれの字癖やインクの濃淡、個性や習性やその時の氣分、體調までが一團となって書字による文に風氣を與えているので、詩文をそれ自身として對象的に捉えることは難しい。幸いこの十數年ワープロが發達し、自身の文をほとんど本とかわらぬ活字體で讀み返し、それだけ自己を時空のなかで客體化できるようになった。

私は上野麻澄さんに來てもらって趣旨を説明し、原本の組みに從って、同じものを二部ワープロで打ってもらった。

彼女がこの歌稿を通讀した最初の人なので、ワープロで打った原稿を屆けに來た彼女に私は

「ワープロで打ちながらこの歌集を讀んでどういう感じを受けましたか」ときいてみた。すると彼女はこう答えた。「私たち戰後の生れの者は戰爭というとテレビのニュース番組か現代史の回顧番組で映像とか寫眞をとおして見るだけで、まあそういうものかと思っていましたが、この歌集の歌を讀んで實際に戰地に行った人がどういう生活をし、どういう氣持でいたのか少しわかる思いがしました」

私は彼女の感想に元氣づけられ、また彼女がそう思うのをなるほどと思った。小説には『レイテ戰記』のような大作や小島信夫、長谷川四郎その他の佳篇がある。短歌にも當然戰中秀歌があ

るはずだが、私が戦後ときおり讀み返したのは、「赤光」や千樫、憲吉、勇、利玄等自分が戦前から偏愛した歌集ばかりで、戦後の歌集といえば、ほんの二、三の人の作しか知らない。それに戦後五十年という時の區切りが私に出版を促がすように思われた。

盛夏の一日、私は唯一の歌人の友人太田一郎氏の來車を乞うた。全く久々の面晤にさいして、初夏に贈られた同氏の近著『海暮れて――定型詩論ノート』（一九九五年、砂子屋書房刊）について賀辭と私見を述べるつもりでいたが、氏の博雅高識、精緻な考察に語を失い、謝辭を呈するのみ、私は一方的に戦中の舊作を讀み返したことやその後の心境を話し、ワープロ草稿をさし出して、このまま手書本一巻にとどむべきか、それとも自分が願うように公刊の價値があるかどうか、持ち歸って後日意見をお聞かせ下さいと懇願した。しかし太田氏は卓上でワープロ草稿を翻しながら、ややあって、これはいいものですよと呟き、よければ砂子屋書房の田村さんに話してみましょうといった。

そんな次第で今般砂子屋書房から本書が出版されることになった。

追記。後記の文頭近くで、戦後私は短歌をもう決して二度とは作るまいと決心したと書いた。そのように誓ったのは、私の場合、戦爭の衝擊があまりに強烈だったので、戦爭と言葉、毎朝歌わされた「海行かば」の曲調、また先輩詩人や歌人が戦中にかけて次第に理性を失い、鬼畜米英というような語を詩人と稱する徒が用いるようになったこと、韻律が藏する魔力と思考の放擲、定型詩のもつ本來の秩序と轉結等について、反省し、なぜ日本の詩歌だけが非人間的戰爭謳歌に向ったかを究めねばならぬと思ったからである。そのためには集團的狂氣に抵抗しうる知的で高貴な、明澄な日本語を築きあげること、詩よりもまず散文を確立すること、それが先決であると思われた。

實は私はさらに一册、ドイツ在住のY・M夫人から贈られた、彼女自身の製本による、Reliureの白本を愛藏している。十數年前大判のその本をいただいたとき、私は眞先に、いつの日か、手書で『宇佐見英治詩歌集』を作ろうと思った。その本には自作の漢詩（七言一首あり）、短歌、句、詩等を蒐め、後半部には「戰後なぜ私は詩や歌を作らなくなったのか」というエッセイを書き、それがこの書の主柱となるような本を作りたいと考えた。しかし戰《たたかい》と韻律、人間の言語と精神圏の進化の關係は、深祕、錯綜、複雜な問題で、歲月を重ねるにつれ、それはわが力に餘る課題であることがわかってきた。と同時に私の眼にはこれまでの詩歌が草の向うの小川のように親しいものに思えてきた。この歌集が今の私の眼に多少とも新鮮に感じられるのは、その川と光のせいかもしれない。

二代目の天眼鏡。晩年、いよいよ手放せなくなった。
原稿は筆ペンで太罫の便箋に書いた。

スマトラからスタンパへ

宇佐見英治の戦中戦後

宇佐見森吉

私の父宇佐見英治は二〇〇二年九月十四日八十四歳で亡くなった。二〇一八年には生誕百年を迎えることから、そのことを記念してささやかな催しを開く準備も進めている。父の六十年以上にわたる文学活動を振り返るとき、まっさきに思い浮かぶのは二つの土地の名である。スマトラ、スタンパ。父が戦中戦後に残したいくつかの作品は、この二つの土地の往還としてたどりなおすことが出来るのではないかと考えている。

戦中の父は一九四二年陸軍野砲第四連隊に入隊し、翌年十一月、スマトラ島に派遣された。島内に駐屯し海岸線の防備にあたっていたが、インパール作戦敗退の翌年にあたる一九四五年三月、部隊はマレー半島を北上し、ビルマの最前線で終戦を迎えた。戦中歌集と名づけられた『海に叫ばむ』には、このスマトラからタイ、ビルマへと続く行軍のさなかに詠まれた歌が収録されている。

スタンパはジャコメッティの生家のあった村として知られる。一九六〇年十二月、父はジャコメッティに招かれイタリア国境に近いスイスのこの村で数日を過ごし、その思い出を「法王の貨幣」という一文に記した。一九六六年、ジャコメッティの訃報に触れて書き起こされたことから、副題に「ジャコメッティの思い出に」の文字がある。「法王の貨幣」は同年、雑誌「同時代」に掲載された後、『迷路の奥』に収録された。「法王の貨幣」はその後さらに加筆修改され、ジャコメッティと矢内原伊作に関する文章を集めた『見る人』にも収録されている。

これら二つの土地をめぐる一連の著作は、どこかで宇佐見英治の戦中戦後をつなぐ作品となっているように思える。

生前、父が戦時の体験について語ることはごくまれであった。確かに、真珠湾攻撃当日に行われた徴兵検査、帝大卒の士官候補生に対する教官の容赦ない制裁、戦地で九死に一生を得たコレラの罹患、ビルマのシャン高原で敗戦の報に触れ、敗残の徒としてバンコックの集結地をめざした過酷な行軍、連合軍捕虜収容所の演芸会のために書き下ろした寸劇の台本、復員船の鹿児島港上陸とともに始まる上官たちへの私刑など、子どもの時から折に触れ聞かされてきた話がなかったわけではない。だが、砲兵による戦闘の様子など、子ども心に私が知りたいと思っていたことは伏せられ、むしろ多くのことがらは隠されているのではないかと不審を覚えることとの方が多かったのである。戦後、戦友会との繋がりを断つことがなかったことも、私には謎として残った。

父は晩年、戦後は余生だと述懐したが、戦後数十年を経てなおそのような思いがあるのかと、そのさりげない一言に戸惑いを覚えた記憶がある。なかば遺書のように書かれた『海に叫ばむ』には、そうした生死をめぐるいくつもの謎を解き明かす鍵が秘められているように思う。

宇佐見英治が戦後をどのように生きようとしたのか、私にはまだ整理がつかない。几帳面に綴られた日記やノートも多くは引き出しに眠ったままになっている。それでも少しずつ、復員後に書かれた文章を読み直したり、戦後の文学活動の第一歩として創刊された雑誌「同時代」に掲載された作品に目を通したりしながら父の戦後に思いを巡らしている。

父が復員後まもない昭和二十三年、短歌雑誌「勁草」（第十八巻第三号）に寄せた文章のひとつに「師は敵である」というエッセイがある。父の死後、古雑誌の中からこの一文を見つけたとき、その激しい口調に驚かされた。「勁草」は父が戦前、一高時代より所属していた歌人宇都野研の主宰する結社の機関誌であり、父は常連の執筆者として出征後、スマトラからも歌稿を送りつづけていた。もし戦争終結があと数ヶ月遅れていたら、父の名はこの雑誌の訃報欄を飾っていただろう。戦況の悪化にともない雑誌はやがて刊行もままならなくなるが、戦後復刊される。復員した父もまたその復刊号を手にしたが、父の言葉によれば、そこでは戦争は「まるで空を過ぎる雲のように」跡形もなく消えてゆき、同人たちは敗戦を前に没した師宇津野研の追憶に生きている。このことに当時の父は他では見られないほど激しく反発していたのである。

自筆年譜にも記されているように、父は当時、戦後日本に必要なのは新たな散文言語の創出だと考えていた。短歌を断念し、新しい散文を創造する、という決意も、「勁草」の同人に、というよりもむしろ自分自身にむけられたものだったにちがいない。一方、「理論としては頷ける」として編集部から掲載を許されたこの一文には、新たな散文の輪郭は朧げにしか見えていない。探求はまだ開始されたばかりで、その後も試行錯誤の長いトンネルが続いたものと思われる。最初は戦争体験を言葉にする方法を模索した。この時期の創作にはドストエフスキイの小説にみられるようなパトスが充満している。見つからない出口を探して、いくつもの壁に衝突している。戦後の著作には、その痛みが時に閃光のように周囲を照らすものがある。

一九六〇年の一年間に渡るヨーロッパ滞在は、そうした暗中模索の出口に通じていたにちがいない。

一九六〇年一月、父は一年間のヨーロッパ留学の途上、経由地タイのバンコックに再び降り立ち、家族に無事を伝えている。この日投函された書簡を含め、ヨーロッパ滞在中に家族に宛てて書かれた九十通ほどの書簡が今も残されている。

それらの書簡の多くは滞在先となったパリのモンパルナスで書かれたものであり、モンパルナスを拠点として、途中オランダ、ドイツ、スイス、イタリアなどヨーロッパ各地を巡った旅先からの便りである。それら各地の紀行文を書くことを約束に前借りした稿料を留学の費用に当てていたからだ。

一方、パリ滞在の目的はなによりもジャコメッティに会うことにあった。友人矢内原伊作を介してジャコメッティの知遇を得るという意味では、やがてその目的は達成された。だが、「夜の徘徊が終ると、血走った眼で再び仕事にかかるか、或いは仕事が始められる朝が早く来ることを願いながらやむなく眠りを貪る」というジャコメッティの仕事ぶりは恐らく想像を絶するものだったにちがいない。パリでの生活は物珍しい異国生活から次第にジャコメッティ中心の生活に姿を変えていく。日々アトリエを訪ね、カフェで話を聞くこと。ただそれだけのことがパリで暮らす唯一の意義、唯一の目的となる。「法王の貨幣」にはその過程が簡潔に記されている。ジャコメッティの誘いによって訪れるスタンパは、この一年間のヨーロッパ滞在の最後を締めくくる旅の目的地となった。「ジャコメッティ夫妻のいないパリに、私はもう何の未練もない」からだ。一九六〇年十二月十三日、スタンパから投函された絵葉書には以下の文面がある。

Sils Baselgia ですっかり風邪をひきこんで土曜日 Stampa につきました。Giacometti が迎えに来てくれて、心のこもった歓待に、かつてないたのしい日をおくっています。Stampa は一日陽がささない。(冬の三月間は)いまは雪がかなり深く、今朝は零下八度だった。ぼくは Giacometti のお父さんの生れたところ(いま Pension になっている)に部屋をとり、毎食 Giacometti の家族と一緒に食事をし、一日の大半をかれらと一緒にすごしている。水曜日 Como 湖畔へ一緒にゆき、途中からぼくはミラノにゆく。十六日(金)Paris 着。二十五日、前便のとおり帰国します。この数日の生活は全く信じられない一日一日だった。そして彼の偉大さもまた想像をこえている。その人格人間のすばらしさ。

「法王の貨幣」によれば、スタンパで父は矢内原が書いた「ジャコメッティとともに」の一節を夫妻の前で朗読した。アネット夫人にも助けを借りて、この日のために仏訳し、ジャコメッティの友情に少しでも報いようとした。

スタンパでの四日間はこうしてすぎてゆき、その間もジャコメッティは仕事の手を休めようとはしない。やがて、いとまの時が来て、父はジャコメッティの仕事場の机上の花瓶の花を記念に所望する。「法王の貨幣」と呼ばれるこの花は、「枯ればんだ枝に葉とも実ともつかない銅色の縁をもつ薄い白い板状の小円が賑やかについた小枝」からなり、「この谷間にしかない花」だという。

スタンパ固有の種であれば、私には「法王の貨幣」がどんな花なのか想像するほかない。父が残したスタンパの仕事場の写真には、確かに「法王の貨幣」とおぼしき花が映っている。何十枚もの小円の白い花が花瓶に咲き乱れている写真だ。

夫妻に見送られ、ミラノ行きの汽車に乗り込んだ父は「急に一刻も早く、東京へ帰り、私も仕事をせねば、一日も早く仕事にかからねばと思」う。

大切なのは土地でも風景でもなく、文化や文明の質でもない。大切なのは、創造に仕えること、仕事をとおして生成の鼓動をききとり、世界と一体になることである。大切なのは人間であり、愛であり、中心を目指す方向、極限を生きつらぬくことである。

こうして宇佐見英治はヨーロッパを後にしたが、日本に帰ってどのような仕事をしたのだろうか。一九六〇年当時、父は美術批評家として多少知られていたが、帰国後、ジャコメッティについて書くことはむしろ稀であった。同時に父は美術批評家とか詩人とか呼ばれることにさほど重きをおかなくなっていった。右に引いた一文は父がジャコメッティの仕事に触れて得たひとつの洞察だったと思う。

スマトラからスタンパへ。スタンパから、スマトラへ。「法王の貨幣」によってジャコメッティに別れを告げた父は晩年『海に叫ばむ』(一九九六)を始め戦中の体験に回帰していく作品を刊行する。二〇〇一年至文堂から出た『立原道造』に収録された「戦地へ携えて行った一冊――山本書店版『立原道造全集　第一巻　詩集』」など、父が死ぬまぎわに書いた文章を見るにつけ、父の生涯はこの二つの土地の往還にあったと思う。大切なのは土地でも風景でもなく、文化や文明の質でもないとしても。

あらぬものへの呼びかけ

宇佐見英治『言葉の木蔭』に寄せて

堀江敏幸

　生身の作者に会う会わないは、読者にとって大きな問題である。言葉を交わして初めて理解できることもあれば、本人を知ってしまったがゆえに作品に対して正面からものが言えなくなる可能性もある。人と人の出会いは考えれば考えるほど奇跡的な出来事であり、実際のところ、会う会わないを云々する以前に、望んでいても会えない場合の方が多いのだ。私は宇佐見英治を直接には知らない。一度もお会いする機会がなかったのである。どんな声質で、どんな声量で、どんな表情で話されたのか、それも想像のうちにしかない。私が親しんできたのは、書き残された文章のなかから響いてくる声と、最晩年の一時期に頂いた何通かの手紙の、細く流れる美しい万年筆の文字が伝えてくる精神の微動のみだ。

*

手紙のやりとりをする機縁となったのは、一九九八年秋に再刊された『死人の書』（東京創元社）である。一九四八年、「同時代」創刊号に発表されたこの小説は、宇佐見英治の戦後の文筆活動の、真の意味での出発点とも言える重要な仕事であるにもかかわらず、ながいあいだ入手しがたい稀覯本になっていた。それが、限定版の『手紙の話』も併録した一冊の書信として、不意に目の前に届けられたのである。私見によれば、宇佐見英治の最も豊饒な仕事は七〇年代半ばから八〇年代半ばまでの十年間に集中していると思われるのだが、『死人の書』には、核となるすべての要素が出揃っていた。その事実に遅まきながら気づいて、自身の読みの浅さに愕然としたものだ。

*

宇佐見英治は、ガストン・バシュラール『空と夢』の訳者として私の前にあらわれた。科学と文学をつなぐ夢想の方法を示すバシュラールの著作はすでに何冊も翻訳紹介されていたのだが、訳者がそれぞれ違っているため日本語の表情にもばらつきがあり、やや混乱をきたす状況にあった。仏文科に進む前だったから八二年の終わり頃だろう、翻訳で辿った著作のなかで、この『空と夢』の言葉の選び方だけが他と異なっていた。バシュラールの思想を理解し、研究を重ね、行文を嚙み砕いて意味を伝えることよりも、言葉の内側に入り込んで著者とともに夢想するような感覚が文章を推し進めていたのである。そこで今度は、宇佐見英治という人の著書を読むことにした。刊行目録を調べて、新刊書店で『雲と天人』（岩波書店、八一年）と『石を聴く』（朝日新聞社、七八年）を買い、一読三嘆した。時代は、やがて来る泡沫景気に向かって、すべての分野で表現の濃度を薄めつつあった。口当たりのよい言葉だけを飲み込み、吐き出しやすい言葉だけを吐く。意思疎通の速度を重視する「現在」は、意思の伝わりにくさと伝達の難しさをより身近に感じていた私にとって、ほぼ無縁だった。このまま生きていけるのか、途方に暮れていたと言ってもいい。ところが宇佐見英治の本には、隅々まで彫琢され、納得のいくまで斧鉞を加えられたと思われる文章が詰まっていて、気温があがっても冬の寒さを保っている冷たいブロンズの彫像に触れたような感触があった。余計なものを削ぎ落としながら、その行為じたいに官能性を滲ませる稀有な散文は、ただ散文としてのみ存在し、中途半端な分野の整理を許さなかった。

＊

翌八三年からは、立てつづけに出た新刊を追った。『三つの言葉』（みすず書房）と『対談　ジャコメッティについて』（用美社）、八四年には『芸術家の眼』（筑摩書房）と『一茎有情』（用美社）

が刊行され、対談においてさえ流した言葉がひとつもない硬質な矜持に、私は引き続き魅せられた。しかも幸運なことに、宇佐見英治がその編集に心血を注いでいた第二次「同時代」は、版元が大学の出版局だったためか母校の生協書籍部にもかならず入荷し、人文書のフェアがあると一般書店ではなかなか見当たらないバックナンバーも棚に並んだ。私はそこで、高田博厚、齋藤磯雄、辻まことらの特集号を手に入れ、雑誌が目指している地平と宇佐見英治の仕事を重ね合わせることができた。大学入学が何年かずれていたら、そのような機会には恵まれなかっただろう。

＊

『死人の書』は、こんなふうにはじまっている。

《僕はこの書をあの世にいるなつかしい友人達のために書き送ろうと思う。僕はいまではすっかりこの世に住みついた。現に二三の友人に対しては、あの世で味わいえなかったような美しい人間愛と友情とをおぼえている。僕は「あの世」と言ったが、それは地上にいるあなたがたのことをそう言っているのであって、僕がいまいる地下の世のことを言っているのではない。僕は既に、あの世の名簿から二本の赤斜線によって抹消せられた人間だ》

折口信夫の『死者の書』とはちがって、「書」はあくまで「書簡」の意である。活字で印刷されているにもかかわらず、私はこの小説を読みながら、文字がすべて薄灰色のインクで手書きされているような錯覚に陥っていた。行間に書き文字の匂いが漂っているのだ。上から下へ、縦に移動していく色のない冬の樹木のペン先が、やわらかなしなりを見せる。なぜそんなことが可能なのか、答えは併録の「手紙の話」に用意されていた。活字とは一種の記号であり、媒体である。一方、書き文字は記号を超えるものだと宇佐見英治は書く。

《筆跡は鳥の足跡のようにそこにあるものよりはないものを、現前よりは不在を、諸縁生滅を思わせる。問候、相聞、依頼、慶弔、どんな手紙を書く人も自分で字を綴ることによって、何ものかあらぬものに呼びかけているのだ》。

他方、受け取った側は、そこに「眼に見えぬ相手の心の気配、言葉の彼方にある願いを読みとろうとする」。あらぬものとは向こう側にある死であり、受け取り手は文字といっしょに死者の声を聞く。『死人の書』は、向こうとこちら、死と生を反転させながら、書き手が死の側にいても生の側にいても声の往復と呼応の構図が変わらないことを示す。問題は、書き手の呼びかけに受け手がどう応じるかなのだ。宇佐見英治はもちろん死者ではなかった。しかし文中の声の背後から「向こう側」にいる人々の声がはっきり聞こえてくるように感じて、読後すぐ、その頃書評委員をつとめていた文芸誌に、書評ではなく書信のつもりで小文を認めた。

＊

先に触れた手紙とは、その拙文への返しとして頂いたものである。以上の経緯は、追悼文「存在の明るみに向かって」（『一階でも二階でもない夜』）と、『明るさの神秘』の版元である小平林檎園主と私との付き合いに触れた「スターキングはもう作られていませんと彼は言った」（『仰向けの言葉』）に詳しく述べたので省略するが、細く連なるフローラのような、しかし明確な形と動きを持つフォーナも共存する秀麗な文字で綴られたその書状は、返礼というより若い読者に対する励ましだった。戦争など知らない孫の世代に、『死人の書』の真の深さなど理解できるはずもない。これを縁として、大事なことは伝えておかねばと思われたのだろう、別便で『戦中歌集　海に叫ばむ』（砂子屋書房、九六年）を送ってくださった。見返しに書かれた署名の、宛名の下に添えられている「清鑒《せいかん》」の下の文字がすぐに解読できず、しばらくのあいだ、呆然とそれを見つめていたことを思い出す。

＊

極論すれば、『海に叫ばむ』に歌われているのは、自分は一度死んだ人間であるということだ。「後記」に詳述されているとおり、一九四二年二月、大阪の野砲第四聯隊補充隊に入隊した宇佐見英治二等兵は、四月に幹部候補生となり、七月に本隊の内地復員とともに同隊に転属、十月に見習士官に昇進して、四三年、スマトラ島に渡ったのち少尉となる。情報がないまま中部スマトラ西海岸から北部へ、さらに四五年にはタイに転進し、バンコックからタイ北部に入ってビルマに向かった。インパール作戦で壊滅した部隊に替わり、英国軍戦車部隊の迎撃準備に入るためである。死は、確実なものとして目の前にあった。しかもバンコックを発つ三日前に、少尉はコレラに罹患する。本書の冒頭「コレラの歌」に掲げられている歌は、野戦病院に運ばれて隔離され、死の瀬戸際まで行って奇跡的に生還した折の模様をまとめたものだが、たとえ救われても、そのあとにもまだ、右に述べたシャン高原での重戦車迎撃という、ほとんど無駄死に近い運命が待ち受けているはずだったのである。本書には収録されていない、敗戦間近の歌を引いておこう。

わが死骸《むくろ》骨片となり散る日見ゆ夜毎《ごと》露おくこの草叢《むら》に

ビルマ國シャン州深き草むらにやがて消ゆべしわれとわがとも

死んで骨になるさまを、宇佐見英治は何度も幻視している。戦後の散文の、繊細にして強靱な眼差しの奥にあったのは、こうした死者からの視点なのだ。敗戦を迎えて投降し、武装解除された男たちは、集合地まで六百キロに及ぶ徒歩での移動を強いられた。戦争が終わったにもかかわらず、事後の過酷な移動で命を落とした者も少なくなかっただろう。死地を見た人が半世紀にわたって封印してきた歌は、向こう側から吹いてくる風となって詠み手自身を襲い、受ける側にもその風を浴びさせた。『海に叫ばむ』に込められたあらぬものへの呼びかけは、集団的狂気に覆われていた時代へと後戻りするような言説が蔓延しつつある二一世紀のいま読み返してみると、初読のときよりはるかに差し迫った声として耳に届く。

＊

著者自身に贈られたこの一書によって、私は言葉の美しさに埋もれて見えにくくなっていた戦争の影を再認識することができた。「戦地へ携えて行った一冊——山本書店版『立原道造全集第一巻　詩集』」や、陸軍予備士官学校での体験を語る「護國旗」のように徴用体験を直接綴ったもの以外にも、記述のあちこちに、非常時——非常を常と思わせる常態の非常性——の言辞や譬喩がまぎれ込んでいるのだ。「晴れ上った日には大島が昔私が戦時中に東支那海で脅やかされた敵の航空母艦のように霞んで見えた」（「闇の光」）、「戦争中兵舎にいるとき内務班の廊下を通ってゲーテとアンデルセンが寝ている私のベッドの傍へ訪ねて来てくれたことがあった」（同）、「どこの国の都市でもそうだが、街路樹は捕虜として連れて来られた奴隷のようで、それが整然と列をなして並んでいるさまは、何か葬いの列か、軍国主義の臭いがするものだ」（「樹木」）、「アスファルトは占領軍のようにどの道をも一様化し、それぞれの土地の声を殺してしまう」（「足音」）。比較対象として出てくるのではない。意識的に反復されているのだ。「挽歌」のように、はっきりと鎮魂を意識して書かれた詩篇もある。

＊

折ってきた百合の花を
雲母の海に浮べよう
燃え沈んだ子供のため
消え去った幾万の人たちのため
地球の脳髄が　お前の頭蓋が
遠い海嘯のように鳴っている
まだ仄暗い草むらに

（「挽歌」）

＊

戦争体験は、宇佐見英治を変えた。小説を寄稿したこともある文芸誌「高原」に対する、戦後の距離の表明にもそれは明らかだ。「日本文学に特有の陰湿さ」がなくて、「或る高い香りが果実のように薫っている」この雑誌の価値を認めながらも「どこか脆弱」だと断ずる勇気は、おそらく従軍前にはなかっただろう(「高原孤愁」)。宇佐見少尉にとって高原は望まない死を準備する場所であり、手紙のやりとりさえ不可能な、生きていながら死んでいるに等しい者たちが取り残された土地になっていた。この一連の体験と、戦争讃美の言葉を連ねた歌人や詩人たちへの不信感が、戦後、短歌との決別を促した。歌を捨てたのは、「なぜ日本の詩歌だけが非人間的戦争謳歌に向ったかを究めねばならぬと思ったから」であり、「そのためには集団的狂気に抵抗しうる知的で高貴な、明澄な日本語を築きあげること、詩よりもまず散文を確立すること、それが先決であると思われた」からである。詩よりも「まず」散文。詩よりも散文ではないことに注意しておきたい。詩は見放されていないのだ。詩は散文のあとにふたたびやってくる。しかし「まず」は、愚かな戦争讃美に決してなびかない勁い散文を鍛えあげることを宇佐見英治は自身に課し、それを究めた。詩は、あとから摑み取られたのである。散文は「詩」へと向かっていく。宇佐見英治の作品においては、どれほど物語の色を付けても、どれほど哲学的な言辞を連ねても、背後に詩人の眼が光っている。戦後、『死人の書』を褒めてくれた草野心平との交流の初期に、「あの極端な戦争詩を書いた人がどうして私の作を、という不審の感がつきまとった」と、わざわざ自筆年譜に記したのもその証左だ。

＊

どの一行においても、宇佐見英治は事物を真正面から見つめ、言葉を深い海の底から引き揚げて、その命を身体に取り入れようとする。死者の側に立ちながら生を慈しみ、生と死の、生と詩の、あるいは聖と死のせめぎあいを意識しつつ、死者の視点を選び取る。圧倒的多数の死者の声を、生き延びた自分の耳に吹き込むのだ。この息が詰まるほどの誠実さと、言葉をべつの言葉に「する」のではなく、言葉がべつの言葉に「なる」のを芭蕉に倣って待ちつづける忍耐力も、戦時体験と不可分のものである。生き延びるためには、敵との、言葉との「絶対の距離」を測らなければならないからだ。距離を生むのではなく、距離ができる瞬間を待つこと。サルトルのジャコメッティ論に借りたこの「絶対の距離」を介して、戦場の風は存在の裂傷を癒やすべつの風になる。

＊

ジャコメッティのモデルを長年にわたって務めていた矢内原伊作の紹介によって、三十代の宇佐見英治はパリに住むこの彫刻家から無条件の信頼を得、カフェで食事を共にし、アトリエを訪ね、彼の郷里の、スイスの小村スタンパを訪れた。ジャコメッティはたえず仕事をする。アトリエだけでなく深夜のカフェでも、気がつくと新聞にデッサンをしている。端からは芸術のことしか眼中にない男に見える。しかしあるとき、この彫刻家は、新聞の一面に政治欄があるのは「人間にとってもっとも当然《ノルマール》なことではなかろうか」と語った。「なぜなら民衆にとって何より大切なのは政治であり、それに政治はもっとも現実的な闘争であるからだ。それを離れて現実はないからだ」（「法王の貨幣」）。それを聞いた宇佐見英治は居住まいを正す。いつ路上で倒れてもおかしくないと思わせる独特の風貌や、創作への没入にひたすら心を砕く姿勢からは想像しがたいことに、ジャコメッティはつねに論理的な物言いをし、現実世界に関心を抱いていた。その「具体的な人間の全体であろうとする彼の態度の真剣さ」は、戦闘態勢のなかで「絶対の距離」を摑もうとする兵士のものであり、かつ、まぎれもない芸術家のものでもあったのだ。

*

だからこそ、ジャコメッティの態度はつねに simple だったのである。宇佐見英治は、そこに打たれた。志村ふくみとの往復書簡に、「苦しむことを知っている本当に知的な芸術家は、常に simple であると信じています」という省察がある。これは染織家を意識しつつ、芸術家全般を念頭に置いて口にされた言葉だろう。「芸術は人びとに語りかけるとともに、一本の草、一つの小石、空に浮ぶ雲にも語りかける仕事です。simple でなければ、どうして草木に語りかけうるでしょう」（『一茎有情』春の章）。自分のなかに同様の姿勢がない、というのではない。ジャコメッティのような応答と、それをまっすぐに受けとめる姿勢は、ともに知的で simple だ。ものごとの根源に手を触れる力の入れ方を心得ているという意味での simple こそが、集団的狂気に抗う手段になる。「散文」は「詩」にはない simple な距離の測定をつづけ、外見や身分差や性差を乗り越えて「直証的」に対象と自分とを結び付ける作業なのである。裸の、生の人間が立ちあらわれたとき、両者の関係は現実社会でのそれよりも強固になる。「なぜなら彼の足もとから流れだす距離と視線によって、私は彼に関わり、彼が私に関わってくるのだから。人はこのようにものを距離をとって見ることによって、より深くものに参与する。そしてまたこのようにものを距離とともに対象化するとき、初めて空間が戦《そよ》ぎ出すのである」（「法王の貨幣」）。

＊

戦中短歌を経た私は、もう「戦ぎ出す」という一語すら素通りできなくなっている。宇佐見英治はあからさまな反戦を謳うのではなく、戦争の愚かさに対する怒りを石のなかに閉じ込め、さまざまな古人の言葉に代弁させながら、風流や風雅に通じる風に戦がせた。そのもっともみごとな展開が、「風の根」だろう。日本の古典文学における歌枕や本歌取りのように、過去の声が「自在に各人の新たな歌の中に取り入れられ、また蘇生させられる」ことの、また「古人と一体化し、その死によって作品が表出される時間の厚みをより深くすること」の意義を語り尽くして、ふっと宙に消える楽曲のような一篇だ。死者との対話は現在を豊かにするばかりでなく、死者よりもさらに古い死者と、現在のずっと先にある未来を結ぶ風になる。「風は遠い時間の涯から、死から吹いてくるのだ」。死から吹いてくる風を、どのように心の帆に孕ませるか。その過程をありのままに見せる言葉の運動が散文なのである。とすれば、それは生と死を、静と動を同時に現出させる矛盾を抱えた困難な試みになる。死地での体験がどれほど深く、どれほど硬い石となって臓器のなかに眠っているとしても、それを指標にするだけでは距離が測れない。墓標にもできない。内なる石を散文に生かすには、「絶対の距離」の支えとなるもう一つの支柱、「絶対の友情」が必要になる。

＊

宇佐見英治は「絶対の友情」を結ぶ達人だった。本書はある意味で、「絶対の友情」のアンソロジーなのだ。片山敏彦、矢内原伊作、ジャコメッティ、ヘルマン・ヘッセ、齋藤磯雄、辻まこと、本郷隆、赤堀英三、志村ふくみ、野見山暁治、後藤比奈夫。実際に付き合いのある人たちだけではない。西行、芭蕉、ボードレール、リルケから、谷崎潤一郎、宮澤賢治、立原道造に至るまで、あちらとこちらの媒介者となって、彼は自在に交友の網の目をひろげる。この能力が、雑誌「同時代」の編集に生かされたことは言うまでもない。なかでもジャコメッティとの交流はその濃度において突出しているが、両者の出会いを導いた矢内原伊作との、五十年を超えても「年々深まるばかり」の交わりは、さらに深い。「未知なる友」と題された一文の、ほとんど恋文に近い色合いはどうだろう。しかも、情に流されない logique と simple な眼が友を見守っている。友情が持続されるための条件として挙げられた以下の一節は、宇佐見英治の文学の最深部から発せられた声であり、そういうものを失ってしまった時代に対する警鐘とも取れるはずだ。

＊

「友情がつづくためには何といっても共通の思想の分有、志向の一致が必要である。しかしさらに突きつめていうならば、それが持続するためにはまず心の方位——眼に見える或いは見えぬ世界にたいする精神の定位の仕方が根本条件となるのであろう。なぜなら友情といえどもそれぞれの努力の結実であり、たえざる方位（Points cardinaux）の検覈《けんかく》がなければ、たちまち持続が崩れ、感傷に、過去への郷愁に堕するであろうから」。

＊

理屈を超えた「心の深部における愛」とも言い換えられる、こうした精神の定位を共に見つめられる相手がいるかいないかで、友情の質も言葉の質も変化する。目の前から線を延ばして進むべき方向ばかり見ている者は、距離を測る術を持たない。空間の戦ぎを知らない。方向ではなく方位が大切なのだ。方位こそが、生者と死者からなる「人間のほんとうの共同体」の支柱なのである。宇佐見英治は戦場で鍛えた眼を、書棚の配列に応用する。先に挙げた文学者たちの名ですらほんのひとかけらにすぎない書物の世界には、厖大な死者がいる。頁を開けば、いつも向こうから風が吹いてくる。声が響いてくる。声が指し示す方向を見失わず、闇の中に眠っている色彩を表に引き出すのは、過去や死のみを見つめることとはちがう。過去と現在の往還に手を抜かない言葉は、そのまま未来へと繋がる。他者に向かってなにかを語るだけでは不十分なのだ。他者のなかに潜む未来に自分を投げ出さなければ、言葉は簡単に風に倒され、見えない重戦車に轢き殺されるだろう。向こう側の声を聴くために、戦場だけでなく自然の力によって奪われた命に対しても耳を傾けるために、言葉との「絶対の友情」を信じなければならない。

＊

本書の末尾には、これまでどこにも発表されていない、辞世の句がふたつ置かれている。最晩年の宇佐見英治は、自身の風の根を助けるために、酸素ボンベを手放さなかった。「肺無しの私」とは、諦めの表現ではない。息は、いま発した言葉によって、向こう側から吹き込まれつつある。シャン高原で砕けるはずだった骨は、後から続く者がそこにないものを地に描くための、崩れることのない杖となるのだ。「骸骨となりてまろやか世にいたり」。骨になって木蔭に憩うのは、私でもあなたでもなく、「他者のなかの未来」に向けて吹く風だ。宇佐見英治はそう言い残して世を去った。

初出一覧

戰中歌集　海に叫ばむ　より　第二部　コレラの歌　『戰中歌集　海に叫ばむ』一九九六年　砂子屋書房（再版　一九九九年）

法王の貨幣――ジャコメッティの思い出に　「同時代」第二次第二十一号　一九六六年十一月　黒の会（『迷路の奥』みすず書房所収　『見る人』みすず書房所収）

明るさの神秘――宮澤賢治とヘルマン・ヘッセ　『宮澤賢治全集』月報七　一九六八年二月　筑摩書房（『雲と石』小平林檎園所収　『明るさの神秘』小平林檎園所収　『明るさの神秘』みすず書房所収）

未知なる友　「同時代」第二次第五十五号（特集　矢内原伊作追悼）一九九〇年七月　黒の会（『見る人』みすず書房所収）

多生の旅　より　闇の光　「世界」第四〇六号　一九七九年九月　岩波書店（『夢の口』湯川書房所収『樹と詩人』筑摩書房所収　『辻まことの思い出』みすず書房所収）

闇・灰・金――谷崎潤一郎の色調　「Energy」第九巻第三号　一九七二年七月　エッソ・スタンダード石油株式会社広報部（大岡信編『日本の色』一九七六年　朝日新聞社所収　一九七九年　朝日選書所収）

一茎有情　春の章　より　『一茎有情――対談と往復書簡』一九八四年　用美社（二〇〇一年　ちくま文庫）

老去悲秋　「同時代」第二次第四十八号（特集　齋藤磯雄追懐）一九八七年二月　黒の会

手紙の話　より　この岸辺で／恋文／十人十筆／不一　「なごみ（和）」一九八七年八・十・十一・十二月号　淡交社（『手紙の話』私家版所収『死人の書』東京創元社所収「同時代」第三次第二号（特集宇佐見英治、抄録）一九九七年五月　黒の会所収）
樹木　「世界」第四二四号　一九八一年三月　岩波書店（『雲と天人』岩波書店所収『樹と詩人』筑摩書房所収「同時代」第三次第二号（特集　宇佐見英治、抄録）一九九七年五月　黒の会所収）
風の根　「世界」第四二二号　一九八一年一月　岩波書店（『雲と天人』岩波書店所収）
足音　「淡交」第三六二号　一九七七年三月　淡交社（『石を聴く』朝日新聞社所収『石の夢』筑摩書房所収「同時代」第三次第二号（特集　宇佐見英治、抄録）一九九七年五月　黒の会所収）
海の塚　「淡交」第三七六号　一九七八年五月　淡交社（『石を聴く』朝日新聞社所収『石の夢』筑摩書房所収）
泉窗書屋閑話　より　書物の整理　「季刊湯川」第一号　一九七七年一月　湯川書房（『夢の口』湯川書房所収『樹と詩人』筑摩書房所収）
戦地へ携えて行った一冊――山本書店版『立原道造全集　第一巻　詩集』　長谷川泉監修・宮本則子編集『立原道造』（「国文学解釈と鑑賞」別冊）二〇〇一年　至文堂
護國旗　「向陵」第四十一巻第二号（一高百二十五周年記念）一九九九年十月　一高同窓会
高原孤愁　「高原文庫」第八号　一九九三年七月　軽井沢高原文庫
友への新たな挨拶――『後藤比奈夫七部集』頌　『後藤比奈夫七部集』栞　二〇〇〇年九月　沖積舎
百代の過客――片山敏彦生誕百年に　「同時代」第三次第四号（特集　片山敏彦生誕百年）一九九八年五

月　黒の会
隻句抄　言葉の木蔭　『言葉の木蔭』 二〇〇一年　私家版
草のなかで――詩三篇
霧の中　「磁場」第十六号　一九七八年十一月　国文社　(「同時代」第二次第三十五号　一九八〇年七月　黒の会所収　「同時代」第三次第二号（特集　宇佐見英治）一九九七年五月　黒の会所収　『草のなかで　詩三篇』私家版所収)
草のなかで　「同時代」第二次第二十七号　一九七一年六月　黒の会　(「同時代」第三次第二号（特集　宇佐見英治）一九九七年五月　黒の会所収　『草のなかで　詩三篇』私家版所収)
挽歌　『歴程詩集』(「杖はひるがえり」終章)　一九六五年　歴程社所収　(「同時代」第二次第二十六号　一九七〇年八月　黒の会所収　「同時代」第三次第二号（特集　宇佐見英治）一九九七年五月　黒の会所収　『草のなかで　詩三篇』私家版所収)
戦時の日記から　「同時代」第二次第四十六号　一九八五年十一月　黒の会
北海道吟行　より　(二〇〇〇年筆　初公刊)
辞世
肺無しの……　(二〇〇二年八月二十九日筆　初公刊)
骸骨と……　(二〇〇二年九月七日詠　初公刊)
自筆略年譜　『明るさの神秘』一九九六年　小平林檎園　(一九九七年　みすず書房)
戰中歌集　海に叫ばむ　後記　『戰中歌集　海に叫ばむ』一九九六年　砂子屋書房　(再版　一九九九年)

＊　収録作品の底本は、原則として、著者が生前に手を入れ刊行された最終の版を採用した。刊行後に著者による校訂が書き残されている場合はそれに従った

＊　初公刊の作品は、著者の手になる最終の清書と考えられるものを原本とした。なお、辞世の第二句は口述のみ遺る

＊　用語用字は、原則として各作品の底本・原本の表記に拠る。なお、明らかな誤植等は訂正した

＊　著者により付された註に倣って、若干の編集註を加えた箇所がある

宇佐見英治著書一覧

『ブラック』（編・解説）原色版　美術ライブラリー23　一九五五年　みすず書房
『ブラック　花と鳥のノート』（解説）原色版　美術ライブラリーC3　一九五六年　みすず書房
『ニコルソン』（解説）原色版　美術ライブラリー43　一九五七年　みすず書房
『ピエールはどこにいる』（小説集）　一九五七年　東京創元社
『モジリアニ』（解説）現代美術9　一九六〇年　みすず書房
『デュフィ』（解説）現代美術19　一九六四年　みすず書房
『縄文の幻想――先史芸術と現代芸術』（写真田枝幹宏）　一九七四年　淡交社（一九九八年　平凡社ライブラリー）
『秋の眼』（限定版）　一九七四年　湯川書房
『迷路の奥』　一九七五年　みすず書房
『ゴッホ』（嘉門安雄と共編・解説）巨匠の名画4　一九七六年　学習研究社
『古寺巡礼　京都　14妙法院・三十三間堂』（三崎義泉と共著）　一九七七年　淡交社
『古寺巡礼　奈良　2円成寺』（田畑賢住と共著）　一九七九年　淡交社
『石を聴く』　一九七八年　朝日新聞社
『辻まことの思い出』　一九七八年　湯川書房

『夢の口』　一九八〇年　湯川書房
『雲と天人』　一九八一年　岩波書店　歴程賞
『三つの言葉』　一九八三年　みすず書房
『対談　ジャコメッティについて』（矢内原伊作と共著）　一九八三年　用美社
『芸術家の眼』　一九八四年　筑摩書房
『一茎有情――対談と往復書簡』（志村ふくみと共著）　一九八四年　用美社　（二〇〇一年　ちくま文庫）
『手紙の話』　一九八八年　私家版
『雲と石――宮澤賢治のこと』（限定版）　一九九一年　小平林檎園
『方円漫筆』　一九九三年　みすず書房
『石の夢　宇佐見英治自選随筆集』　一九九四年　筑摩書房
『樹と詩人　宇佐見英治自選随筆集』　一九九四年　筑摩書房
『戦中歌集　海に叫ばむ』　一九九六年　砂子屋書房　（一九九九年　再版）
『明るさの神秘』　一九九六年　小平林檎園　（一九九七年　みすず書房）　宮澤賢治賞
『死人の書――小説とエッセー』　一九九八年　東京創元社
『見る人――ジャコメッティと矢内原』　一九九九年　みすず書房
『草のなかで――詩三篇』　二〇〇〇年　私家版
『隻句抄　言葉の木蔭』　二〇〇一年　私家版
『辻まことの思い出』　二〇〇一年　みすず書房

宇佐見英治（うさみ・えいじ）一九一八―二〇〇二

一九一八年、大阪に生まれる。詩人、文筆家。『同時代』同人として活躍、美術評論や翻訳も多数。とりわけ明澄な散文で知られる。『美術手帖』に寄稿したジャコメッティ紹介記事（一九五五年）を留学中の矢内原伊作に託したことが、矢内原がジャコメッティのモデルを務める最初のきっかけをつくった。片山敏彦、齋藤磯雄、辻まことらと親交し、その歿後は著作集等の編集に尽力。二〇〇二年死去。

著書に『ピエールはどこにいる』（東京創元社、一九五七）『迷路の奥』（みすず書房、一九七五）『石を聴く』（朝日新聞社、一九七八）『雲と天人』（岩波書店、一九八一、歴程賞）『三つの言葉』（みすず書房、一九八三）『芸術家の眼』（筑摩書房、一九八四）『一茎有情』（共著、用美社、一九八四）『戦中歌集　海に叫ばむ』（砂子屋書房、一九九六）『明るさの神秘』（小平林檎園、一九九六、宮澤賢治賞）『死人の書』（東京創元社、一九九八）ほか。編書に矢内原伊作『ジャコメッティ』（共編、みすず書房、一九九六）ほか。訳書にバシュラール『空と夢』（法政大学出版局、一九六八）ほか。

堀江敏幸（ほりえ・としゆき）一九六四―

一九六四年、岐阜県に生まれる。作家、仏文学者。早稲田大学教授。晩年の宇佐見英治と文通し、年若い友人として深く信頼を寄せられる。

著書に『おぱらばん』（青土社、一九九八、三島由紀夫賞）『熊の敷石』（講談社、二〇〇一、芥川賞）『雪沼とその周辺』（新潮社、二〇〇三、木山捷平文学賞、谷崎潤一郎賞）『一階でも二階でもない夜』（中央公論新社、二〇〇四）『正弦曲線』（中央公論新社、二〇〇九、読売文学賞随筆・紀行賞）『なずな』（集英社、二〇一一、伊藤整文学賞）『仰向けの言葉』（平凡社、二〇一五）『その姿の消し方』（新潮社、二〇一六、野間文芸賞）など多数。

言葉の木蔭　詩から、詩へ

二〇一八年三月二十三日初版第一刷発行

著者　宇佐見英治
編集　堀江敏幸
発行者　上野勇治
発行　港の人
神奈川県鎌倉市由比ガ浜三—一一—四九　〒二四八—〇〇一四
電話：〇四六七—六〇—一三七四
ファックス：〇四六七—六〇—一三七五
印刷製本　シナノ印刷
装幀　佐野裕哉

ISBN978-4-89629-346-3

協力　安齊重男　山室眞二　宇佐見森吉